墨染の鎧

上

火坂雅志

文藝春秋

目次

装画　西のぼる
装幀　関口信介

墨染の鎧　上

銀《しろがね》の城

一

城が燃えている。

星のない夜空をあかあかと染め、風に巻き上げられた紅蓮《ぐれん》の炎が山上の城を生き物のように呑み込んでいく。

厩《うまや》にも火がまわったのであろう。悲鳴に近い馬のいななきが闇を裂く。

火の粉が銀の蝶のように乱舞し、真っ暗な樹間から鳥の群れがはばたいた。

「藤左《とうざ》、眠い」

斜面を駆け下りる男の背中で、童髪《わらわがみ》の少年が目をこすった。

まだ四、五歳の幼《おさ》な子《ご》である。

女児《おんなのこ》のようにやさしげな顔立ちをしている。

「藤左が静かなところへお連れいたします。しばしご辛抱《しんぼう》下さいませ、若」

「乳母《めのと》はいずれにおる。父上、母上は……」
「じきに、あとを追ってまいられましょう。若は武家の名門、武田家《たけだ》のお子。泣かずに辛抱できまするな」
「うん」
と、髪を揺らしてうなずく少年を肩越しに見て、戸坂藤左衛門《へさかとうざえもん》の目尻にじわりと涙がにじんだ。
天文《てんもん》十年（一五四一）の五月闇《さつきやみ》を焦《こ》がして、身もだえるように燃えさかっているのは、安芸国《あき》（現、広島県）の、
――銀山城《かなやま》
だった。
代々、城主として銀山城に拠《よ》ってきた武田家は、清和《せいわ》源氏の流れをくむ名族である。
そもそも、甲斐《かい》国を本貫《ほんがん》の地としてきた源家一門の武田信光《のぶみつ》は、承久《じようきゆう》の乱の手柄により、
甲斐国
安芸国
の守護《しゆご》を兼ねるようになった。しかし、信光自身は東国にあり、中国筋の安芸には守護代《だい》を派遣し領地を治めていた。
その後、蒙古《もうこ》襲来のさい、信光の孫信時《のぶとき》が西国へ下り、地侍たちを指揮したのが、安芸武田氏のはじまりである。
武田氏は、太田川河口に突兀《とつこつ》とそびえる山塊に、銀山城を築城。瀬戸内海舟運の要衝である広

島湾頭を扼し、また中国山地から産する鉄や銀の集積地として、城下はおおいに栄えた。

肥沃な安芸国にあって、二百数十年にわたって君臨してきた武田家に翳《かげ》が射しはじめたのは、永正《えいしょう》十四年（一五一七）の、

——有田《ありた》合戦からだった。

永正年間の、武田家当主は元繁《もとしげ》。

元繁は安芸国北部の山県《やまがた》郡に出兵し、有田城の小田信忠《おだのぶただ》を攻めるなど、活発な軍事活動を展開していた。

こうした武田元繁の動きに、小倉山《おぐらやま》城の吉川元経《きつかわもとつね》と連携して有田城の後詰《ごづ》めに向かったのが、若き日の毛利元就《もうりもとなり》である。

のちに、中国筋の覇王として勇名をとどろかす元就も、まだ初陣《ういじん》の二十一歳。数ある安芸国人《こくじん》のひとりに過ぎず、守護の武田元繁からは、

「猿掛《さるかけ》城の鼻垂《はなた》れか」

といった程度の認識しか持たれていなかった。

ところが、その無名に近い毛利元就との一戦で、武田方の先鋒、熊谷元直《くまがいもとなお》が討ち取られるという予想外の事態が起きた。

「おのれ、小癪《こしやく》なッ！」

逆上した元繁は、旗本をひきいてみずから出陣したが、川を押し渡る途中、胸に矢を受け、あっけなく討ち死にする。

——西の桶狭間《おけはざま》

ともいわれる、この一戦をさかいにして、名門武田家は坂を転げ落ちるように衰退していく。

それに代わって、有田合戦の勝利で一躍名を上げた毛利元就が台頭。猿掛城から、吉田郡山《よしだこおりやま》城に本拠を移し、着々と勢力を拡大していった。

その武田家の衰えに輪をかけたのが、家臣団の内紛である。重臣の品川、香川の両氏が激しく争い、武田家は弱体化の一途をたどった。

当時、中国地方は、
出雲《いずも》の尼子《あまご》氏
周防《すおう》の大内《おおうち》氏
という二大勢力が、覇を競っていた。

安芸国では、武田家が尼子氏を頼ってこれと結び、毛利元就は大内氏の傘下に属するようになった。

天文十年（一五四一）正月——。

尼子晴久《はるひさ》ひいきる三万の大軍が、毛利氏の居城、吉田郡山城を囲んだ。

武田家の当主信実《のぶざね》も、尼子勢に合流して、攻城軍に加わった。だが、毛利方の守りはかたく、攻めあぐねているうちに、周防の大内義隆《よしたか》勢が、尼子の本拠出雲をうかがう気配をみせた。

尼子晴久は急遽《きゅうきょ》、吉田郡山城の包囲を解き、雪の中国山地越えで本国の出雲へ撤退した。

窮《きゅう》したのは、安芸に取り残された武田信実である。

（このままでは、毛利に逆襲されるであろう……）

弱気の虫に取りつかれた信実は、銀山城と家臣たちを見捨て、尼子勢のあとを追って大雪のなかを逃亡した。

城主がいなくなるという異常事態に、銀山城の将兵たちは呆然とした。

「お屋形《やかた》さまは、われらをお見捨てになったか……」

「この隙を、毛利が見逃すはずがなかろう」

将兵たちの心は揺れた。

そもそも、逃亡した城主の武田信実は、先代の光和《みつかず》亡きあと、若狭《わかさ》武田家（安芸武田家の分家）から養子に入ったよそ者である。それゆえ、信実自身、城に執着する気持ちが薄かった。

しかし、武田家累代の家臣たちはそうではない。彼らにとって、銀山城を失うことは、

――命を奪われるにもひとしい。

腰抜けの城主などいなくてもいいが、

「われらが城だけは、何としても守らねば」

武田家臣団は話し合いのすえ、一致団結して、戦い抜く道を選んだ。

とはいえ、城主不在では、上り坂の勢いにある毛利元就に対抗するのは難しい。そこで、家臣たちは、武田一門で先代光和の甥にあたる信重《のぶしげ》をかつぎ、城主にすえて態勢の立て直しをはかった。

新城主の信重は、年こそ若かったが、責任を放棄して逃げ出すような腰抜けではなかった。妻と子、徹底抗戦を誓った三千の将兵とともに銀山城に籠り、兵糧《ひょうろう》、武器弾薬をたくわえて籠城戦にそなえた。

二

五月——。

大内義隆から、

「武田を討伐せよ」

の命を受けた毛利元就が、大内の家老陶晴賢《すえはるかた》とともに、一万余の軍勢をもって銀山城を包囲した。

安芸国守護武田氏が、その豊富な財をつぎ込んで築いただけあって、銀山城は山肌に五十近くの曲輪《くるわ》をつらねる要害である。

毛利方が山を駆けのぼって押し寄せても、要所要所に配した曲輪から矢を射かけられ、つぶてや大石を投げ落とされるため、容易に近づくことができない。

兵数のうえでは毛利方が圧倒的に有利であったが、新城主信重を迎えた城方も意気盛んであった。

城攻めの指揮をとる元就は、このとき四十五歳。幾多の実戦の経験をかさね、知恵に磨きがかかっている。

元就はあえて力攻めはせず、敵の意表をつく奇策を使った。

「わらじを用意せよッ!」

近在の農民に命じて千足のわらじを作らせた元就は、それに油を染み込ませ、日没とともに火を放って、城の大手を流れる太田川に浮かべさせた。　城方大将の武田信重は、本丸の千畳敷《せんじょうじき》御殿から太田川に浮かぶ無数の火を見た。

「毛利軍の来襲にございます。大手より、大挙して攻め込んでまいりますッ！」

急を告げる物見の兵の叫びが、城内に響きわたった。

信重はまなじりを決すると、

「守りを固めよッ。兵どもを大手口に集め、敵の侵入を食い止めるのだ」

凛々《りんりん》と響く声で、家臣たちに命を下した。

川に浮かぶ千足のわらじは、城方からはまさしく、敵がかざす松明《たいまつ》の火に見えた。全兵力をあげて、これを防がねばならぬと信重は判断したのである。

だが、それこそ、知将毛利元就の思う壺であった。

火を放ったわらじで、城方の兵を大手側に誘い出した元就は、手勢《てぜい》をひきい、ひそかに搦手口《からめてぐち》に向かった。

ほとんどの兵が大手にまわったため、搦手の守りは手薄になっている。その隙を、元就は猛禽《もうきん》のごとく襲った。

毛利勢は夜陰にまぎれて出丸《でまる》を落とすと、勢いに乗って尾根道を駆けのぼり、頂上の二町の手前にある見張台を占拠した。ここを足掛かりに、さらに攻めのぼった。

武者溜《だま》りにひそんでいた武田の伏兵は、茂みの陰から矢を放ち、必死の抵抗をみせる。

「お屋形さまに、お知らせをッ！」

千畳敷御殿に急ぎ伝令が発せられたが、信重が奇襲を知ったときには、毛利勢はすでに搦手の武田勢を蹴散らし、御守岩台《ごしゆいわだい》に達している。

御守岩台は、銀山城の山頂にある曲輪である。巨石が累々と積み重なっており、信重のいる千畳敷御殿を見下ろすことができる。

御守岩台を押さえられては、

（もはや、戦いにならぬか……）

信重は下唇を嚙んだ。

近くで、天を圧するように鬨《とき》の声が聞こえた。毛利勢のものであろう。

騒然とした気配とともに、空が明るくなった。観音堂《かんのんどう》に火がかかったのかもしれない。

「お屋形さま、お逃げ下さりませッ！」

馬廻《うままわり》の戸坂藤左衛門が、信重のもとへ駆け込んできた。

「敵が、すぐそこまでせまっております。ここは、いったん城を退去し、後日、巻き返しをはかるしかございませぬッ」

「わしは信実どのとは違う。おめおめと、城を捨てて逃げ出すことはできない」

信重はしずかに言った。

「藤左衛門、そなたにひとつ頼みがある」

武田信重が青ずんだ光を溜めた目で、戸坂藤左衛門を見た。

「何でござりましょうや」

「奥と竹若丸《たけわかまる》を、これへ連れてまいれ」

「奥方さまと、若君を……」

「早うせよ」

「はッ」

藤左衛門は命じられるまま、信重夫人の百合《ゆり》ノ方と、その胸に抱かれた嫡子《ちゃくし》の竹若丸を信重のもとへ導《みちび》いてきた。

百合ノ方は二十歳になったばかりである。

一子の母とは思えぬほど、初々しく清らかな目をした女人である。白練《しろねり》色の小袖《こそで》を着た細い肩が、思いなしか小刻《こきざ》みに震えているように見えた。

「百合」

と信重は、籠手《こて》をつけた手を妻の肩においた。

「武田家の命運は、尽きたようだ。城はじきに落ちよう」

「お屋形さま……」

「わしはあくまで戦い、城の最期を見届ける所存だが、そなたは女人の身。竹若丸を連れ、即刻、城外へ落ちのびよ。ここにいる戸坂藤左衛門が、そなたらを守護してくれよう」

信重が藤左衛門を一瞥《いちべつ》した。

藤左衛門は何か物言いたげに口をあえがせたが、あるじの視線の強さに、たまらず目を伏せ、膝をつかんで声なき嗚咽《おえつ》を洩らす。

「嫌でございます」

百合ノ方が、きらきらと光る大きな目で夫を見つめた。

「わたくしも、お屋形さまと運命を供にいたします。嫁いでまいったときから、そう心に決めておりました」

「わからぬことを申すな。そなたは竹若丸を守り育て、武田の家名を後の世に残さねばならぬ。それが、武家の妻のつとめだ」

「お屋形さまなしでは生きていけませぬ。おそばにいさせて下さいませ」

百合ノ方が思いつめた声で言った。

百合ノ方の実家は、京の公家《くげ》の四辻《よつじ》家である。当節の公家は、みな困窮しており、四辻家もまた、くずれた築地塀《ついじべい》を直す金もないほど、貧しさのどん底にあった。無事、城を脱出できたとしても、実家に帰るわけにもいかず、行くすえを考えると暗澹《あんたん》とした思いに胸がふさがれるのだろう。

「竹若丸はどうする」

「それは……」

「聞き分けよ、百合」

妻を叱りつける信重の目にも、かすかに涙が滲んでいる。

武田信重と百合ノ方が押し問答をしているあいだにも、外の騒ぎは激しさを増している。

飛びかう矢の音、怒号《どごう》と悲鳴、喊声《かんせい》が入りまじり、炎の色がみるみる障子を染めていく。

騒然とした空気のなかでも、百合ノ方の腕に抱かれた竹若丸だけは、何も知らず静かな寝息をたてて眠りつづけていた。

そのわが子に、しばらく無言で視線を落としていた百合ノ方が、

「藤左」

と、思いつめた顔を戸坂藤左衛門に向けた。

「そなた、竹若丸を連れて逃げておくれ」

「奥方さま……」

「わたくしが一緒では、足手まといになりましょう。そなたひとりならば、敵の目をかいくぐり、和子《わこ》を無事、落ちのびさせることができよう」

「なりませぬ。なにとぞ、奥方さまも……」

「和子さえ生きておれば、武田の血は絶えませぬ。わたくしは、和子を生かすために、お屋形さまのおそばで戦いたいのです」

百合ノ方の決意は固かった。

信重も、やむなしと判断したのであろう。

「藤左衛門、奥の申すとおりにせよ。これは主命じゃ」

厳しい表情で告げるや、信重は妻の手から竹若丸を抱き取り、

「竹若ッ、竹若ッ」

と、眠っている子を揺すり起こした。

深い水の底から引き上げられたように、竹若丸がうっすらと目をあけた。

「父上……」

「聞け、竹若」

信重は迫り来る毛利勢の気配に、耳をそばだてつつ、

「わが武田家は、安芸国守護の名門ぞ。そなたの父は、たとえ刀折れ、矢尽きようとも、恥ずか

しき戦いはできぬ。そなたも、父の心を継ぎ、武田の誇りをしかと胸に刻みつけよ」

「父上、外に火が……」

「よいか、この炎を忘れるでない。そして、いつの日か、そなたの手で武田家を再興し、銀山城にふたたび武田菱《びし》の旗をたなびかせるのだ」

強い声で言うと、信重は錦《にしき》の袋につつまれた一振《ひとふり》の短刀を、わが子の手に押しつけるように握らせた。

「武田家伝来の名刀、包丁正宗《ほうちょうまさむね》だ。そなたの身分の、何よりのあかし。持ってゆくがよい」

ふっと翳をよぎらせた悲壮な双眸《そうぼう》が、竹若丸が見た父の最後の記憶となった。

竹若丸を背負った戸坂藤左衛門は、後ろ髪を引かれる思いで銀山城の千畳敷御殿を脱出した。

闇を縫うように間道をひた走り、ふもとをめざして、笹におおわれた斜面を駆け下りる。

途中、足を止めて振り返ると、いましがた後にしてきたばかりの千畳敷御殿に火がかかっているのが見えた。

(お屋形さま、どうかご武運を……)

男泣きに泣きたい思いをこらえ、藤左衛門は駆けつづけた。

三

銀山城下の家々は、毛利、陶軍の略奪を受け、跡形もなく焼き払われている。敵の目をかいくぐって山を下りた藤左衛門は、城下のほうへは向かわず、畑のなかの道を南へ、南へと駆けた。

怖さに身がすくんだか、それとも子供ごころに悟るところがあるのか、竹若丸は具足をつけた藤左衛門の背中にしがみついたまま、声も上げずにじっとしている。

(新羅明神《しんらみょうじん》、八幡大菩薩《はちまんだいぼさつ》、愛宕大権現《あたごだいごんげん》、若君を守護したまえ……)

胸のうちで思いつくかぎりの神仏に念じつつ、藤左衛門は無我夢中で太田川の川岸までたどりついた。

葦原《あしはら》の向こうに、渡し守《わたもり》の番屋がある。

闇のなかを見まわし、あたりに人影がないのをたしかめてから、藤左衛門は小走りに番屋へ近づいた。

番屋に明かりはない。

渡し守の老爺《ろうや》は、戦乱に巻き込まれるのを恐れ、戸を閉ざして小屋のうちで息をひそめているものと思われた。

「権爺《ごんじい》、わしだ。戸坂藤左衛門だ。ここをあけてくれ」

藤左衛門は周囲をはばかりつつ、番屋の戸をたたいた。

しばらく、応答はなかったが、根気よくたたいているうちに、

「なかへお入り下さりませ」

板戸が細めにあき、藤左衛門と顔見知りの小柄な老人が手招きをした。

藤左衛門は川の向こうの戸坂村の領主である。権爺の渡し舟は、城とおのが屋敷の行き来に使っている。

藤左衛門が転がり込むと、老爺は板戸を閉め、うちから心張棒《しんばりぼう》を支《か》った。

「お城が燃えておりまするな」

「無念じゃ……」

「そちらのお子は」

藤左衛門の背中の子供に気づいた権爺が、ヤニの浮いた目をしばたたかせた。

「そなたの知ったことではない」

戸坂藤左衛門は用心深くなっている。

よく知った相手とはいえ、銀山城が落ちた以上、武田家の血筋の竹若丸を、毛利方へ売らぬものでもない。

人が人を信じることができなくなっている――それが、戦国乱世の現実であった。

「すぐに舟を出してくれぬか。礼は、たっぷりする」

藤左衛門は目の奥を光らせた。

「そう申されましても」

権爺は当惑した顔をし、

「毛利の兵に見咎《みとが》められれば、岸から矢を放たれましょう。たとえ無事に川を渡りきったとしても、戸坂さまを逃したことが、あとあと毛利方の耳に聞こえましたら……」

「咎めを受けるのが恐ろしいか」

「わしのような年寄りでも、命は惜《お》しゅうございますれば」

「どうあっても、出さぬ気か」

「お世話になった戸坂さまに、かようなことを申すのは心苦しゅうございますが、こればかりはなにとぞご容赦を」

それ以上、藤左衛門がどれほど言葉を尽くしてかき口説いても、権爺の石のような表情は動かなかった。おびえきっているのだろう。

藤左衛門の背中では、竹若丸がいつしか大きく目を見ひらき、大人同士のやり取りを見守っている。

(どのような手を使ってでも、若君を落としまいらせねば……)

藤左衛門は、竹若丸を土間に敷かれた藁《わら》の上にそっと下ろすと、おのが具足《ぐそく》の腰に巻きつけた鎖《くさり》を解きはじめた。

ただの鎖ではない。銀無垢《むく》の鎖である。

銀山城は、その名がしめすとおり、城のある山から銀が採掘される。武田家では、功名を立てた家臣に対し、銀の鎖を与えるのがならいとなっていた。

名誉の鎖を拝領《はいりょう》した家臣は、それを少しずつ引き千切り、馬や甲冑《かっちゅう》を買ったり、小者《こもの》を雇う資金にあてるのである。

藤左衛門もまた、先々代城主の光和から、腰に一巻きほどの銀の鎖を与えられていた。

「礼はこれだ。命がけで舟を出しても、損はあるまい」

藤左衛門は鎖を渡し守の老爺に、そっくりそのままくれてやった。

「どうだ、行くか。行かねば斬る」

「ま、まいります……」

四

渡し舟が五月闇の底をすすむ。ゆるゆると流れる太田川の河口近くを、黒い影絵のように舟が横切っていく。

戸坂藤左衛門は、頭からムシロをかぶり、竹若丸を抱きかかえて舟の底に伏せていた。

ムシロの隙間から背後をうかがうと、毛利方のものと思われる松明の火が、山裾のあたりを慌ただしく行きかっているのが見える。時の流れが遅く感じられた。向こう岸が、はるか遠いもののように思える。

「もっと早く、漕《こ》げぬか」

藤左衛門は櫓《ろ》をあやつる権爺をせかした。

「精一杯、漕いでおりまする」

「われらを渡し場に下ろしたら、そなたはすぐに番屋にもどれ。口が裂けても、われらのことを話してはならぬ」

「もしや……」

と、権爺が生唾を飲み込み、

「そちらのお子は、ご城主さまの若君では……」

「権爺」

藤左衛門は、老爺をするどく睨んだ。

「それ以上、何も申すな」

「おいたわしや……」

闇の向こうで、権爺が痩せた肩をふるわせてすすり泣いた。

「この爺、根っからの臆病者でござりまする。なれど、ご城主さまへの尊崇《そんすう》の気持ちは誰より強うございます。わしら太田川の川筋の者が、飢えることなく飯を食ってこられたのも、銀山のご城主さまのお力あったればこそ。毛利の者どもに聞かれても、何を喋《しゃべ》りましょうや」

「その言葉、信じてよいのだな」

「やつがれのような者にも、意地がございます。この乱れた世、ささやかなりとも意地を持たねば、人は獣《けもの》も同然に身を堕《だ》しましょう」

話しているうちに、舟は流れを越えて、葦の茂る浅瀬をゆっくりとすすみ、やがて対岸の渡し場に着いた。

藤左衛門はムシロをめくってむくりと身を起こし、あたりに人気がないのをたしかめてから、眠っていた竹若丸を起こした。

「まいりますぞ、若」

「うん……」

藤左衛門が一足先に舟から下りた。

「達者でな、権爺」

渡し守に別れを告げ、藤左衛門が竹若丸に手を差しのべたときである。

闇を裂き、

――ヒョッ
と、風が唸《うな》った。

「戸坂さまッ！」

権爺が低く叫んだ。

戸坂藤左衛門は一瞬、左へ体をかたむけたが、カッと両目を見ひらき、唇を噛んで、かろうじてその場に踏みとどまった。

鎖帷子《くさりかたびら》におおわれていない腋《わき》の下のわずかな隙間を、背後からふかぶかと矢が射しつらぬいている。

岸辺の葦原がざわざわと揺れた。

漆黒《しっこく》の闇のなかに、草摺《くさずり》の音、複数の足音が響いた。

（伏隠《ふしがくし》か……）

藤左衛門は肩越しに振り返った。

城から落ちてくる武者を狩るため、毛利方があらかじめ渡し場近くに兵を伏せていたものであろう。

葦原から現れた人の群れが、行く手をはばむように近づいてくる。

藤左衛門はゆっくりと腰の刀を抜いた。

傷口からじんわりと血が滲み出しているが、不思議と痛みは感じない。

「権爺ッ」

「は、はい……」

「わしが敵を防《ふせ》いでいるうちに、そなた、若君とともに舟で川を下れ」

「さような恐ろしいこと、やつがれにできましょうか」

「やらねば死ぬだけだ。運よく命あったならば、若君をどこぞの寺へ」

「はい」

「竹若丸さまのこと、きっと頼みおく」

言い放つや、戸坂藤左衛門はわらじの底で舟端を強く蹴った。

舟が音もなく、岸を離れた。

それを追って殺到しようとする毛利の兵たちの前に、藤左衛門は鬼の形相をみせて仁王立《におうだ》ちになった。

「武田信重さまが馬廻、戸坂藤左衛門が相手じゃ。きさまら、冥土《めいど》の道づれにしてくれるわッ」

桟橋《さんばし》の向こうから、槍を低く構えた雑兵《ぞうひょう》が突っ込んできた。腹を狙っている。

藤左衛門は身をひらいて穂先をかわし、気合もろとも槍の柄をたたき斬った。体勢をくずした雑兵に足払いをかけ、川へはたき落とす。

派手な水しぶきが上がった。

振り返ると、竹若丸を乗せた舟がしだいに遠ざかっていく。その孤舟《こしゅう》めがけ、岸辺から矢の雨が降りそそいだ。

「させるかやッ！」

藤左衛門は鬼の形相で喚《おめ》き、むらがる雑兵を斬り伏せながら、桟橋を走った。

戸坂藤左衛門は、斬って、斬って、斬りまくった。

刀に脂《あぶら》が巻くと、敵の槍を奪い取り、手当たりしだいに薙《な》ぎ倒した。竹若丸を生きのびさせたいという強烈な思いが、藤左衛門を一匹の竜にしている。

手負いの竜がのたうつたびに、敵が倒れ、血の臭いが立ち込めてゆく。

葦原のなかに弓に矢をつがえた兵を見つけ、藤左衛門は、

「オリャーッ！」

とばかりに、槍を突き出した。

苦悶のうめきを上げて、兵がエビのように体をくの字に曲げる。狙いをそれた矢が、真っ暗な虚空《こくう》に吸い込まれた。

藤左衛門は肩で大きく息をした。

（そろそろ、舟は矢のおよばぬところまで下ったか……）

首をねじ曲げ、川のほうをうかがい見ようとしたときである。

背後から飛来した一筋の矢が、藤左衛門の膝の裏に突き刺さった。

たまらず、藤左衛門は膝を屈した。そこへ殺到した敵の刀が、藤左衛門の目の前で閃《ひらめ》いた。

（若……）

視界が真っ赤に染まった。

いや、赤いと思っただけで、額を斬られた藤左衛門は、ほとんど何も見えなくなっていた。

（竹若丸さま……。どうか、ご無事に落ちのびられませ……）

薄れゆく意識のなかで、藤左衛門はただその一事を念じた。

天文十年、五月七日未明――。

安芸国銀山城は落城した。

城主武田信重は、妻や家臣ら三百人とともに城を脱出。銀山城の西方一里のところにある伴《とも》城へ逃げ込み、再起をはかった。

しかし、籠城から五日。

毛利元就ひきいる四千の軍勢に、伴城が包囲されるにおよび、信重はついにおのが命運の尽きたのを悟った。信重と、その夫人百合ノ方は自刃《じじん》。

ここに、三百五十余年にわたって安芸国守護の座を守りつづけた名門武田家は滅亡した。

その後、中国筋では、周防の大内義隆が重臣陶晴賢の裏切りによって滅ぼされ、その陶晴賢も厳島《いつくしま》合戦で毛利元就に討たれるなど、めまぐるしい下克上が展開される。

激動する時代のなかで、安芸武田家の記憶はしだいに薄れ、銀山城も大内、陶、そして戦いを勝ち抜いた毛利氏へと、その所有者は移り変わっていった――。

東福寺《とうふくじ》

一

臨済宗《りんざいしゅう》の寺のうち、もっとも格式の高い禅刹《ぜんさつ》を、
——五山《ござん》
と呼ぶ。
鎌倉時代に、宋《そう》の官寺の制度にならって定められたもので、もとは建長寺《けんちょうじ》、円覚寺《えんがくじ》など、鎌倉の寺院にかぎられていた。
しかし、鎌倉幕府が滅び、京に室町幕府がひらかれると、それまでの鎌倉五山とはべつに、京都五山が成立する。
別格として五山の上に南禅寺《なんぜんじ》が置かれ、
第一位　天竜寺《てんりゅうじ》
第二位　相国寺《しょうこくじ》

第三位　建仁寺《けんにんじ》
第四位　東福寺
第五位　万寿寺《まんじゅじ》

と、決められた。

第五位の万寿寺は火災にあい、のちに衰退するが、ほかの寺々は足利《あしかが》将軍家の手あつい庇護を受け、諸山の上に立つ禅門《ぜんもん》の権威として発展してゆく。

五山には、諸国から選りすぐりの秀才たちがあつまってきた。

わが国最高の頭脳集団であった五山の僧侶たちは、漢籍《かんせき》を自在に読みこなし、また漢詩文の創作に励んで、いわゆる、

——五山文学

の華をひらかせる。

当時、中国、朝鮮、日本などの東アジア圏では、漢文によって公式文書が取りかわされていた。そのため、漢文の文章力にたけた五山派の禅僧《ぜんそう》は、外交文書の作成に重用され、諸外国との交渉をおこなう外交官として活躍する者が輩出した。

すなわち、五山で才能をみとめられることは、僧侶としての立身出世への足がかりでもあったのである。

五山第四位、東福寺の開基《かいき》は、円爾弁円《えんにべんえん》である。

駿河《するが》出身の弁円は、嘉禎《かてい》元年（一二三五）、宋国へ渡り、径山《けいざん》の無準師範《ぶじゅんしばん》に師事してその法を嗣《つ》いだ。帰国後、しばらく博多《はかた》に身を置いていたが、摂政《せっしょう》九条道家《くじょうみちいえ》の招きで京へのぼり、洛東《らくとう》

の月輪《つきのわ》の地に東福寺をひらいた。

東福寺の寺名の由来は、奈良の東大寺と興福寺から一文字ずつとったものである。

東福寺の寺域は六万坪。

京東山の景勝の地に、仏殿《ぶつでん》、法堂《ほうどう》、禅堂《ぜんどう》、方丈《ほうじよう》、庫裡《くり》、経蔵《きようぞう》、浴室、東司《とうす》が建ち並び、四十近い塔頭子院《たつちゆうしいん》が甍《いらか》をつらねている。

その七堂伽藍《がらん》の壮観は、東福寺の僧侶たちの自慢のタネで、何かにつけて鼻にかけることも多かったため、

「東福寺の伽藍面《づら》」

と、口さがない京童《わらべ》から揶揄《やゆ》されたほどである。

東福寺の境内にある、洗玉澗《せんぎよくかん》の渓谷に、

——通天橋《つうてんきよう》
と呼ばれる橋廊《きようろう》がある。

開山の円爾弁円が、宋の径山の橋を模してもうけたのがはじまりといわれ、中央に切妻《きりづま》造りの物見台が張り出している。

紅葉のころ、ここから谷を眺め下ろすと、渓流に沿って、宋国から移し植えられた三ツ葉のカエデが黄金《こがね》色に燃え立つのが見える。

その奇観は、錦の雲海を眺望するがごとく見事なもので、古来、京随一の紅葉の名所として知られてきた。

(京の紅葉は、造り物めいている……)

通天橋の欄干《らんかん》にもたれながら、恵瓊《えけい》は強靭な皓《しろ》い歯で柿を噛《か》んだ。

甘柿である。

まだ少し渋みの残る固い柿を、カリリと歯を立ててかじるのが、この男の生涯を通じての好みであった。

二十三歳という若さに似合わず老成した、深い湖のような目をしている。かすかな憂鬱《ゆううつ》と強い意志を底に秘めた双眸に、カエデの黄金の輝きが映っていた。

東福寺の塔頭のひとつ、

——退耕庵《たいこうあん》

の庵主《あんしゅ》となった竺雲恵心《じくうんえしん》について、恵瓊が安芸《あき》国から京へのぼったのは、いまから七年前、天《てん》文《もん》二十二年(一五五三)の春である。

そのころ、恵瓊は安芸安国寺《あんこくじ》で修行中の一学僧であり、本来であれば、諸国の秀才がつどう京の本山へ上るなど望むべくもない立場であった。それが、毛利元就《もうりもとなり》の招きで安芸国へ下ってきた恵心の目にとまったことから、にわかに運が開けだしたのである。

安国寺を宿所とした恵心は、寺の住持の命で身のまわりの世話にあたった恵瓊の弁舌のさわやかさと頭の回転の良さに、興味をおぼえた。

そして、住持から、恵瓊の数奇な生い立ちを聞くにおよび、たんなる興味は並々ならぬ関心へと変わった。

二

「そなた、毛利に滅ぼされた安芸武田《あきたけだ》家の血筋であるそうな」

竺雲恵心が、恵瓊の目をのぞき込んだ。

このとき、恵心は三十二歳。恵瓊より、十六歳年上である。

「どなたにお聞きになられました」

「当寺の住持《じゅうじ》、慈林《じりん》どのだ」

「そのことは……。あまり人に語らぬようにしているのです」

恵瓊はかすかに眉をひそめ、相手のまなざしから逃れるように目を伏せた。

「さもあろう」

恵心は深くうなずき、

「幼いときに受けた心の傷は、なかなか癒《い》えぬもの。まして、いまこの安芸国を支配しておるのは、そなたにとって仇敵《きゅうてき》の毛利どのだ。心中、複雑なものがあって当然」

「仇敵などとは思っておりませぬ」

「ほう……」

「仰せのとおり、わたくしは幼少のみぎり、あの城より、家臣の戸坂藤左衛門《へさかとうざえもん》の背におぶわれて逃げ出しました」

恵瓊は切れ長な目で、安国寺の西方にそびえる椀を伏せたような秀麗な形の山を見上げた。

「銀山城《かなやま》か」

「わが武田家、累代の城にございます。いまは毛利家の臣、福井元信《ふくいもとのぶ》どのが番将《ばんしょう》として入っておられますが」

「そのような城を、朝な夕なに眺めて、そなた辛くはないのか」

「仏門に入ったときから、俗世《ぞくせ》の恩讐《おんしゅう》は捨てましてございます。亡き父から後事《こうじ》を託された戸坂藤左衛門は、毛利の追っ手を防いで斬り死にし、わたくしは太田川の渡し守の老爺にかくまわれました」

「あたら名家の子が、苦労を……」

「諸国を流浪したのち、咎めを受けることを覚悟で、父の墓のある菩提寺《ぼだいじ》の安国寺へ舞いもどったのがいまのわたくしでございます。その武田の子を、すでに時代は変わったとして、毛利さまはお咎めにはなりませなんだ。感謝こそすれ、昔の恨みなどとうに忘れておりまする」

「見上げた心がけだ」

恵心が感じ入ったようにうなずいた。

「そなたが気に入った。どうだ、わしについて京へのぼってみる気はないか」

「京へ……」

「京で修行を積むのだ。そなたの器量、本山の東福寺でも、きっとみとめられよう」

恵瓊は故郷の安芸国を離れ、京の都へのぼることとなった。

師となった竺雲恵心が見込んだとおり、東福寺へ入った恵瓊は、みるみるその才能を華ひらかせはじめた。

臨済禅では、座禅《ざぜん》を組んで肚《はら》を練《ね》るほか、師からあたえられた公案《こうあん》（いわゆる禅問答）を解く修行がおこなわれる。公案を解きながら、悟りに向けて精神の芯を磨いていくのである。

兄弟子たちが半年もかかってようやく答えを見いだす難解な公案を、恵瓊はわずか数日でつぎつぎに解いた。

のみならず、京五山の禅僧のお家芸ともいうべき詩文にも、抜群の才を発揮した。

師の恵心はおおいに喜び、

「さすが、名家の子だ。武田家の者は代々、和歌に長じていると聞いておるが、やはり血は争えぬもの」

と、恵瓊を褒《ほ》めちぎった。

托鉢《たくはつ》に行けば、町の女たちが思わず振り返るほどの美丈夫で、東福寺でも一、二を争う秀才に成長した恵瓊を、師は血を分けた弟のように可愛がり、

「恵心さまは、ゆくゆく退耕庵を恵瓊におゆずりになるつもりではないか」

と、寺の者たちが、しきりに噂するまでになった——。

だが、

（師は、おれの本性をご存じない……）

肩幅の広い長身を墨染《すみぞめ》の衣《ころも》につつんだ恵瓊は、柿をかじりながら思った。

通天橋から眺め下ろす、カエデの豪奢《ごうしゃ》な黄金の波が、冷たい晩秋の風にさざめくように揺れている。

その美しすぎる紅葉が、どこか作り物めいて見えるのと同じく、

（おれも、おのれの心を偽《いつわ》りながら生きている……）

恵瓊は目を細めた。

安芸安国寺で師に問われたとき、毛利に対して恨みがないと言ったのは、生きるための方便である。

自分が天涯孤独の身となり、幼いときから人には言えぬ苦労を重ねてきたのは、すべて毛利ゆえだった。

坊主になりたくてなったわけではない。

座禅を組んでいるときも、公案を解いているときも、つねに恵瓊の心は冷えびえとしていた。

自分が求めているのは、悟りではない。もっと生々しく、おのれの命を燃え立たせる何か——それを恵瓊は、ひりつくような思いで探していた。

三

恵瓊の師、竺雲恵心は毛利家とのかかわりが深い。

外交による調略を重視する毛利元就に乞われ、京の朝廷や諸大名との交渉にあたる、

——外交僧

をつとめていた。

恵瓊との出会いのきっかけとなった安芸安国寺に滞在したのも、元就のもとめにより、対立する山陰の出雲尼子《いずもあまご》氏への外交戦略を練るためであった。

安芸安国寺は、東福寺の末寺《まつじ》にあたる。

出雲国出身の恵心は、同じく東福寺末寺の出雲安国寺から、若くして京の本山へのぼり、出世した人物である。

中国筋全土の制覇に野心を抱く毛利元就は、出雲国内に人脈のある恵心に早くから目をつけ、これを手厚く庇護して味方に引き入れていた。

厳島《いつくしま》合戦で陶晴賢《すえはるかた》を破り、従来の安芸、備後《びんご》に加えて、周防《すおう》、長門《ながと》の両国を手に入れ、四ケ国の太守《たいしゅ》となった元就は、恵心を周防山口の国清寺《こくせいじ》、および香積寺《こうしやくじ》の住持とし、九州の豊後大友《ぶんごおおとも》氏の情報収集にもあたらせている。

こうした事情から、恵心は退耕庵の庵主でありながら、京に身を置くことはほとんどなく、毛利の意を受けて各地を飛びまわる多忙な日常を送っている。

そのような師に対して、

(毛利が憎い……)

などとは、口が裂けても言えるはずがない。

ひとことでも真実を明かせば、おのれの拠《よ》って立つ足元が、砂の城のごとく崩れ去ることを恵瓊は十分すぎるほどわかっていた。

物思いにふけっていた恵瓊の背中に、

「兄弟《ひんでい》、こんなところで何をしている」

無遠慮に声をかけてきた者があった。

振り返ると、墨染の衣をまとった大男が立っていた。恵瓊も長身だが、相手のほうが首ひとつ背が高く、肩が松の根のように盛り上がったいかつい体つきをしている。

相弟子の、士英《しえい》であった。

「師の留守をよいことに、修行を怠《なま》けて息抜きをしておったか」

「紅葉を眺めていただけだ」

「そうかな。わしには、納所《のうそ》の女のことを考えていたように見えたが」

士英がニヤリと笑った。

頭が切れすぎるゆえに、人に妬まれることが多い恵瓊にとって、数少ない心を許せる友である。

「納所の女とは何のことだ」

恵瓊はそっけなく言った。

「隠すな、存じておるぞ」

士英が思わせぶりな目をし、

「納所の舟宿の女あるじで、名をお吟《ぎん》といったかのう。死んだ父親から継いだ舟宿を、男まさりの気性で切り盛りしているという、評判の美人よ。それが近ごろ、どこぞの若い雲水《うんすい》に惚れ込み、えらい熱の上げようだと噂に聞いた」

「その雲水が、おれだとでも」

「まだしらを切る気か。水くさいではないか。わしとおぬしは、同じ釜の飯を食って修行に励んだ仲。おぬしは、師やほかの長老たちの前では秀才ぶった面《つら》をしておるが、本性はどこまでも生臭きやつよ。納所の女から、遊ぶ金までもらっているそうだな」

（たいした地獄耳だ……）

恵瓊ははじめて表情を崩し、形のいい唇を吊り上げて笑った。

禅僧にあるまじき生臭さ――という意味では、退耕庵に同じ年に入門した士英も、恵瓊にいささかも負けていない。

もともと、美濃国武儀郡山口郷《みののくにむぎごおり》の土豪佐竹《さたけ》家の庶子《しょし》で、正妻腹《せいさいばら》の弟が家督を継いだために心ならずも禅門に入った士英は、俗世にたっぷり未練を残していた。

禅寺の戒律《かいりつ》は厳しい。

雲水たちは、まだ夜が明けぬ真っ暗なうちに、殿司《でんす》が鳴らす鈴鐘の音と、

「開静《かいじょう》ッ！」

という声にたたき起こされる。

起床後すぐに、暁の闇につつまれた本堂で朝の勤行《ごんぎょう》がはじまる。夏ならばまだしも、真冬の早朝の本堂はしんしんと冷え込み、雲水たちの吐く息が白い湯気となって立ちのぼる。勤行のあと、ようやく朝粥《あさがゆ》となるが、これが薄い水のごとき粥に大根の古漬けがつくきりで、大の男にはなかなか腹の足しにならない。昼は麦飯に味噌汁、漬物。夜は雑炊《ぞうすい》。一日中、粗食が基本である。

日中は、日替わりで托鉢《たくはつ》、掃除、剃髪、提唱《ていしょう》（老師から名僧の語録を聴聞《ちょうもん》すること）などの作務《さむ》が課せられる。夕暮れ前に、ふたたび勤行。夜になると、堂内で座禅を組む。

日々、その繰り返しであった。

行住座臥《ぎょうじゅうざが》すべてが修行の禅門では、当然の暮らしだが、士英のごとき俗が抜けきれぬ男には、これほど辛抱しがたいことはない。

それは恵瓊も同じで、二人は人が寝静まった夜更けに寺を抜け出しては、洛中《らくちゅう》の風呂屋へ繰り出し、息抜きをすることがあった。

四

眉をひそめる恵瓊に、

「ちょうど老師もおられぬ。少しくらい気晴らしをしたとて、罰は当たるまい」

士英は太い首をすくめて笑った。

このころ、京の都には湯銭を取って入浴させる浴場が多かった。

蒸し風呂に入るのを風呂屋、湯につかって汗を流すのを湯屋《ゆや》という。

よほどの物持ちの屋敷でないかぎり、どこの家にも浴室はなく、井戸端で行水《ぎょうずい》をして身を清めるのが一般的であった。その点、風呂屋、湯屋は手軽に沐浴《もくよく》ができるうえ、ちょっとした遊山《ゆさん》気分も味わうことができるため、京の町衆のあいだで人気が高かった。

「昼間からか」

士英が言った。

「ひとつ、行くか」

風呂屋、湯屋あわせて、洛中に三十軒ばかり。そのほか、京北郊の八瀬《やせ》の里に窯《かま》風呂が十余軒ある。

なかでも名高いのは、

高倉《たかくら》風呂
五条堀川《ほりかわ》風呂
一条西洞院《にしのとういん》風呂
柳《やなぎ》風呂
藤井《ふじい》風呂
などである。

頭巾《ずきん》で顔を隠した恵瓊と士英が向かったのは、新町《しんまち》通りの藤井風呂だった。

新町通りは京の目抜き通りである。

あたりには京格子《ごうし》の商家が軒《のき》をならべ、行き交う人々で賑わっている。

その新町通りで、ひときわ目を引く豪壮な白漆喰《しろしっくい》塗りの二階建ての建物が藤井風呂であった。

唐破風《からはふ》の玄関をくぐると、

「お出でなさいませ」

頬に薄あばたのある馴染みの男衆《おとこし》が二人を迎えた。

戒律の厳しい禅僧で、昼間から風呂屋通いをする者はめずらしいが、銭を払ってくれる客となれば、そのあたりは店の者も心得たものである。

目尻を下げて愛想《あいそ》笑いを浮かべると、

「いつもの座敷でよろしゅうございますな」

「かるく汗を流してから、一献《いっこん》酌みかわす。肴《さかな》も、精のつきそうなものを見つくろってくれ」

士英が手ぶりで酒盃《しゅはい》を口へ運ぶまねをした。

「されば、のちほどお二階へ般若湯《はんにゃとう》を」

「頼むぞ」

「へえ」

男衆の案内で、恵瓊と士英は奥へすすんだ。

廊下を幾度か曲がった先に、着替えの間があり、さらにその奥に蒸し風呂があった。客は着替えの間で衣服を脱ぎ捨て、素肌の上に白い湯帷子《ゆかたびら》を着ける。その姿で、もうもうと湯気の上がる蒸し風呂に入って汗を流すのである。

風呂の床の簀子《すのこ》には、薬草の石菖《せきしょう》が敷いてあり、それが湯気で蒸されて爽やかな香気《こうき》を立ちのぼらせている。

石菖の香りにつつまれながら、恵瓊と士英は並んで床に寝そべった。

「東福寺にも浴殿《よくでん》はあるが、あれは堅苦しくていかぬ。禅門《ぜんもん》では飯を食うのも、風呂へ入るのも、大小の用を足すのも修行のうちと言いくさる。わしやおぬしのごとき、俗人《ぞくじん》が坊主の皮をかぶったような輩《やから》は、それでは生きてゆけぬわい。せめて風呂へ入るときくらいは、のうのうと手足を伸ばさねばのう」

「士英」

と、恵瓊は冷たく冴えた目で湯気を見つめながら言った。

「おぬし、志《こころざし》はあるか」

「志……」

「そうだ。男としてこの世に生まれた以上、おのれが命をかけて目指すものが、何かあるはずだ」

「それが志か」

「うむ」

「そのようなもの、わしには薬にしたくともないわさ」

湯気の向こうから、士英の投げやりな声が返ってきた。

「なぜだ」

「決まっておろう。わしはもともと、禅坊主には向いておらぬ。座禅を組んでも、公案を解いても、このような修行が何になる——とむなしさを感じずにはいられない。わしの居場所はここではない。もっと別の、血が熱く湧き立つような……」

「戦場《いくさば》か」

「おうさ。わしは武士の子だ。戦場へ出て槍を振るい、大きな功名を立て、一国一城のあるじの座をこの手でつかみ取る。はては、天下を目指すもよし」

「天下……」

「夢ではあるまい」

士英が言葉に力を込めた。

「今年の五月、尾張《おわり》のうつけ者と呼ばれていた織田信長《おだのぶなが》が、桶狭間《おけはざま》のいくさで今川義元《いまがわよしもと》を破ったこと、おぬしも聞いておろう」

「むろんだ」

恵瓊はうなずいた。

天下の情勢に関心を持つ者にとって、それは衝撃的な出来事であった。

五

この永禄《えいろく》三年（一五六〇）当時、天下はまさに群雄割拠の時代にあった。

東国《とうごく》では、

出羽《でわ》　伊達晴宗《だてはるむね》
陸奥《むつ》　芦名盛氏《あしなもりうじ》
常陸《ひたち》　佐竹義昭《さたけよしあき》
安房《あわ》　里見義尭《さとみよしたか》
相模《さがみ》　北条氏康《ほうじょううじやす》
越後《えちご》　上杉謙信《うえすぎけんしん》
甲斐《かい》　武田信玄《しんげん》
駿河《するが》　今川義元
尾張　織田信長
美濃《みの》　斎藤義竜《よしたつ》
飛騨《ひだ》　三木良頼《よしより》
越前《えちぜん》　朝倉義景《あさくらよしかげ》

ら、錚々《そうそう》たる戦国武将が覇を競っている。

一方、畿内《きない》から西国《さいごく》に目を転ずれば、
近江《おうみ》　浅井久政《あざいひさまさ》
近江　六角義賢《ろっかくよしかた》
摂津《せっつ》　三好長慶《みよしながよし》
備前《びぜん》　浦上宗景《うらがみむねかげ》
備中《びっちゅう》　宇喜多直家《うきたなおいえ》
出雲《いずも》　尼子晴久《あまごはるひさ》
安芸　毛利元就
土佐《とさ》　長宗我部元親《ちょうそかべもとちか》
豊後《ぶんご》　大友義鎮《よししげ》
肥前《ひぜん》　竜造寺隆信《りゅうぞうじたかのぶ》
日向《ひゅうが》　伊東義祐《よしすけ》
薩摩《さつま》　島津貴久《しまづたかひさ》
などが、隙あらば領土を拡大せんものと、それぞれが牙を研《と》いでいた。
京に将軍足利義輝《あしかがよしてる》はいるが、室町《むろまち》幕府の権威はすでに地に堕《お》ちて久しい。朝廷も困窮のきわみにあり、天皇の即位礼の費用を毛利家からの献上に頼らねばならぬほどだった。
混沌とした世相のなか、人々の関心事は、
——群雄にさきがけ、誰が京の都に旗を樹《た》てるか。
という一点に絞られていた。

実力からいえば、越後の長尾景虎、甲斐の武田信玄あたりが、上洛《じょうらく》の資格をそなえていると見られている。しかし、領地を接する両雄は、たがいに相手を牽制し合い、積極的な動きを起こすことができない。

また、西国の毛利元就は、安芸から周防、石見《いわみ》、長門《ながと》、豊前《ぶぜん》と、着実に領国を拡大しているものの、当の元就自身に上洛の意思は薄かった。

そのようなとき、上洛に強い意欲をみせたのが、駿河の今川義元であった。

そもそも今川義元は京への思いが強い。

義元の母寿桂尼《じゆけいに》は公家《くげ》の出で、今川家へ輿入《こしい》れするとき、父の中御門宣胤《なかみかどのぶたね》から、

「今川に嫁《とつ》いだら家を栄えさせ、やがては京へもどって戦乱で荒れ果てた都を復興せよ」

と、申し渡されていた。

義元自身、少年時代に京へのぼり、建仁寺、妙心寺《みようしんじ》で学問をまなんだため、京文化に憧《あこが》れの思いを持っていた。

駿河、遠江《とおとうみ》から三河《みかわ》へ勢力を拡大させ、

——東海の太守《たいしゆ》

と称されるようになった義元は、

（今こそ、時節到来……）

と、満を持して兵を西へすすめる決意をする。

上洛への途上には、尾張の織田家がある。当主の信長は近国にも聞こえたうつけ者で、これを攻略して尾張を併呑するのはたやすいと義元は考えていた。

このとき、信長は二十七歳。

尾張一国をほぼ統一したものの、その基盤はいまだ脆弱《ぜいじゃく》で、動員可能な兵数も九千と少なかった。

今川義元ひきいる二万五千の大軍が駿府《すんぷ》を発したのは、永禄《えいろく》三年（一五六〇）五月十二日。糸のような小糠雨《こぬかあめ》が、音もなく大地を濡らす梅雨のころであった。

遠州《えんしゅう》浜松から三河岡崎にいたった義元は、国境を越えて尾張沓掛《くつかけ》に侵入。沿道では、信長を見かぎった村人たちが戦勝の前祝いの酒食を差し出し、今川軍は早くもいくさに勝ったような気分で街道をすすんだ。

一方、これを迎え撃つ信長は居城の清洲《きよす》城にいた。

圧倒的に不利な状況に、重臣たちのなかには籠城戦を主張する者が多かった。

しかし、信長は、

（それでは、いたずらに滅びを待つのみ……）

として、地の利のある場所での乾坤一擲の決戦を挑むことを決意した。

五月十九日昼、今川義元の軍勢は、土地の者たちが、

——桶狭間
と呼ぶ、丘と丘のあいだの狭隘《きょうあい》な谷間の地で休憩をとった。その情報は、前線の簗田正綱《やなだまさつな》を通じ、信長のもとへもたらされた。

おりからの風雨のなかをすすんだ織田軍は、桶狭間の今川軍を急襲。少勢ながら、大軍が展開するのが難しい谷間の地形を利して、敵を大混乱におとしいれ、大将今川義元の首を獲《と》った。

世にいう、桶狭間合戦である。

六

「俗世はおもしろい」

風呂でたっぷり汗を流し、小ざっぱりした単衣《ひとえ》に着替えた士英が、土器《かわらけ》の濁り酒をあおりながら言った。

折敷《おしき》の上には、百合根《ゆりね》と押しギンナンがのせられている。風呂のあと、酒と肴でくつろぐのが藤井風呂のならいである。

「上洛にもっとも近いと言われていた今川義元が戦場の露と消え、奇妙な格好をして世の笑い者になっていた信長が一躍、天下に名をとどろかせた。うつけ者の信長にできるなら、このわしにもできぬことはあるまい。しかし、世はままならぬもの。坊主に天下は狙えぬわさ」

「そう決めつけることはあるまい」

恵瓊は風呂屋の二階の窓から、中庭に視線を投げた。ここでも、紅葉が真っ赤に色づいている。夕暮れが近づき、苔むした庭を西陽《にしび》がまだらに染め上げていた。

「昔、道鏡《どうきよう》という僧がいた」

「おお、聞いたことがあるぞ。奈良の世、世間を騒がせた破戒僧《はかいそう》であろう」

「ただの破戒僧ではない。葛城山《かつらぎさん》の行者《ぎようじや》であった道鏡は、重い病の床にあった孝謙《こうけん》女帝に薬を献じ、みごと女帝を本復《ほんぷく》させた。以来、女帝は何事も道鏡なしではすまぬようになり、政治《まつりごと》に参画させ、やがては道鏡を法王《ほうおう》にするとまで言い出した」

「やんごとなきお方とて、生身《なまみ》の女人じゃからのう。それにしても、法王とは……」

「朝廷の実力者たちにはばまれて、女帝と道鏡の夢は破れたが、それでもいっときは天下を動かすほどの力を持ったのだ。坊主だとて、世に名を刻む道はある」

「破戒の相手が、女帝ならばな。舟宿のおかみでは、どうにもなるまい」

士英が皮肉な顔をし、押しギンナンを口のなかへ放り込んだ。

「さきほど、わしに志はあるかと聞いたが、おぬしはどうなのだ。このまま、師匠の前でうわべだけ秀才づらを取りつくろい、名のみの出世を手に入れるのがおぬしの志というやつか」

「いや」

と、恵瓊は微笑を洩らした。

「東福寺で出世するのは、ひとつの手段にすぎぬ」

「どういうことだ」

「わが望みはただひとつ、安芸武田家の再興よ」

「おぬし……」

「これを見よ」

と、恵瓊は肌身離さず持ち歩いている錦《にしき》の袋を、士英の前に突き出した。

「それは何だ」

士英が怪訝《けげん》そうな顔をした。

由緒ありげな袋である。金糸《きんし》で、武田菱《びし》の紋《もん》が縫《ぬ》い取ってある。

「おぬしにも、まだ見せたことがなかったな」

恵瓊は言うと、袋から一振《ひとふり》の短刀を取り出し、すらりと引き抜いた。

刀身が、西陽を吸って鈍《にぶ》い銀光を放つ。

「わが父武田信重《のぶしげ》が、銀山《かなやま》城落城のおり、おれに託した正宗《まさむね》の短刀だ」

「安芸武田家の重宝《じゅうほう》か」

恵瓊のかざす短刀を、士英が魅入られたようにじっと見つめた。

正宗は、鎌倉幕府お抱《かか》えの相州《そうしゅう》鍛冶《かじ》である。

自身の作刀《さくとう》に、ほとんど銘《めい》を刻《きざ》まなかったことで知られる。銘を刻まぬのは、他に決して紛《まぎ》れることはないという強い自負心からだと言われ、事実、その技術の確かさは数ある鎌倉の刀工《とうこう》のなかでも傑出していた。

京の粟田口吉光《あわたぐちよしみつ》、越前の郷義弘《ごうよしひろ》と並び、天下の三作と称されている。

恵瓊の所持する短刀は、長さが七寸三分と短く、それに比べて身幅が厚く、ずんぐりとした包《ほう》丁《ちょう》のごとき形をしているため、

——包丁正宗
と呼ばれた。

庵棟《いおりむね》で、わずかに反《そ》りがある。鍛《きた》えは板目《いため》、地沸《じにえ》が厚く一面につき、刃文は大模様にゆったりと湾《のた》れて悠揚せまらぬ迫力がある。

刀身に素剣と竜の爪が彫られ、裏には梵字《ぼんじ》が刻んであるが、無銘である。

「見事な短刀じゃのう」

士英が感に堪えぬといったように、太いため息を洩らした。

「これほどの業物《わざもの》、わしは見たことがない。銘はなくとも、正宗とわかる。おぬし、毛利に滅ぼされた安芸武田家の末裔《すえ》とは聞いていたが……。いや、眼福にあずからせてもらった」

武家の出だけに、士英は刀を知っている。刀ばかりか、持ち主の恵瓊を見る目の色も変わってきたようであった。

「この刀を渡すとき、父上はおれに言った。父の思いを受け止め、名門武田家の誇りをしかと胸に刻みつけよと。そして、いつの日か家を再興させ、銀山城にふたたび武田菱の旗をたなびかせよ、とな」

「そうであったか」

「おれが寺にいるのは仮の姿よ」

恵瓊は包丁正宗を見つめ、断ずるように言った。

七

何事もなかったように、恵瓊と士英は東福寺退耕庵へもどり、ふたたび退屈な修行の日常が帰ってきた。

「いつかの日か、おぬしが武田家再興の旗を挙げることがあったら、真っ先にわしを家来にしてくれ」

藤井風呂の二階で、士英は恵瓊の前に手をつき、そう言った。

武家名門の武田家を復興すべく雌伏しているという恵瓊の話は、士英の胸にみずみずしい感動をもって響いたのであろう。恵瓊がそうであるように、士英の心もまた渇いていた。

とはいえ、さしあたって夢を実現する手立てがあるわけではない。

相変わらず座禅を組み、公案を解き、粥をすすって寝るだけの僧堂暮らしがつづいた。

その生活に、突然、変化がおとずれたのは、年が明けた永禄四年（一五六一）春、中国筋へ下って不在だった師の恵心が帰洛したときであった。

退耕庵へもどるなり、恵心は恵瓊を方丈へ呼び出した。

「風呂屋通いがばれたかのう。それとも、納所の女のことが師のお耳に達したか」

士英が恵瓊の袖を引いて、低くささやいた。

「誰か、告げ口した者があるのやもしれぬ。ともかく、しらを切り通せ」

「まだ咎《とが》めを受けると決まったわけではない」

恵瓊は兄弟を睨んだ。

「おぬしが寺を追い出されるというなら、わしもともに寺を出るぞ。諸国を放浪して、見聞を広めるもよし。いっそ、俗世に還るよい機会ではないか」

友の身を案じているというより、士英はどこか、ことが起きるのをうずうずと期待しているふしがある。

懐手《ふところで》をしている士英をその場に残し、恵瓊は方丈へ急いだ。

退耕庵の方丈は、さして大きなものではない。

塔頭じたいが応仁《おうにん》の乱の戦火に巻き込まれて焼失し、その後、仮の僧堂が建てられたものの、資金不足から本格的な再建には至っていなかった。

退耕庵が今日見るような形になるのは、のちの天正《てんしょう》七年（一五七九）、ほかならぬ恵瓊が庵主になってからである。

「お帰りなされませ、老師《ろうし》」

恵瓊は頭を下げた。

「うむ……。留守中、変わらず修行に励んでおったか」

「はい」

目を上げてうかがい見ると、曲彔《きょくろく》に座した恵心は少し窶《やつ》れたような顔をしていた。

「お疲れのようにございます」

恵瓊は気遣《きづか》うように言った。

「そのように見えるか」

「はい」

「向こうでは多忙でのう。安芸と出雲のあいだを行き来し、ろくに休む暇もなかったわ」

「毛利さまは、出雲の尼子と和議を結ぶのでございますか」

恵瓊は聞いた。

じつを言えば、退屈な禅の修行などより、師がおこなっている生々しい外交の話題のほうに興味がある。

恵心を外交僧として用いている毛利元就は、かねてより、出雲の尼子氏攻略に野心を抱いていた。

尼子家では、昨年、したたかな戦略家だった先代晴久が亡くなり、長男の義久《よしひさ》が跡を継いだばかりである。この世代交代の隙を狙い、元就は一気に出雲へ攻め込む計画を立てていたが、尼子側が京の朝廷、将軍足利義輝に仲裁を頼んだため、一方で和平に向けた話し合いもすすめられていた。

そのさい、出雲の月山富田《がっさんとだ》城下と、安芸の吉田郡山《よしだこおりやま》城下を足しげく往復し、交渉の実務にあたっていたのが恵瓊の師の恵心だったのである。

「元就さまのご本心は、和議にはない。一日も早く、出雲を平定してしまいたいとお考えになっておられる」

「されば、こたびの上洛は？」

「朝廷、将軍への機嫌うかがいの献上品を、元就さまよりことづかってまいったのだ。さっそく、御所《ごしょ》へ参内《さんだい》せねばならぬ」

「ご苦労なことにございます」

このころ、朝廷や足利将軍家は、戦国大名どうしの争いを調停することによって収入を得ている。諸国の武将たちを束《たば》ね、その威の前にひれ伏させるほどの力はないが、

――まあまあ、どちらも鉾をおさめよ。

と、喧嘩を仲裁するくらいの権威は、かろうじて残っていた。

ことに、将軍義輝はこうした活動に熱心で、有力武将の仲裁をおこなって恩を売り、彼らを上洛させたうえ、その力を利用して足利幕府を立て直そうと考えていた。

毛利元就が、恵心を上洛させたのは、尼子との仲裁に乗り出した将軍らに献上品を贈ることで、（和議の話を、できるだけ先延ばしにしようという肚《はら》だろう……）

恵瓊は思った。

のらりくらりと和議を先延ばししているあいだに、出雲攻略を文句のつけられない既成事実にしてしまえばいい。

（これが、外交か……）

師から話を聞くたびに、恵瓊は毛利元就の老獪《ろうかい》な外交術に舌を巻く。

戦いは、ただ合戦場で敵をねじ伏せればよいということではない。緻密な戦略を練り、外交で勝利するのも、いくさのうちであった。

「拙僧《せっそう》に、御用とうかがいましたが」

「ふむ」

と、恵心は瞼《まぶた》の下の翳を深くしてうなずき、

「わしが留守をしておるあいだ、僧堂の風紀がだいぶ乱れておったようだ」

（来たか……）

と、恵瓊は思った。

士英の言うとおり、納所の女のことか、風呂屋通いのことを、師僧に告げ口する者があったのかもしれない。

恵心は退耕庵主であると同時に、東福寺の住持という要職にあり、山内《さんない》のすべての人事権を統括する立場にあった。

「そなたも存じておろう」

「何のことでございましょうか」

恵瓊は知らぬふうをよそおった。

問い詰められても、知らぬ存ぜぬを通すつもりである。

「ひたすら修行に励んでおりましたゆえ、山内の諸事に疎《うと》くなっておりましたが」

「副司《ふうす》の良玄《りょうげん》のことじゃ」

師僧は、恵瓊が思ってもいなかった男の名を口にした。

副司とは、寺の会計責任者である。良玄は東福寺でも古参の者で、十年もの長きにわたって、寺の金銭の出納《すいとう》を一手にまかされてきた。

その良玄が、

「寺の金を懐に入れ、あるまいことか宇治《うじ》に女を囲っていたという。さきほど、本人を問いつめたところ、泣いて罪をみとめた。即刻、役目を解《と》き、寺を追放したところよ」

「人は見かけによらぬものでございますな」

恵瓊はぬけぬけと言った。

「雲水の総取締《そうとりしまり》たるべき知客《しか》の義存《ぎぞん》も、事実を知っていながら、そこばくの金をもらって口を噤《つぐ》んでおった。よって、これも役目を解いた」

恵心は厳しい声で言った。

師の恵心が疲れた表情をしていたのは、山内の経理の不正を知り、その処理に頭を悩ませていたためらしい。

（おれのことではなかったか……）

とりあえず、恵瓊は胸を撫で下ろした。

「知客、副司が空席となったゆえ、代わりの者をその座に据《す》えねばならぬ」

「は……」

恵心はさらに言葉をつづけ、

「こうなったのも、もとをたどれば、役目に馴れすぎた古参どもに慢心が生じたからであろう。よって、今度は思い切って若い者を登用し、役目をまかせることにした」

「さようでございましたか」

「そなたの目から見て、誰がふさわしいと思う」

「と、申されましても……」

恵瓊は師の意図をはかりかねた。

山内の人事など、若い恵瓊に相談すべきことではない。

もしや、

（おれを抜擢《ばってき》する気か……）

恵瓊は思った。

考えられぬことではない。恵心はいまのところ、弟子の恵瓊の隠された素顔を知らない。勉学だけでは、恵瓊は、

——東福寺一の秀才
との評判もあり、師のおぼえもめでたかった。

恵瓊は自負心が強い。おのれの能力にひそかな自信を持っている。

が、それを口にするわけにもいかず、

「真渓《しんけい》どのなど、いかがでございましょうか」

と、自分より五歳年長で、生真面目一方の先輩の名を上げた。

「おう、よくぞ申した。わしも、知客には真渓がよいのではないかと思うていた。誠実で、人を公平に見る目があること。知客には、それが何より大事じゃでのう」

「されば、副司は？」

「士英じゃ」

恵瓊の期待を打ち砕くように、恵心が言った。

「士英、でございますか」

「さよう」

恵心はうなずき、

「かの者は武家の出にて、恥というものを知っておる。出入りの商人《あきうど》にうまい話を持ちかけられても、不正に手を染めることはあるまい」

「さようでございますな」

さすがに諸大名との交渉で場数を踏んでいるだけあって、恵心は見ていないようで人をよく見ている。

「落胆したか」

恵心の目が、恵瓊の心底《しんてい》を見すかしたように微笑を含んでいた。

「いえ」

「強がりを申すな。兄弟の士英に抜かれたと、内心、歯ぎしりしておろう」

「……………」

「じつは、そなたには役目がある」

「役目？」

「御所への参内前の忙しきときに、そなたをここへ呼んだは、そのためよ」

「どのようなお役目にございましょうか」

恵瓊はわずかに身を乗り出した。

「桜が咲いておるのう」

師の恵心は、恵瓊の強いまなざしから目をそらすように、庭で満開となっている枝垂桜《しだれ》のほうへ視線を向け、

「そなたには、京の桜もしばらく見おさめになるかもしれぬ。目に焼きつけておくがよい」

「何のことか、わかりませぬが」

「朝廷、将軍家へのとりなしがすんだら、わしはふたたび安芸へ下る。そのとき、そなたもわしの供《とも》をせよ」

「わたくしが、安芸へ……」

「ひさびさの故郷じゃ、懐かしかろう。だが、懐かしんでいる暇はないぞ。そなたには、わしの手足となって働いてもらう」

「まことにございますか」

「嘘を申して何になる。元就さまにも、毛利家のためにお役に立つ者がいると、そなたのことを推挙いたしておいた」

「老師」

と、恵瓊は思わず声を高めた。

「わたくしは、毛利に滅ぼされた安芸武田家の子でございます。命を永《なが》らえさせてもらっただけで冥加《みようが》だと申すに、このうえ、毛利家の外交をあずかるお役目になど、加えていただけましょうか」

「気に留めぬと、元就さまは申されている」

「…………」

「武田家と弓矢を交えたのは、すでに二十年近く前のことだ。過去のいきさつなど、取るに足らぬ。能ある者ならば、喜んで取り立てようと仰《おお》せになられた」

「は……」

「喜べ。そなたにとって、またとない出世の機会であろう」

「ありがたき幸せ」

「半月うちにも安芸へ下るぞ。身のまわりの整理をしておくがよい」

師のひとことで、恵瓊の身辺はにわかに慌ただしくなった。

八

川が流れている。

両岸に葦が生い茂り、ところどころに背の低い川柳が群生するなかを、淡い緑色の水面《みなも》をみせながら流れている。

——桂川《かつらがわ》
である。

桂川は京の西郊で宇治川と合流し、淀川《よどがわ》と名を変え、やがて大坂湾へそそぎ込む。

桂川と宇治川に挟まれた、

「納所」

の地は、大坂湾から淀川をさかのぼった舟が、荷を陸揚げする場所である。

西国から運ばれた物資は、ここから京へ送られ、また京からの荷も、この地を基点に船で西国へ送られるため、交通の要衝として古くから栄えていた。

納所の地名は、あたり一帯に、荷を納める蔵が多かったことに由来している。

「何、不機嫌な顔をしているの」

納所の舟宿、月江《つきえ》屋の女あるじお吟が、川を眺める恵瓊の横顔をのぞき込んだ。

月江屋の二階からは見晴らしがいい。

桂川をのぼり下りする舟が見え、紫色の春霞《はるがすみ》にかすむ西山の峰々を遠くのぞむこともできる。

「べつに、不機嫌にはしておらぬ」

「嘘」

と、お吟がしなやかな猫のように身をくねらせ、墨染の衣をまとった恵瓊の肩にしなだれかかってきた。

恵瓊より四つ、五つ年上だが、甘え上手の可愛い女である。ふくよかな頰をし、半開きにした朱《あか》い唇と八重歯《やえば》に、匂うような色香がただよっている。

「何を考えていたか、当ててみせましょうか」

「おまえなどにわかるものか」

「わかりますとも」

お吟は恵瓊の耳もとに唇を寄せ、

「よそに作った、あだし女のことを考えていたのでしょう」

と、ささやいた。

「莫迦な」

「でなかったら、帰京なさった老師さまに、私のことが知られたのでは」

「…………」

「ね、嫌よ。私と別れるなんて言わないで。あんたがいなかったら、私……」

「すまぬが、京を離れることになった」

「えっ……」

「師僧とともに、安芸国へ下る。それゆえ、おまえともしばしの別れだ」

「安芸へ？」

お吟が驚いた顔をした。

「安芸って、あんたの敵《かたき》の国じゃないの」

寝物語に聞いて、お吟は恵瓊のおよその生い立ちを知っている。

川筋の男たちを相手に商売をしているだけあって、お吟は女だてらに俠気《きょうき》があり、孤独の翳を

秘めた恵瓊への同情と、年下の男への執着心がないまぜになって、

――あたしが、この人を世に出してあげなければ……。

と、肩入れするまでに惚れ込んでいる。

「行ってはだめ。あんた、きっと殺される」

お吟が真顔で言った。

「子供のじぶんは、そりゃあ見逃していたかもしれないけれど、毛利の殿様だって莫迦じゃない。自分が滅ぼした家の息子を側に近づける者がどこにいるのさ」

「気に留めておらぬそうだ」

恵瓊はつぶやくように言った。

「え……」

「中国筋の覇者となった毛利元就にとって、しょせん、安芸武田家はそれしきの存在にすぎぬということだ。形ばかりの権威、埃《ほこり》をかぶった名家《めいか》の名など、乱世では何の役にも立たぬ。実力こそが、麻のごとく乱れたいまの世のすべてだ。だからこそ、おれは」

目の底を恵瓊は爛《らん》と光らせ、

「おのが力で、毛利家の者どもを必ず後悔させてみせる」

「どういうこと？　まさか、毛利の殿様に近づいて仇《あだ》を討とうっていうんじゃないでしょうね」

男の語気にただならぬものを感じたのか、お吟が怯えたように大きな黒い目をみはった。

「そのような愚かなまねはせぬ」

「それじゃあ……」

言葉をみなまで言わせず、恵瓊は女の腕をつかみ、板敷《いたじき》の床に押し倒した。

身のうちで、熱く燃えさかるものがあった。その正体が何か、恵瓊自身にもわからない。

——気に留めておらぬ……。

毛利元就が発したという、そのひとことが、恵瓊のなかで眠っていた一匹の獣を目覚めさせ、猛々《たけだけ》しい咆哮《ほうこう》を上げて荒れ狂わせた。

「お吟」

恵瓊は女の白い首筋に唇を這わせながら言った。

「これで、おれにも運が開けるかもしれぬ」

「運って……」

お吟が声を上ずらせた。

「待っていろ。おれは必ず、それをつかみ取る」

外では音もなく、滔々《とうとう》と桂川が流れている。

旅立ち

一

永禄《えいろく》四年（一五六一）、夏――。

恵瓊《えけい》は師の恵心《えしん》の供《とも》をして、京の都を旅立った。新たに副司《ふうす》に任じられた士英《しえい》が、東福寺《とうふくじ》の東堂、西堂らの出世衆、知客《しか》の真渓《しんけい》らとともに総門まで出て、その姿を名残惜しげに見送った。

恵心と恵瓊は、納所《のうそ》の舟着き場から川舟《かわぶね》に乗った。

川柳ごしに月江《つきえ》屋の石置き屋根が見えたとき、恵瓊の脳裡をちらりとお吟《ぎん》の面影がよぎったが、その思いはすぐに桂川の流れに溶け去り、水泡《みなわ》のごとく消えた。

桂川《かつらがわ》は、宇治川《うじがわ》とまじわると、淀川《よどがわ》と名を変える。

恵瓊たちを乗せた川舟が、淀川の河口に近い渡辺《わたなべ》ノ津に着いたのは、その日の夕刻であった。

ちょうど、陽が沈むところであった。

河口の向こうの茅渟《ちぬ》ノ海《うみ》、すなわち大坂湾を夕陽が染め上げている。

空も、雲も、海も、葦《あし》の茂る中洲も、かなたに横たわる淡路島《あわじ》も、視界に広がるすべてが豪奢《ごうしゃ》な黄金《こがね》色に輝いていた。その黄金色にさざめく海のあわいを、帆を上げた船が影絵のように行きかっている。荘厳な眺めだった。

(西方浄土《さいほうじょうど》とは、かくのごとき所か……)

恵瓊は目を細めた。

人は死ねば、西方にある極楽《ごくらく》浄土へ行くという。そこは現世《げんせ》のごとき争いもなく、いっさいの苦しみ、迷いから解き放たれた、清浄無垢《せいじょうむく》な世界であるという。

目の前の海を眺めていると、恵瓊でさえ一瞬、浄土を信じそうになる。

(いや……)

と、恵瓊は胸を浸《ひた》す甘い媚薬にも似た幻想を振り払った。

他の仏教諸宗派とは異なり、禅門では西方浄土の存在を否定している。ならば、人は死ねばどうなるのか。

「死すれば、ふたたび混沌《こんとん》にもどるだけ」

というのが、恵瓊が子供のころからたたき込まれた禅門《ぜんもん》の教えであった。

(死ねば、混沌にもどるのみ……)

であるからこそ、人はつかの間の命を必死に輝かせ、おのが生きた証しをこの世に刻みつけようとする。

(浄土など、どこにもありはしない。陽が昇って沈むまで、おれはこの現世で戦いつづけてみせる)

恵瓊は心に誓った。
師弟は、渡辺ノ津の商家にわらじの紐を解き、西へ向かう廻船《かいせん》を待った。
船が出たのは、二日後のことである。
潮の匂いを含んだ爽やかな風を受けながら、廻船は夏の瀬戸内海を西へすすんだ。
一泊目は兵庫《ひょうご》。
さらに、
魚住《うおずみ》
室津《むろのつ》
牛窓《うしまど》
と、湊《みなと》をつないでいく。
備前《びぜん》の牛窓は静かな湊である。
海岸沿いに家並みが五町も連なり、背後の山に寺々の大屋根が光っている。弓のような入江の前には、常緑樹におおわれた島々が横たわり、それが波風をさえぎっていた。遠く、小豆島《しょうどしま》を望むこともできる。
その牛窓で風がぴたりと止まり、恵心と恵瓊の乗った廻船は風待ちをした。瀬戸内海をゆく船旅では、よくあることである。

二

このころ、瀬戸内海の制海権は、
塩飽《しわく》衆
屋代島《やしろじま》衆
安宅《あたけ》氏
二神《ふたがみ》氏
三崎《みさき》氏
因島村上《いんのしまむらかみ》氏
能島《のしま》村上氏
来島《くるしま》村上氏
などの海賊《かいぞく》衆が握っている。
この海域を通行する船は、彼らに帆別銭《はべつせん》と呼ばれる通行税を支払う習わしになっていた。海を行き交う者にとっては少なからぬ負担だが、代わりに海賊衆は道中の安全を保証してくれる。逆に、要求を突っぱねて払わぬときは、彼らの態度は一変。船に襲いかかり、略奪、狼藉《ろうぜき》のかぎりをつくすのだった。
しかし、なかには帆別銭の徴収とかかわりなく、略奪行為をこととしている者もいるらしい。牛窓で風待ちをしているあいだ、恵瓊らは宿のあるじから噂を聞いた。

「この先の犬島《いぬじま》に、唐人亦兵衛《かろうどまたべえ》なる海賊がおりましてな。これがたいそう悪逆非道《あくぎゃくひどう》な男で、金目の荷を積んでいそうな船と見れば、猛犬のごとく襲いかかり、女子供であろうが見さかいなく手にかけまする。海賊衆仲間でも鼻つまみ者で、このあたりを通る船頭どもはみな亦兵衛を恐れております」

「取り締まる領主はおらぬのか」

老師の恵心が、眉をひそめながら聞いた。

「沼城《ぬまじょう》に浦上家被官《うらがみけひかん》の宇喜多直家《うきたなおいえ》さまがおられますが、犬島衆にはほとほと手を焼いているそうにございます」

宿のあるじの話によれば、犬島の唐人亦兵衛は沖をゆく船を襲うばかりでなく、沿岸にもしばしば上陸し、民家を荒らすのだという。

ことに、備前国邑久《おく》郡(現、岡山市)の吉井《よしい》川下流は、肥沃な穀倉地帯で物持ちの家が多いため、犬島衆のかっこうの餌食となっていた。

「沼城の宇喜多直家とは、どのような男か」

老師の恵心がたずねた。

毛利家の外交僧である恵心は、海賊の親玉よりも、備前、備中周《びっちゅう》辺の、

——武将

のほうに興味を持っている。

いずれ、毛利氏が備後《びんご》を平定すれば、備中、備前の両国も攻略戦の視野に入ってくる。その日のため、抜かりなく情報収集をおこなっておくのも、外交僧の重要な役目のひとつであった。

「ひとことで申して、いや、これが大変な男でございますよ」

あたりをはばかるように、あるじが声をひそめて言った。

「大変とは、どのような？」

「宇喜多家はもともと、浦上《うらがみ》家の重臣でございましてな。それが、先々代能家《よしいえ》さまのとき、同じ浦上家被官の島村豊後守《しまむらぶんごのかみ》に襲われ、自害したのでございます」

「家中《かちゅう》の内輪揉《も》めか」

「はあ」

と、あるじはうなずき、

「残された宇喜多家の跡継ぎ興家《おきいえ》さまと、その子直家さまは、備前にいられなくなり、備後の鞆《とも》ノ浦《うら》に逃れて逼塞したのでございますが」

恵心の話の引き出し方が自然なためか、あるじはたいして不審がりもせず、宇喜多直家という男の波乱に満ちた来歴を語りつづけた。

それによると——。

長い流浪ののち、宇喜多父子は念願だった故郷備前への帰還を果たした。だが、宇喜多家の勢威はとうに地に落ち、かつての家臣たちも四散していた。

それでも、十五歳の初陣《ういじん》で敵の兜首《かぶとくび》を取る手柄を上げた直家は、その後も着実に武功を重ね、ついに主君の浦上宗景《むねかげ》から、

——乙子《おとご》城
の城番を命じられる。

乙子城は、吉井川が海に流れ込む河口近くの小丘陵に築かれている。吉井川の舟運を押さえ、瀬戸内海の犬島、児島《こじま》などを指呼の近さに見下ろすことのできる要衝だが、浦上領のはずれにあるため、犬島海賊や日比《ひび》海賊（児島の日比湊を根城とする）の攻撃を受けることが多かった。四国の細川氏が児島の地まで勢力をのばしており、また浦上氏に抵抗をつづける松田氏の領地も近い。

ゆえに、浦上家では乙子城の城番をやりたがる者がおらず、空き城同然になっていたいわくつきの城である。

その乙子城へ、城番として入った宇喜多直家の家臣は、わずか十余人。あまりに少ないため、見かねた主君の浦上宗景が、足軽《あしがる》三十人をつけたが、それでも城兵の不足に変わりはない。

「あの人数では、とても城を持ち切れまい」

朋輩《ほうばい》たちの陰口をよそに、直家は犬島、日比海賊らの度重なる襲撃に耐え、しぶとく城を守った。食糧不足をおぎなうため、家臣たちは城中に畑を作り、自給自足につとめた。また城番の直家以下、すべての城兵たちが月に数度の断食《だんじき》をおこない、戦時の兵糧《ひょうろう》をたくわえた。涙ぐましい努力といえる。

乙子城の死守に成功した宇喜多直家は、めきめきと頭角をあらわし、妻の実家中山家の沼城を乗っ取って、いまでは邑久郡、上道《じょうとう》郡の二郡を支配し、浦上家中で最大の実力者にのし上がっていた。

「まあ、これは大きな声では申せませぬが」

宿のあるじが、いっそう声を低くし、

「ここまで成り上がるために、直家さまは夜盗《やとう》まがいの金品強奪、辻斬りにまで手を染めておられたそうにございます」

「辻斬りとな」

恵心が目をしばたたかせた。

「戦うふりをしながら、陰で犬島の唐人亦兵衛と手を結んでいるのではないかと、噂する者もございます」

「たいした男じゃな」

「海賊も恐ろしゅうございますが、あのお方も、海賊衆とたいした違いはございませぬ」

あるじが部屋を出ていったあと、師の恵心が恵瓊を振り返り、

「世の中には、さまざまな男がいる。わしの手足となるからには、そなたも第一に、人を見る目を養わねばならぬ」

「はい」

「宇喜多直家……。近い将来、毛利家の大きな敵になるやもしれぬ。その名、そなたも胸にとどめておけ」

「心得てございます」

恵瓊は深くうなずいた。

師に言われるまでもなく、

（おもしろき男だ……）

恵瓊は、夜盗まがいのことをしてまでのし上がろうとする、宇喜多直家に興味を抱いた。どこ

か、自分と似ていなくもない。

三

牛窓では三日、風待ちをした。

ようやく四日目の朝、船出に頃合いの東風《こち》が吹いた。

上げ潮に乗って牛窓の湊を出た廻船は、帆をいっぱいに膨《ふく》らませ、小兎《こうさぎ》のごとき白波の立つ真っ青な海をすすんだ。

恵瓊は船の舳先《へさき》に立ち、潮風を胸に吸った。

航海のあいだ、師の恵心は船倉《ふなぐら》で座禅《ざぜん》を組んでいるが、若い恵瓊はじっとしていることができない。

風が墨染《すみぞめ》の衣《ころも》を帆のようになびかせ、ふりそそぐ強烈な日差しと海の照り返しが、じりじりと肌を灼《や》いた。

行く手に見えるのが、唐人亦兵衛ひきいる犬島海賊が根拠地にしているという犬島であろう。そのまわりを囲むように、犬ノ島、沖鼓島《おきつづみじま》、地竹ノ子島、沖竹ノ子島などの小島が浮かんでいる。犬島からは、近くを通る船が一望のもとに見渡せ、一度狙いをつけられたら逃げ場がないように思われた。

「このあたりの航海は難しいのか」

恵瓊は、針路の見張りをしている按針《あんじん》に声をかけた。

赤銅色《しやくどう》に陽灼《ひ》けした老按針は、名を弥七《やしち》という。師の恵心を何度か船に乗せたことがあるらしく、孫のような年齢の恵瓊にも、何くれとなく気を遣ってくれる。

弥七は目尻に皺を寄せ、

「瀬戸内の海は、大小さまざまな瀬戸がございますする。瀬戸は潮の流れが矢のように速く、複雑でござれば、この流れを熟知せぬ者には船をあやつることはできませぬ」

「穏《おだ》やかそうに見える海にも、危険がひそんでいるのだな」

「しかしながら、もっと怖いのは灘《なだ》にございます」

「灘……」

「へえ」

弥七は引き締まった顎を引いてうなずいた。

「風をさえぎる島のない、広い海を灘と申します。灘は四六時中、いずれかの方角から風を受け、大きく波打っております。ここを乗り切るのは、よほど熟練した船頭でも至難のわざ。播磨《はりま》灘では、南から吹く風をヤマジと申しまして、これが吹くと海は大時化《おおしけ》になりまする。われら船乗り仲間は、播磨のヤマジは話にも出すなと言って、恐れております」

「そういうものか」

「すでに播磨灘はやり過ごしましたが、この先には備後灘、燧《ひうち》灘もございますでな。まだまだ、気は抜けませせぬ」

「瀬戸や灘のほかに、もうひとつ怖いものがあろう」

前方の島影を見つめながら恵瓊は言った。

「はて、何やら」

「海賊よ」

「おお」

失念していたといったように、弥七が膝を打った。

「恐ろしいと申せば恐ろしゅうござるが、海賊といえど、しょせん相手は人。自然の怖さに比べれば、何ほどのことはありませぬわい」

「海賊も人か」

「はい。世間の者は、海賊衆を血に飢えた悪鬼《あっき》のごとく申しますが、帆別銭さえ払っておれば、かえって海の守り神のようなもの。銭のはずみようでは、大事な荷の警護を請け負ってくれる者もおりまする」

「犬島の唐人亦兵衛はどうだ」

「亦兵衛……」

札つきの海賊の名を聞いて、弥七が顔をしかめた。

「あれは、海賊衆の風上にもおけぬ男でござりますわ。冷酷なうえに、並はずれた強欲者で、定めどおり通行手形をしめす旗をかかげても、平然と襲いかかってくることがございます。まあ、この廻船、龍王丸は小西《こにし》さまの御用をつとめる船ゆえ、何の気遣いもござりませぬが」

と言うと、弥七は祇園守《ぎおんまもり》の紋が描かれた船の帆を見上げた。

小西さまとは、泉州堺《せんしゅうさかい》の豪商小西家のことである。薬種あきないで財をなし、堺湊と大陸への窓口となる筑前博多《ちくぜんはかた》のあいだで頻繁に荷船を往復させていた。当代のあるじ小西隆佐《りゅうさ》は、のち宣教師ルイス・フロイスに出会って天主教《てんしゅきょう》（キリスト教）に入信《にゅうしん》。息子行長《ゆきなが》ともども、熱心なキリシタンとして世に知られることになる。

「小西家の船は、なにゆえ犬島海賊に襲われる気遣いがないのだ」

恵瓊は聞いた。

「それはまあ、蛇《じゃ》の道は蛇《へび》と申しまするか……。小西さまは、あきないを通じて沼城の宇喜多直家さまと親しうございます。その宇喜多さまは、ほれ」

と、弥七は顔の前で手を振り、

「唐人亦兵衛とは、裏で意を通じ合う仲。祇園守の紋がついた小西の船だけは手出しをせぬと、暗黙の了解ができております」

「暗黙の了解か」

「はい」

「ならば、あれは何だ」

恵瓊は海のかなたを指さした。

行く手の島影から、凄《すさ》まじい勢いで漕ぎ出してくる船があった。

小早船《こばやぶね》である。

小早船は、八人で櫓《ろ》を漕《こ》ぐ八挺櫓《はっちょうろ》の小型船である。船体が細く設計されており、船足が速く、小回りがきくことから、機動性を重視する海賊衆に好んで使われる。

小早船は一艘《いっそう》ではない。あわせて五艘の船が、まっしぐらに恵瓊たちの乗った廻船の竜王丸《りゅうおうまる》に接近してくる。

「あれは、犬島の……」

先頭の小早船の舳先に、両脚を仁王《におう》のように踏ん張って立つ茜《あかね》色の褌《ふんどし》姿の男をみとめ、按針の弥七がうめいた。

「唐人亦兵衛か」

「は、はい」

「どう見ても、この船を狙っているようだが」

恵瓊は目を細めた。

「そのような、ばかなことはありますまい。帆にかかげた、小西家の祇園守の紋が見えぬのかもしれませぬ」

弥七はうろたえたようにつぶやいたが、そこは熟練した海の男である。すぐに冷静さを取りもどし、

「犬島衆が来たぞーッ！」

声を張り上げ、船頭や仲間の水主《かこ》たちに急を知らせた。

にわかに、船上が慌ただしくなった。水主たちの顔に、緊張の色が走る。

船頭の八右衛門《はちえもん》が、

「帆を半下ろしにしろッ」

水主たちに命を下した。

帆を半下ろしにするのは、自分たちの船が海賊に敵対する意思がないことをしめすシルシにほかならない。

海賊が支配する海関を通る船は、帆を五分まで下げて恭順の意をしめし通行手形を見せるか、もしくは帆別銭を支払うのである。

腕の太い屈強な水主が、六人がかりで帆綱《ほづな》をゆるめ、船の帆を下ろしはじめる。帆が途中まで下りたところで、帆綱をしっかりと帆柱に巻きつけた。

満々と張っていた帆が半下ろしになったため、にわかに船足が鈍る。

「犬島のやつらも、これで引き返していくはずですわい」

弥七が肩で大きく息をした。

だが、波間に見え隠れする小早船の船影は、遠ざかるどころか、かえって大きくなっていく。

四

小早船の上に仁王立ちになった唐人亦兵衛が、胴間声《どうまごえ》を張り上げた。

「停止《ちょうじ》せよッ！」

身の丈《たけ》、ゆうに六尺はあろう。

茜色の褌の上に、金襴《きんらん》の陣羽織《じんばおり》をはおっている。その羽織から突き出した腕が、筋骨隆々としてたくましい。黒髯におおわれた面貌《めんぼう》は、見るからにふてぶてしく、双眸《そうぼう》に狂気を帯びたような威圧的な光があった。

亦兵衛に制止された竜王丸は、帆をたたみ、船足をゆるめた。

犬島衆の小早船が、群がるように次々と船端を接してくる。鉤縄《かぎなわ》が投げ上げられ、それを伝って海賊たちが廻船にのぼりついてきた。

竜王丸の水主たちはおとなしくしている。たとえ逆らったところで、海いくさに馴れた海賊相手に勝ち目はない。海賊たちはみな、腰に締《し》めた荒縄に、柄の長い細身の長刀《ちょうとう》をぶち込んでいた。

「何を言われても、黙っておりなされ」

弥七が恵瓊の脇腹を小突《こづ》いた。

こうなった以上、腹をくくって嵐が過ぎ去るのを待てということだろう。

一番あとから廻船に乗り込んできた唐人亦兵衛が、陣羽織の肩をそびやかすようにして、船上を見渡した。

「船頭はどこじゃッ！」

亦兵衛の声に、艫《とも》のほうにいた船頭の八右衛門が、ゆっくりと歩み出てきた。堺の豪商小西家の荷をまかされているだけあって、このような非常事態にも慌てたようすはなく、悠揚迫《ゆうようせま》らぬ態度で、どっしりと落ち着き払っている。

「これは、いかなることでござりましょうや、亦兵衛どの。帆をご覧になればわかるとおり、この廻船は小西さまの持ち船。犬島衆への帆別銭は、年毎にまとめて払うておりまする。帆柱につけた通行手形の小旗、よもやお目に止まらなんだわけではございますまい」

「それぐらい、百も承知だ」

亦兵衛が目の底を光らせ、威嚇するように八右衛門を睨んだ。

「ならば、この仕儀《しぎ》はいかなることにございます。われらは手形によって、通行の自由を許されておりまする」

八右衛門は抗議したが、唐人亦兵衛は無視し、

「おい、屋形《やかた》のなかを捜せ」

そばにいた若い手下に、顎をしゃくって命じた。

「お待ちを……」

と、船頭の八右衛門が制する間もなく、海賊たちが足音も荒々しく、船の屋形へ踏み込んでいった。

当時の瀬戸内海の廻船は、総櫓《そうやぐら》の二形船《ふたなりぶね》が主流である。

船体のほとんどを屋形でおおい、その上にぐるりと垣立《かきたつ》をめぐらしている。

積み荷は、屋形のなかと、その下の船倉に風雨を避けて積み込まれていた。船客や水主たちは、その荷のあいだで寝起きしている。

「お頭《かしら》、なかには見当たりませんぜッ！」

しばらくして、手下のひとりが屋形へ下りる階段から頭を突き出した。

「そんなはずはないッ。この船で間違いない。船倉まで、しらみ潰《つぶ》しに調べ上げろ」

「へいッ」

どうやら、唐人亦兵衛は何か目当てがあって、竜王丸に踏み込んできたらしい。血走った目が、ひどく殺気立っていた。

「おい」

と、亦兵衛が船頭の八右衛門を睨んだ。

「この船は、渡辺ノ津で人を乗せたな」

「はい」

「どんなやつらだ」

「そちらにおいでの若いお坊さまと、もうおひとり、お連れの年かさのお坊さまが……」

「坊主が二人だけか」

恵瓊のほうにするどい一瞥をくれ、亦兵衛が聞いた。

「ほかには、筑前博多の商人、猿回しの親子、肥前へ下るという若侍《わかざむらい》とその供《とも》の者が乗っているだけで」

「隠し立てすると、ためにならぬぞッ！」

唐人亦兵衛が腰の刀を抜いた。

「女が乗っておるはずだ」

「女でございますと」

「若い女だ。知らぬとは言わせぬぞ」

八右衛門の喉首に、亦兵衛が銀光を放つ切っ先を突きつけた。

「何と申されましても、女を乗せたおぼえはござらん」

「何をッ！」

「お疑いなら、そちらの若いお坊さまにたずねてみられるがいい」

八右衛門が開き直ったように言った。

「よかろう」

抜き身《み》の長刀を引っさげた唐人亦兵衛が、肩をゆすりながら、恵瓊のもとへ大股に歩み寄ってきた。

「おい、坊主。おめえ、命は惜しいな」

唐人亦兵衛が、右手に握った刀をこれ見よがしにちらつかせつつ、恵瓊の肩に手を置いた。

「こんなところで、海賊にくれてやる命などない」

恵瓊は言った。

「犬島の唐人亦兵衛さまに向かって大口たたくとは、なかなかいい度胸してるじゃねえか」

ねめつけるような目で顔をのぞき込む亦兵衛の手を振り払い、

「犬だか猫だか知らぬが、しょせん、おまえたちは刀の威を借りねばなにもできない、薄汚い盗《ぬす》っ人《と》どもであろう」

恵瓊は冷たく言い放った。

かたわらで按針の弥七が、

（何を言いなさる……）

と、はらはらした目で恵瓊を見ている。

恵瓊はこの手の、何の能もないくせに刃物を振りかざして人を意のままにしようとする男が嫌いである。

弥七はおとなしくしておれと言うが、餓狼《がろう》のごとき海賊に唯々諾々と従うことは恵瓊の誇りが許さない。

「命知らずの坊主だぜ」

亦兵衛が歯茎を剝き出し、顔をゆがめて凄んでみせた。

「おめえ、どこの寺の者だ」

「答える義理はなかろう」

「人を、刀の威を借りねばなにもできない盗っ人だと言いやがったな」

「ちがうのか」

「言っておくが、おれたちは荷を奪うためにここへ来たんじゃねえぞ。大事な役目があって人を捜している」

「女か」

「やはり、知ってやがるんだなッ！」

にわかに凶暴な本性をあらわにし、亦兵衛が恵瓊の胸ぐらにつかみかかった。

だが、恵瓊は落ち着いている。

「船頭の言うとおりだ。おれは、渡辺ノ津からこの船に乗り込んだが、女の姿など一度も見ておらぬ」

「口裏合わせをしやがって……。渡辺ノ津で、あの女が竜王丸に乗ったことはわかっているんだ。さては、おめえも二条御所《にじょうごしょ》のまわし者か」

「二条御所だと」

思いがけぬ言葉を聞き、恵瓊は眉間に皺を寄せた。

そのとき——。

亦兵衛の手下たちが廻船に乗り合わせた客を引っ立てて、屋形から外に出てきた。

「お頭、なかにいたのはこいつらだけですぜ」

亦兵衛の手下が、船客たちを帆柱の下に並ばせた。

恵瓊の師恵心は、さすがに禅の悟りをきわめた高僧だけあって泰然自若《たいぜんじじゃく》としている。座禅を組むときのように半眼《はんがん》を閉じ、海風のなかでしずかに合掌《がっしょう》していた。

その横にいるのは、萎え烏帽子《なえぼし》をつけた四十がらみの博多の商人である。唐物《からもの》の茶道具をあきなっているとかで、泉州堺へ行った帰りだと言っていた。押し出しのいい男だが、よほどの小心者か、膝をがくがくと震わせている。

猿回しの父親は、わが子をしっかりと腕に抱き、

「どうか、お助けを……」

涙を流しながら、亦兵衛に命乞いをした。

もう一組、茄子紺《なすこん》の小袖《こそで》を着た若侍とその小者《こもの》とは、恵瓊は船に乗ってからまだ言葉を交わしていない。よほどの人嫌いか、いつも屋形の隅にいて、人目を避けるようにほかの船客たちに背を向けていた。

ただ、若侍の横顔は、絵師でもおいそれと描けぬほど美しい。目は切れ長で、頬はほのかな薔薇《ばら》色に染まり、長い黒髪を白紐《しろひも》でひとくくりに結《ゆ》っていた。

若侍は小袖の胸の上に、当時、まだめずらしいロザリオを下げている。

（キリシタンか……）

恵瓊は、西国の豊後大友領などで南蛮渡来《なんばんとらい》の天主教（キリスト教）が熱病のような勢いで広まっていると、噂に聞いたことがあった。

足利幕府の将軍義輝も、昨年、上洛した宣教師のガスパル・ビレラに京での天主教の布教を許している。

唐人亦兵衛が、一列に並んだ船客の前を、顔を吟味《ぎんみ》しながらゆっくりと歩いた。

その足が止まったのは、若侍の前まで来たときだった。

「おめえ、どこの国の侍だ」

「………」

若侍は顔をそむけて答えない。

そばにいた初老の小者が、

「摂津《せっつ》大坂の石山本願寺《いしやまほんがんじ》にお仕えいたしております」

あるじに代わって返答した。

「寺侍《てらざむらい》か」

「は、はい」

「稚児《ちご》にでもしたいように、美しいのう」

亦兵衛の手がずいと伸び、若侍の白い顎を持ち上げた。

「無礼なッ！」

若侍の唇から、透きとおった叫びが洩れた。

「ほう……」

唐人亦兵衛が目の奥を暗く光らせた。

「おめえ、ほんとうに男か」

「何を言う」

若侍の双眸に、怒りの炎が燃えている。

「だったら、証拠を見せろ」

「…………」

「どうした、返答できねぇのか。うまく化《ば》けたつもりだろうが、この唐人亦兵衛さまの目は節穴《ふしあな》じゃねえぞ」

脅《おど》しつけるように叫ぶと、亦兵衛は小袖の上から若侍の胸を無遠慮につかんだ。

「触れてはならぬッ！」

若侍はさっと身をひるがえし、亦兵衛の腕を逃《のが》れた。はずみで髷を結っていた白紐が解け、長い黒髪が海風に柳のようになびく。

「やはり、女か」

亦兵衛がニヤリと笑った。

「ちがう……」

「まだしらを切るか。二条御所も女を使者に立てて、人目をあざむこうとは考えたものだ。だが、少々、浅知恵だったようだな」

「…………」

「密書を持っているだろう。その綺麗《きれい》な顔に傷をつけられたくなかったら、さっさとこちらによこせ」

亦兵衛が刀を振りかざしたとき、そばにいた若侍の小者が、

「小督《こごう》さまッ、お逃げください」

腰の短刀を抜き放つなり、亦兵衛めがけて体ごと突きかかっていった。

わずかに横へ身を引き、亦兵衛は切っ先を苦もなくかわす。勢いあまった小者が前へつんのめり、帆柱の下に這いつくばった。

「身のほど知らずがッ！」

唐人亦兵衛の表情が悪鬼のごとくゆがんだかと思うと、大上段にかまえた刀が銀光を放ちつつ、斜めに振り下ろされた。

悲鳴を上げ、小者がのけぞった。

額から胸を一刀両断されている。小者は死力を振り絞って何か叫ぼうとしたが、およばず力尽き、大きく目を見開いたまま仰向《あおむ》けに倒れた。

突然の出来事に、船上の者たちは茫然として声もない。

そのなかで、恵瓊は、

（二条御所の使いとは……。あの女、何者なのか……）

冷たく冴えた瞳で、若侍――いや、小督と呼ばれた女を見ていた。

女がじりじりとあとずさりし、船端《ふなばた》に近づいた。

「こっちへ来い、女。逃げる場所など、どこにもないぞ」

血刀《ちがたな》を引っさげた唐人亦兵衛が、勝ちほこったように笑った。

「おい、縛《しば》り上げろ」

亦兵衛の命に、犬島衆の手下が侍のなりをした女に近づいた。

船端を背にした女は、哀れな雛鳥《ひなどり》のように追いつめられた。

「それ以上、近づけば、海へ飛び込みます」

おびえているかと思いきや、女は意外にも落ち着いていた。

「海へ飛び込んだって、逃げられやしねぇ。鱶《ふか》の餌になるのがいいところだ」

亦兵衛が顎の無精髭を撫でた。

「わたくしを殺したとて、おまえたちのためにはなりませぬ。かえって、立場を悪くするだけでしょう」

「何をッ！」

「それより、おとなしく従いなさい。このような乱世が、いつまでもつづくわけはない。おまえたちがこの海で好き放題にできるのも、いまのうちだけです」

女の凜《りん》とした声には、おのずと滲《にじ》み出る威のようなものがあった。

命知らずの犬島衆でさえ、思わず気圧《けお》されたように動きを止める。

「何をしている、おめぇたち。女ひとり相手に……。さっさと縛り上げちまわねぇか！」

苛立《いらだ》ったように亦兵衛が叫んだ。

「まだ、わからぬのですか」

女が哀れみの目で亦兵衛を見た。

「逃げ場所がないのはおまえたちのほうです」

「こいつ、恐ろしさのあまり、頭がどうかしちまったか」

「ご覧なさい」

薄笑いを浮かべる亦兵衛の背後を、女がしずかに指さした。

かなたに見える島影から、雄姿をあらわす一艘の船があった。

海賊たちの小早船より、はるかに大きい。

総櫓《そうやぐら》、六十挺櫓《ろくじゆつちようろ》の大型軍船、

——関船《せきぶね》
であった。

「あ、あれは……」

「毛利の関船か」

「まずいですぜ、お頭」

犬島衆が目に見えてうろたえはじめた。

剽悍《ひようかん》をもって鳴る犬島衆も、三島村上水軍、屋代島衆などをしたがえる毛利家の船には手出しができない。

五

関船が、ゆっくりとこちらに近づいてくる。
帆柱にかかげられた旗には、たしかに毛利家の家紋《かもん》、
——一文字三ツ星《いちもんじみつぼし》
が描かれていた。

「さあ、どうするのです」

女が冷たく微笑み、海賊たちを見渡した。

「くそッ。毛利の関船が、なぜここに……」

唐人亦兵衛は顔をゆがめて舌打ちしたが、その決断は早かった。

「退却だッ！　者ども、島へもどるぞ」

「へいッ」

船上に散っていた海賊たちが動き、するすると縄をつたって撤退をはじめた。

「女、来いッ」

亦兵衛が女に歩み寄り、その腕を片手でぐいとつかんだ。

「放しなさいッ」

「犬島の亦兵衛さまが、手ぶらで引き揚げるわけにはいかねぇんだよ」

女は逃れようと必死に身をよじったが、海賊の力は強い。腕を逆にねじ上げられ、苦悶のうめきを上げた。

「何とかしてやりたいもんだが……」

恵瓊の横にいた按針の弥七が、拳《こぶし》を握りしめた。

たまたま船に乗り合わせただけのことだが、目の前で女が連れ去られるのは、海の男として見るに堪えないのだろう。

恵瓊も胸がざわめいたのは、たんなる正義感というより、男装した女の妖《あや》しい美しさがなせるわざだったかもしれない。

次の瞬間、恵瓊は揉《も》み合っている二人に近づき、女に気を取られている亦兵衛に足払《あしばら》いをかけた。

——どう

と、唐人亦兵衛が船上に倒れた。不意をつかれたため、まともに腰を強打したようである。

すでに手下の海賊は、あらかた小早船に乗り移っていたが、残っていたひとりが、

「お頭に何をしやがるッ！」

物凄《ものすご》い形相《ぎょうそう》で刀を抜いた。

「下がっておれ」

恵瓊は男装の女に声を投げた。

海賊が猿のような身軽さで、おめき声を上げながら近づいてきた。

男は、船の上の闘諍《とうじょう》には馴れている。ましてや、相手は丸腰の僧侶である。一刀のもとに斬り伏せるつもりで、大胆に刀を振りかぶった。

刹那《せつな》——。

恵瓊の左手が目にも止まらぬ速さで動いた。

大上段に振りかぶった海賊の腕が、恵瓊にがっちりと受け止められていた。

凝然《ぎょうぜん》と目を見ひらいた男のみぞおちに、恵瓊の拳がえぐるように食い込む。海賊はうめき声も上げず、刀を握ったまま、膝から崩れた。

「よくも……」

このさまを見ていた唐人亦兵衛が、陽灼けした顔をどす黒く染めて歯ぎしりした。

「生かしちゃおかねえッ」

亦兵衛は腰を低く落とし、刀の切っ先を立てて右構《みぎがま》えに取った。たわめた背中に、陽炎《かげろう》のごとき殺気《さつき》がみなぎっている。

恵瓊は飄然《ひょうぜん》と風に吹かれている。

目は座禅を組むときのように半眼にし、相手の姿ではなく、そこに広がる大きな、

――景色《けしき》
を見た。

刃物を前にしても、いささかの恐れもない。恐怖を感じるには、恵瓊は幼いころから多くの死を見過ぎている。

亦兵衛の殺気が揺れた。

と見るや、恵瓊はツツと前へすすんだ。風を切って迫る亦兵衛の白刃《はくじん》をかいくぐり、相手の手首めがけ手刀《しゅとう》を一閃《いっせん》させる。

亦兵衛の手から刀が飛んだ。

銀の弧《こ》を描いて空を舞った刀は、船の垣立に突き刺さる。

「やるな、坊主ッ」

唐人亦兵衛の悪相《あくそう》がゆがんだ。

そのとき、

「お頭ーッ、急いで下せえ。毛利の船が、そこまで迫ってますぜ」

下の小早船から、手下が亦兵衛をせかす声がした。

凄《すご》みのきいた目で、亦兵衛が恵瓊を睨んだ。

「とんだ邪魔をしてくれた。おめえの面、覚えておくぜ」

唐人亦兵衛は敏捷な動作で身をひるがえし、鉤縄をつたって船上から姿を消した。

犬島衆の小早船が八挺櫓を漕ぎ、すべるように廻船から離れてゆく。それと入れ違いに、巨大な関船の影が前方から近づいた。

恵瓊は垣立に歩み寄り、突き刺さっている亦兵衛の刀を抜いた。

「そなたに、かような技《わざ》があったとはな」

師の竺雲《じくうん》恵心が墨染の袂《たもと》を風にはためかせながら言った。

「家祖新羅三郎義光《しんらさぶろうよしみつ》以来、安芸武田家につたわる体術《たいじゅつ》にござります」

「家伝《かでん》の技が身を助けたか」

「はい」

「だが、そのような技、もはや人前では使わぬがよいぞ」

恵心が、刀を握った恵瓊の手元を見つめた。

「そなたは仏門に入ったときから、その身に流れる武士の血を捨てたはず。これよりは、荒々しい武士の技ではなく、知恵をもって天下に名をあらわすのじゃ」

「…………」

「わかったな」

「はい……」

恵瓊は、唐人亦兵衛の刀を陽光にきらめく海に向かって投げ捨てた。

一瞬、白いしぶきが上がったが、刀はすぐに、翡翠《ひすい》色の夏の海に溶けるように吸い込まれていく。

ふと目をやると、毛利の関船から艀《はしけ》が下ろされていた。

数人の侍が艀に乗り込み、恵瓊たちの乗った竜王丸に漕ぎ寄せてくる。

「やれやれ、海賊が去ったと思うたら……。毛利の者が、この船に何用じゃろうのう」

按針の弥七が首をかしげた。

船頭やほかの者たちも、一難《いちなん》去った安堵に胸を撫で下ろしつつ、意外なことの成り行きを見守っている。

艀が船端を接するや、梯子《はしご》がかけられ、船上へ小具足《こぐそく》姿の侍たちがのぼってきた。

そのなかで、頭領とおぼしき浅葱《あさぎ》色の陣羽織を着けた侍が、笠雲恵心の姿をみとめ、ゆったりとした足取りで歩み寄ってくる。

「老師、お久しゅうござります」

男は形のいい髭をたくわえた口もとに、薫風《くんぷう》のような微笑を浮かべ、恵心に向かって丁重《ていちょう》に頭を下げた。

年のころは、三十代なかばだろう。

肩幅の広い堂々たる体軀《たいく》に、一軍をひきいる将にふさわしい品格が滲み、やや目尻の下がった細い目に知性が宿っている。

「これは兵部丞《ひょうぶのじょう》どの」

恵心が男に会釈《えしゃく》を返した。

「恵瓊」

と、恵心は弟子の恵瓊を招き寄せた。

「こちらは、毛利家の海将、浦《うら》兵部丞宗勝《むねかつ》どのじゃ。この先、何かと世話になることもあろう。挨拶しておくがよい」

「おお……。されば、この若者が老師ご自慢の愛弟子《まなでし》、恵瓊どのか。以後、見知りおかれよ」

恵瓊が名乗りを上げるよりも先に、男は厚みのある大きな手で恵瓊の手を握り、気さくに声をかけてきた。

(これが浦宗勝か……)

恵瓊は男を見つめた。

浦兵部丞宗勝——。

小早川隆景《こばやかわたかかげ》の傘下に属する、小早川水軍の総帥《そうすい》である。

本拠地は、安芸国忠海《ただのうみ》(現、広島県竹原市忠海)の賀儀《かぎ》城。

浦宗勝が一躍、天下に勇名を鳴り響かせたのは、弘治《こうじ》元年(一五五五)、毛利元就が陶晴賢《すえはるかた》を破った、

——厳島《いつくしま》合戦
である。

当時、毛利元就は浦宗勝ひきいる小早川水軍と、児玉就方《こだまなりかた》ひきいる河《かわ》ノ内《うち》水軍を配下におさめていたが、圧倒的な陶氏の水軍力にくらべ、その力は劣っていた。

合戦直前、浦宗勝は瀬戸内最大の勢力を誇る、因島、能島、来島の三島村上水軍と直談判し、

彼らを味方につけることに成功。厳島に進軍した二万の陶軍を、海上から急襲して奮戦し、四千余の寡勢《かせい》だった毛利軍を大勝利へと導いた。

以来、宗勝は毛利軍に不可欠の存在となり、瀬戸内海から遠く山陰にまで睨みをきかせている。たんに武勇にひいでているだけでなく、教養もあり、礼節をわきまえた一流の人物と、恵瓊は老師の恵心からしばしば噂を聞いていた。

「それにしても、兵部丞どの。貴殿《きでん》、なにゆえここに」

恵心が宗勝に聞いた。

「老師をお迎えに参じたのでございます」

宗勝は辞を低くして言った。

「迎えは無用と申しておったはずじゃが」

「このところ、犬島衆の動きがあやしいと、われらのもとに知らせが入っておりました。毛利家にとって大事な老師の御身《おんみ》に、もしものことがあってはと思い、船を出した次第」

「いつもながら、気の利《き》くことじゃ。おかげで命拾いをした」

恵心は目尻の皺を深くした。

「お怪我はござらなんだか」

「見てのとおり、わが身に大事はない。だが、人がひとり斬られておる」

恵心が肩ごしに振り返った。

若侍――いや、男装した女が、落命した小者の前に膝をつき、ロザリオに手を当てて祈りを捧《ささ》げていた。さきほどは気丈に振る舞っていたが、小者の死に涙を流している姿は、どこから見ても匂うように美しい女人である。

「あの女は、犬島衆と何かいわくが……」

浦宗勝が眉をひそめた。

「いや、ただの行きずりの者であろうよ」

恵心はそれきり女には興味を失ったように、海に目を向けた。

六

恵心と恵瓊の師弟は、竜王丸から艀に乗り移り、毛利家の関船へ迎えられた。

軍事用の船であるため、総櫓には矢狭間《やはざま》、鉄砲狭間がもうけられている。弓矢のほか、南蛮渡来の新兵器、鉄砲も多数備えつけられていた。毛利の関船を遠望しただけで、犬島衆が慌てふためくのも道理である。

関船は、

——丙辰丸《へいしんまる》
といい、小早川水軍の旗艦であるらしい。

六十挺櫓の丙辰丸は、悠然と波を分け、小西の廻船から遠ざかってゆく。

恵瓊が見下ろすと、小西船の船上では按針の弥七や水主たちが、何ごともなかったようにきびきびと動きはじめていた。

すでに屋形へ入ったのか、女の姿は外には見えない。

浦宗勝の案内で、恵心と恵瓊は船にもうけられた三層の楼閣《ろうかく》の最上階に招き入れられた。そこには、一文字三ツ星の紋を白く染め抜いた紫の幔幕《まんまく》が張りめぐらされている。

「わが船にて、呉《くれ》の湊へお連れいたします。湊では、吉田郡山城からの迎えの者が老師をお待ち申していることでございましょう」

宗勝が、恵心に向かって丁重な口調で言った。

「手数をかけるのう」

「当然のことでございます。ご不自由なことがあれば、何なりとそれがしにお申しつけ下され」

宗勝の態度は、さながら賓客《ひんきゃく》に対するがごとくである。

（外交僧とは……）

これほど、大名家において重んじられる存在なのかと、恵瓊はあらためて感心した。

浦宗勝が去ってから、

「なかなかに、おもしろきものを見たな」

師の恵心が何かを考え込むような顔つきでつぶやいた。

「そなた、あの者をどう見た」

「あの者とは？」

「さきほどの、侍のなりをした女じゃ。よもや、女人の色香に心を惑わされていたわけではあるまい」

「…………」

飄々《ひょうひょう》としているようで、恵心は人の胸の奥底をよく見ている。女の美しさに、若い恵瓊の心がいっとき揺れたのは、まぎれもない事実であった。

「心を動かすのは悪いことではない」

恵心が口元に微笑を含んだ。

「美しい花を見て、美しいと思うのは自然のこと。しかし、心を動かしても、それにとらわれぬことが肝要じゃ。とらわれたときから、迷いがはじまる」

「その迷いが、煩悩《ぼんのう》にございますな」

恵瓊は師の目を見つめた。

「何ごとも、無心になることよ。さもなくば、本来、見えるはずのものまで見えぬようになる」

「心しておきまする」

「わしの見たところ……」

恵心は波の音に耳をかたむけつつ、

「あの女、将軍家の密使であろう」

と、断ずるように言った。

「わたくしも、そうではないかと思うておりました」

恵瓊はうなずいた。

犬島海賊の唐人亦兵衛は、船に積まれた金目の荷ではなく、最初からあの女ただひとりを捜していた。

（二条御所うんぬんと言っていた……）

亦兵衛の言葉を、恵瓊は思い出していた。

――二条御所
とは、足利幕府十三代将軍義輝の居所にほかならない。

足利幕府の権威はすでに地に落ちて久しいが、壮気にあふれる将軍義輝は、
上杉謙信
織田信長
など、諸国の戦国大名に積極的に働きかけ、彼らの入京をうながすことによって、失地の挽回をはかっていた。

（将軍の密命を受け、西国のどこぞの大名のもとへ、使いに行くところだったのだろう）

恵瓊は女の素性をそう睨んだ。

使者にわざわざ女を使ったのは、道中、人目につきにくくするためか、あるいは女自身がよほど将軍の信頼を得ているからであろう。

（小督、とか申したな……）

その名も、いかにも二条御所に仕える上臈《じょうろう》らしい。

唐人亦兵衛が女を狙ったのは、将軍の政治的な動きが、亦兵衛あるいは、その背後にいる勢力にとって、しごく目障《めざわ》りなものであるためと推察された。

恵瓊が自分の考えをのべると、

「よう読んだ」

師の恵心は満足げにうなずいた。

「それにしても、将軍家はいずこへ使いを送るつもりだったのでございましょうか」

さすがの恵瓊も、そこまで読みきるには経験と知識が不足している。

「わからぬか」

「はい」

「伊予《いよ》の河野《こうの》じゃな」

恵心は言った。

河野氏は、伊予国の名族である。

その起源は古く、天平《てんぴょう》時代にまでさかのぼる。伊予国越智《おち》郡を本拠とし、かつては越智姓を名乗った。

律令《りつりょう》制度がゆるみ、瀬戸内海に海賊が出没するようになると、朝廷から追捕《ついぶ》を命じられ、海の取り締まりにあたった。これをきっかけに、河野氏は武士化。河野通信《みちのぶ》ひきいる水軍が源義《みなもとのよし》経《つね》を助けて平家《へいけ》と戦うなど、勇名をとどろかせてゆく。

やがて、室町《むろまち》幕府から伊予国守護《しゅご》に任じられた河野氏は、温泉郡湯築《おんせんぐんゆづき》に城を築き、来島村上氏を配下に加えて、瀬戸内海の海賊衆に睨みをきかせる存在となった。

伊予国だけではなく、対岸の備前国児島にも進出し、同地に勢力を伸ばす新興の宇喜多直家と利害が対立している。

「なにゆえ、将軍が河野へ密使を送るのでござりましょうか」

恵瓊は師に問うた。

「おそらく、豊後の大友義鎮《よししげ》との同盟をうながそうとの意図であろう」

「河野と大友を……。河野家当主の通直《みちなお》は、毛利さまとよしみを通じ、いまは大友氏と敵対しているのではございませぬか」

「そこが、外交というものよ」

恵心は声をひそめ、

「将軍家の狙いは、河野、大友の同盟を画策することで、出雲尼子《いずもあまご》氏との和議のすすめに、なかなか首を縦に振らぬ毛利家に揺さぶりをかけることであろう。豊後の大友と、伊予の河野が手を結べば、鎮西《ちんぜい》（九州）進出をはかる毛利家にとってこれほど嫌なことはない」

「そこまで見通しておられながら、師僧はなぜ、あの二条御所の使いを見逃されたのでございます」

恵瓊の疑問は当然である。

毛利家にとって不利益な使者とあれば、外交僧として、これを止めぬのは職務の怠慢と言えるのではないか。

だが、師の恵心は超然としていた。

「二条御所の使者が何を説いたとて、河野が大友との同盟に応ずるはずがない」

「それは……」

「河野家は、家臣の内紛や在地の土豪の反乱がつづき、いまや毛利さまの後ろ楯《うしろだて》なしでは、伊予の支配を安定させることは難しい。それよりも、足利将軍家と河野家の接触を恐れているのは、宇喜多直家であろう。河野が将軍家のお墨付《すみつき》を得て、備前児島の支配を確かなものにしてしまえば、宇喜多の立場は苦しくなる」

「されば、犬島衆がやっきになって密使を捜していたのは、宇喜多直家の意を受けてのこと」

恵瓊は目の奥を光らせた。

「それに違いあるまい」

ようやくわかったかという顔で、師の恵心が深くうなずいた。

（なるほど……）

恵心が密使の行き先を伊予の河野氏と断定したのは、犬島衆と宇喜多の結びつきを考えれば、ごく自然のことであろう。

外交は、

（複雑に絡み合った因陀羅網《いんだらもう》のようだ……）

恵瓊は思った。

禅門《ぜんもん》の教義ではないが、同じ仏教の華厳宗《けごんしゅう》の教えに、

――因陀羅網
というものがある。

因陀羅網とは、それぞれの結び目に宝玉《ほうぎょく》をちりばめた網《あみ》のことである。結び目の宝玉のひとつを持ち上げると、隣り合った宝玉がつぎつぎと動いていく。また別な宝玉を持ち上げると、別の宝玉が動く。

宝玉はたがいに相映《あいえい》じ、映じた玉がまた映じ合い、無限に映じる関係を持ちつづける。

この世の因果《いんが》は、すべて網のごとく絡《から》み合っているということだ。何が原因で、何が結果ということはない。すべての事象に原因が存在し、すべての事象に結果が存在する。

（戦国群雄の関係も、また因陀羅網と同じではないか……）

味方と思っていた者が、じつは敵と結び合い、敵と思っていた相手が、ひとつ状況が変われば味方にも変ずる。

師に従って毛利の外交にかかわることは、ただ毛利家のことのみを考えておればいいということではない。

広い世界を知り、無数に絡み合った網の結び目をひとつひとつ見定め、直感力を研《と》ぎすませていかなければ、つとまらぬ役目であった。

(宇喜多も、河野も、大友、尼子、そしてあの毛利元就ですら……)

煎《せん》じつめれば、たがいに映じ合う宝玉のひとつに過ぎないということであろう。

毛利家の内懐《うちふところ》に入り込み、果たしておのれが因陀羅網にいかなる波紋を投げかけられるかはわからない。

だが、

(おれはこの手で宝玉を操り、因果の絡み合う天下を動かしてみせよう……)

恵瓊は、おのが心にかたく誓った。

毛利《もうり》一族

一

毛利の関船《せきぶね》、丙辰丸《へいしんまる》が安芸《あき》国呉《くれ》の湊《みなと》に入津《にゆうしん》したのは、それから五日後のことであった。恵瓊《えけい》が故郷安芸の土を踏むのは、八年ぶりである。

（帰ってきた……）

という感慨と、

（闘いはこれからだ）

という挑戦的な思いが、長身を墨染《すみぞめ》の衣《ころも》につつんだ恵瓊の胸に潮《うしお》のごとく満ちてきた。

呉の湊には、吉田郡山城《よしだこおりやま》から竺雲恵心《じくうんえしん》を迎える手輿《たごし》が差し向けられていた。

東福寺《とうふくじ》本山の住持《じゆうじ》といえば、俗世では右大臣に匹敵するほどの格式がある。手輿の迎えは当然なのだが、恵心は仰々《ぎようぎよう》しいことを嫌い、

「足があるのだ。歩いていく」

と、それを断った。

見送りのために湊へ下り立った浦宗勝《うらむねかつ》が、

「権威ぶらぬところが、老師のお人柄でございますな。さればこそ、諸大名のうちにも老師をお慕《した》いする者が多いのでござろう」

皓《しろ》い歯をみせて笑った。

恵心と恵瓊の師弟は、その日、安芸安国寺《あんこくじ》に泊まった。

安国寺は恵瓊が少年時代を過ごした寺である。

恵瓊に学問を教えた住職の慈林《じりん》はすでに亡く、よそからやって来た見知らぬ僧侶が寺をあずかっていた。

さすがに懐かしさが込み上げた。

草葺《くさぶ》き屋根の本堂も、庭の池にかかる石の太鼓橋《たいこばし》も、井戸のわきに枝をのばすクロガネモチの大木も、以前といささかも変わっていない。裏山の杉木立から蟬の声が降りしきり、恵瓊の心を一気に、十代の昔に引きもどした。

(住職の目をしのんで裏山にのぼり、体術《たいじゅつ》の稽古をしたものだ……)

夜になって、師の恵心が眠りについてから、恵瓊はかつてしたように寺を抜け出し、竹藪《たけやぶ》におおわれた裏山への道をのぼった。

青い月明かりが落ちている。

たとえ闇のなかでも、恵瓊は苦もなく道をたどることができるだろう。それほど、通い馴れた道だった。

藪をかき分けていくと、にわかに視界のひらける削平地《さくへいち》に出る。

そこからは、黒い竜の背のような太田川の流れをへだてて、正面に山の稜線をのぞむことができた。

（父上……）

恵瓊は胸のうちでつぶやいた。

その山には、かつての安芸武田氏の居城《きよじょう》、銀山城《かなやま》がある。

恵瓊はまたたきの少ない目で、椀を伏せたような形の銀山を見つめた。

落城の炎、兵たちの叫び、悲鳴、風をきって矢が飛び交う音が、ありありと脳裡によみがえってくる。

（おれは……）

と、恵瓊は唇を噛んだ。

（ふたたび、この地にもどってきた。約束を果たすために……）

雲が流れ、月をおおい隠した。

真っ暗闇のなかで、恵瓊の胸に突如、颶風《ぐふう》のような感情が吹き荒れた。それは、京ではひた隠しにし、生きるために飼い馴らしてきた、体の奥底に息づく烈《はげ》しい思いだった。

恵瓊は走った。

叫んだ。

そして、目に見えぬ何者かに向かって、繰り返し、繰り返し、狂ったように何度も拳《こぶし》を突き出した。

赤松の木に向かって蹴りを入れる。

かつて蹴り技《わざ》の稽古をした木の幹は、そこだけ樹皮《じゆひ》が剝《は》げ、深く抉《えぐ》れている。そのくぼみめがけ、恵瓊はするどい前蹴りを放った。

戦場《いくさば》で編み出された実戦の体術である。技をきわめれば、その突きや蹴りは骨を砕《くだ》くほどの威力がある。

ヤッ
ヤッ
と、気合が闇をつん裂《ざ》いた。

湧き出す汗が首筋をつたい流れた。

夜がしらみはじめるまで、恵瓊は裏山で新羅三郎義光《しんらさぶろうよしみつ》よりつたわる武田家秘伝の体術の技を鍛《たん》練《れん》した。

朝――。

井戸で汗を流した恵瓊は、何ごともなかったように老師の前にあらわれた。

「昨夜はどこに行っておった」

恵心が聞いた。

「何のことでございましょうか」

「寝所《しんじょ》におらなんだようじゃ」

「…………」

恵瓊は目を伏せたが、すぐにもとの表情にもどると、

「久しぶりの故郷ゆえ、なかなか寝つかれませなんだ。裏山で座禅を組んでおりました」

「座禅か」

「はい」

「ふむ……」

師の恵心は、それ以上、深くは詮索しなかった。

二

安芸安国寺から吉田郡山城へは、北東へ十里（約四十キロ）。

太田川にそって溯《さかのぼ》り、さらに支流の根之谷《ねのたに》川ぞいの道をたどってゆく。

恵瓊と師の恵心は、さわやかなせせらぎの音を聞きながら、風の吹きわたる木立の影を縫うように歩いた。

中国山地の脊梁部《せきりょうぶ》の南には、大小の盆地が点在している。

三次《みよし》、庄原《しょうばら》、壬生《みぶ》など、それぞれの盆地の中心に、ゆたかな美田にめぐまれた集落がひらけていた。

毛利氏の居城がある吉田荘も、そうした盆地のうちのひとつであった。

毛利氏がこの地に城を築いたのは、延元《えんげん》元年（一三三六）。大江広元《おおえのひろもと》の曾孫《そうそん》にあたる毛利時親《ときちか》が、地頭職《じとうしょく》を有した高田郡《たかだごおり》吉田荘へ下向《げこう》し、盆地の北方にそびえる、

——郡山

の東南の峰に城地を定めた。
その後、家運を隆盛させた元就《もとなり》の代にいたって、城は郡山の全域に拡がる大規模なものに拡張された。
山のいただきに築かれた本丸、二ノ丸、三ノ丸を中心に、
厩《うまや》ノ壇《だん》
釜屋《かまや》ノ壇
羽子《うご》ノ丸
姫《ひめ》ノ丸
釣井《つりい》ノ壇
一位《いちい》ノ壇
御蔵《おくら》屋敷
勢溜《せどめ》ノ壇
など、百三十にもおよぶ大小の曲輪《くるわ》が、頂上から蛸足《たこあし》状にのびるそれぞれの尾根にそってもうけられている。郭《くるわ》と郭は複雑な通路によって結ばれ、ふもとの外周には二重の堀がめぐらされていた。まさに、大要塞といっていい。
本丸からは、山の南麓《なんろく》に広がる城下と、多治比《たじひ》川、それと合流して日本海へ北流する可愛《えの》川、南方の鈴尾《すずお》、中山城、西方の猿掛《さるかけ》、竹長《たけなが》城まではるかに見通すことができ、山陽、山陰両面へ拡大する毛利領の支配にはうってつけの立地と言えた。
恵瓊らが吉田盆地に入ったのは、その日の夕刻である。ちょうど、西の山ぎわに夕陽が沈もう

としていた。

盆地の底にはすでに山の影が落ちていたが、郡山山頂の本丸は、残照《ざんしよう》を浴びて黄金《おうごん》の城のように輝いていた。

その輝きは、現在の自分の手が届かぬ毛利家の勢いそのもののように、恵瓊の目には映った。

恵心と恵瓊は、郡山南麓の、

――興禅寺《こうぜんじ》
にわらじの紐《ひも》をといた。

興禅寺は毛利家の菩提寺《ぼだいじ》である。恵心は東福寺の住持であると同時に、この興禅寺の住持もつとめている。

境内《けいだい》は、京の東福寺に劣らぬほど広い。

山門《さんもん》をくぐると、仏殿《ぶつでん》、法堂《はうどう》、方丈《はうじよう》、庫裡《くり》、書院がつらなり、まわりに衆寮《しゆりよう》、浴殿《よくでん》、東司《とうす》、鐘楼《しようろう》、経蔵《きようぞう》などが重厚なたたずまいで建ち並んでいる。そのほか、参道の両脇に十を越える塔頭《たつちゆう》があり、寺の経済力と勢威を感じさせた。

となりには、スサノオノ尊《みこと》をまつる祇園《ぎおん》社がある。この地で、尊が八つの頭と八つの尾を持つ八岐大蛇《やまたのおろち》を退治したという伝承の残る古社である。

興禅寺と祇園社には、毛利元就はじめ、京から下向した公卿《くぎよう》たちがしばしばおとずれ、連歌《れんが》、蹴鞠《けまり》、能楽《のうがく》などに打ち興《きよう》じた。すなわち、この地は、京風に洗練された郡山文化の中心地であった。

「おどろいたか」

方丈に入った恵心が、長旅で疲れた脚を容姿美麗《ようしびれい》な稚児《ちご》に揉《も》ませながら言った。安芸滞在中にいつも召《め》し使っている者らしく、何も命じずとも、恵心の身の回りの世話をよく心得ている。

「はい」

と、恵瓊はうなずいた。

「応仁《おうにん》の乱よりこの方、京の社寺は幾度も兵火にかかり、見るかげもなく衰えております。ご本山の伽藍《がらん》でさえ、この寺に比べれば……」

「みすぼらしく見えよう」

「はい」

「国を治める者に、力があるというのはそういうことだ。毛利さまのような強力な大名の領内には、戦乱もなく、民は安《やす》んじて田畑を耕し、あきないにいそしむことができる。反対に、帝《みかど》のおわす都であっても、為政者に力がなくば、治安は乱れ、人心は荒廃して土地は衰亡に向かう」

「力は正義、ということでございますか」

「いや」

恵心が首を横に振った。

「たとえ力を得ても、徳なき者が国を治めることはできぬ。力で人を押さえつけようとすれば、世は混乱に向かうだけだ」

「されば、まことの為政者のあるべき姿とは？」

「いっさいの私利私欲を捨て、民を思いやることであろう。力をもって国を制しても、力をもって民を治めてはならない。わしはそのことを、つねに毛利家の方々に説いておる」

「して、毛利家の方々は何と？」

「いずれ、会うてみればわかる」

夜の闇に沈む郡山城に、恵心が目をやった。

三

翌朝——。

笠雲恵心は弟子の恵瓊を従え、郡山城へ登城した。

城主元就の住まいは山上《さんじょう》の本丸ではなく、麓《ふもと》の御里《おさと》屋敷にある。中世以来の山城では、日常生活の場は山の麓に置くのが通例で、重臣たちの屋敷もそのまわりにあった。

しかし、ひとたびいくさとなれば、様相は一変する。

天文《てんもん》九年（一五四〇）秋、尼子晴久《あまごはるひさ》が三万余の大軍をもって攻め寄せたとき、元就は郡山の天険を利用して山上の本丸に立て籠った。籠城戦は五カ月の長きにおよんだが、尼子軍はついに城を攻めきることができず、逆に大内義隆《おおうちよしたか》の援軍を得た毛利方の前に大敗を喫《きっ》した。郡山城は長期の包囲にもびくともしない、元就自慢の名城なのである。

御里屋敷からは、水濠《みずぼり》をへだてて城下町をのぞむことができる。屋敷はこんもりとした緑濃い樹林につつまれ、そこだけ盆地の蒸し暑さとは無縁の、別天地のような涼しい微風が吹いていた。

（元就に会うのだ……）

と思うと、恵瓊は我にもなく緊張し、ひりひりと痛みさえ伴うような喉の渇きをおぼえた。頭は熱をおびているのに、手足の先がそこだけ冷たくなっている。

だが、

(臆《おく》することはない。堂々と胸を張り、やつの目を見すえてやらねば……)

恵瓊はおのれに言い聞かせた。

その気負い、初陣《ういじん》にのぞむ、若武者に似ているかもしれない。幼き日、おのが運命を変え、そしていままた、おのれの行く道を決めるかもしれぬ男との対面にのぞむのである。意識するな、と言うほうが無理というものであろう。

師のあとについて、磨《みが》き抜かれた長廊下《ながろうか》をすすみ、池に面した会所《かいしょ》に足を踏み入れた。

会所は、饗応《きょうおう》の酒宴《しゅえん》のほか、連歌、茶の湯、管弦《かんげん》、能楽、碁《ご》、双六《すごろく》など、さまざまな遊興《ゆうきょう》の会が催《もよお》される場である。

広さは二十畳敷と、さほど広くはないが、七宝《しっぽう》をはめ込んだ釘隠《くぎかくし》や、四季花鳥の図を描いた襖《ふすま》など、すみずみまで贅《ぜい》をこらした造りであることが見て取れた。

夏のことゆえ、舞良戸《まいらど》や明かり障子《しょうじ》は取り払われ、林間に遣水《やりみず》のめぐる庭がよく見える。

心の字形の池のほとりに、五葉松《ごようまつ》の大木が亭々《ていてい》と枝をのばし、その下で白鷺《しらさぎ》が魚をついばんでいた。

「よくぞもどられた、老師」

会所の奥で声がした。低いがよく響く、聞く者に威圧感をおぼえさせる老人の声だった。

奥が暗いので顔はよく見えないが、正面に座しているのが、毛利家を一代で大発展させた元就であろう。

その左右に、向かい合って肩衣袴《かたぎぬばかま》を着した三人の男の姿があった。

「無沙汰《ぶさた》をいたしておりました」

元就の前にすすんだ竺雲恵心が、墨染の衣の袖を払い、ゆったりと頭を下げた。

「老師の帰りを、一日千秋の思いで待ちわびていた。京のようすはいかがであった」

元就とおぼしき老人が、やや性急な口調で聞いた。

「朝廷へ参内《さんだい》いたし、先年の任官の御礼を申しのべてまいりました。御門《みかど》も、陸奥守《むつのかみ》さま、大膳《だいぜん》大夫《だいぶ》さま、駿河守《するがのかみ》さまのお心遣《こころづか》いを、いたく感謝なされているようにござりました」

先年の任官とは、毛利家が正親町《おおぎまち》天皇の即位式の費用二千貫《がん》を献上した功により、元就を陸奥守に、長男隆元《たかもと》を大膳大夫に、二男吉川元春《きっかわもとはる》を駿河守に、それぞれ叙任《じょにん》したことをいう。仲介したのはほかならぬ恵心で、これにより毛利家は京の朝廷と深いつながりができた。

また同時に、恵心は二条御所《ごしょ》の将軍足利義輝《あしかがよしてる》にも、毛利家からの献上金を差し出し、見返りとして隆元を安芸守護《しゅご》とみとめさせることに成功している。

安芸守護は、代々、銀山城の武田家がつとめてきたが、天文十年（一五四一）五月の武田家滅亡後、長らく不在となっていた。

武田家を滅ぼした毛利氏の嫡男《ちゃくなん》に、守護の座が渡ることは、力がすべての戦国の世の冷厳《れいげん》な事実をあらわしている。

「将軍のほうは、うまく黙らせることができそうか」

元就が重ねて聞いた。

「それを申し上げる前に……」

恵心が居ずまいを正し、

「あれなる者、以前、お話し申しておりました、わが弟子でございます。走り使いなどさせますゆえ、どうかお見知りおきを」

と、部屋の外の広縁《ひろえん》にいる恵瓊のほうを振り返った。

「恵瓊と申します」

恵瓊は深く頭を下げた。

「いつぞや老師から聞いた、武田家の末裔《すえ》か」

元就がわずかに身を乗り出し、広縁にするどい視線を投げた。

「武田家とは、われらが滅ぼした銀山城の武田家にございますか、父上」

元就の横にいた壮年の男が、戸惑ったような声で言った。

毛利家の長男、隆元である。

この年、三十九歳。すでに毛利家の跡取りとして、父元就より家督をゆずられている。ただし、じっさいの権限はいまだ元就が握っており、隆元の背後で睨みをきかせていた。

同席するほかのふたりは、三十二歳になる二男の吉川元春《きっかわもとはる》と、二十九歳の三男小早川隆景《こばやかわたかかげ》であった。

ちなみに、三兄弟の父の元就は六十五歳になっている。人生五十年といわれたこの時代の男としては、頑健な体の持ち主で、まだまだ衰えぬ野心を骨格のしっかりした顔にみなぎらせていた。

現在残る毛利元就、同隆元、吉川元春、小早川隆景の肖像をくらべてみると、それぞれがはっきりとした個性を放っている。

まず、父の元就だが、面長《おもなが》で彫りの深い押し出しのいい風貌をしている。鬢《びん》から顎、口もとにかけて茶色の髯をたくわえており、いかにも、みずからの運命を独力で切り開いてきた男という雰囲気が滲み出ている。とはいえ、たんなる蛮勇の士ではなく、鳶《とび》色がかった瞳に冷静で知的な光が宿《やど》っている。

跡取りの隆元には、自筆とつたわる白描《はくびょう》の画像が残されている。元就が将来を期待した長男と言われているが、絵を見るかぎり、その面貌《めんぼう》はいささか人間的な重々しさを欠いている。父に似ず丸顔で、吊り上がった目が精神的な不安定さを感じさせる。偉大な父元就が築き上げた実績を汚すまいと、肩に力が入り、必死に虚勢を張っているようにも見える。

この隆元と対照的に、二男の吉川元春は丸顔ながら、肚《はら》のすわった武人らしい刃物のような目が印象的である。元就から、武勇と豪胆《ごうたん》さを受け継いだ元春は、生母妙玖《みょうきゅう》の実家である吉川家を相続。石見《いわみ》、出雲《いずも》経略の先鋒として、父と兄をささえていた。

三男小早川隆景もまた、毛利本家を出て、安芸の有力国人《こくじん》である小早川家に養子に入っている。これにより、毛利氏は小早川水軍を手にすることになり、瀬戸内海へ勢力をのばす大きな原動力となった。

隆景の端正にととのった細面《ほそおもて》の顔には、武人としての猛々しさよりも、知性のほうが色濃くあらわれている。のちのち、天下の知将として名を響かせることになるが、その知謀は父元就ゆずりだろう。

毛利の息子たちは三者三様、それぞれの立場で、恵瓊の人生にかかわってくることになる。

「武田がどうかいたしたか」

毛利元就が、玻璃《はり》のような目で息子の隆元を見た。

「かつての敵の一族を、おそばに召し使われるのでございますか」

「それが、何だと申すのだ」

「それがしは賛成できませぬ」

隆元が言った。

「一族を滅ぼされたのでございます。当然、われらに恨みを抱いておりましょう。毛利家にとって害となっても、けっして益をもたらすことはございますまい」

「そのほう、よもや恐れておるわけではあるまいな」

元就の口もとに、かすかな笑いが浮かんだ。

「あのような取るに足らぬ者、それがしが恐れるはずがございませぬ」

むきになったように、隆元は声を高くし、

「ただ、万が一のことがあってからでは遅うございますゆえ」

と、広縁にかしこまる恵瓊を冷たく一瞥した。

「老師の一番弟子だそうじゃ。それでも、そなたは不服を言い立てるか」

「老師の……」

隆元はかねてより、温厚で誠実な人柄の竺雲恵心に私淑《ししゅく》している。興禅寺をたずねて、私的な悩みを相談することもあり、恵心が京にいるあいだも書状のやり取りをしていた。惣領《そうりょう》として毛利家を背負っていかねばならぬ立場でありながら、その反面、父に遠くおよばぬ才覚と器量に対する不安が、恵心に救いをもとめさせている。

まだ、納得のいかぬ顔をしている隆元を見て、

「そのほうらは、どのように思う」

ほかの二人の息子に、元就は言葉を投げた。

「父上がよろしいのであれば、それがしに異存はござらぬ」

憮然《ぶぜん》とした顔で、二男の吉川元春が言った。

元春は元来、寡黙な男である。恵瓊の存在にはまったく興味がないらしく、広縁のほうを見ようともしない。

「生まれがどうあれ、大事なのはその者の能力でありましょう」

と言ったのは、三男の小早川隆景であった。

「俗世にあれば、わが毛利家に恨みも抱いておりましょうが、恵瓊とやらは、すでに髪を剃《そ》って出家した身。出自《しゅつじ》をとやかく言うのは、酷《こく》でございます」

「わしもそのように思う」

元就がうなずいた。

「武田の子であろうが何であろうが、役に立つ者は使う。それがわしのやり方だ」

それきり、恵瓊のことは忘れ去ったかのように、毛利家の人々は竺雲恵心をまじえて、外交問題を話し合いはじめた。

「将軍義輝さまは、あくまで出雲の尼子との講和をお望みでございます」

恵心が言った。

「むろん、豊後の大友とも諍《あらそ》ってはならぬというのであろうな」

元就の皮肉な響きを含んだ言葉に、

「はい」

と、恵心はうなずいた。

たがいに牙を剝き合う大名の間に割って入り、調停をおこなうことによって、地に落ちた幕府の権威を回復しようというのが将軍足利義輝の考えである。

表向き、毛利氏は将軍の意に従う姿勢をみせているが、本音は一日も早い尼子領への武力侵攻を望んでいた。

「尼子義久《よしひさ》どのも、頼みの綱は将軍家だけなのでございましょう。こちらは、かねてよりのお申しつけどおり、講和に応じるとも応じないとも、はかばかしいご返答は避けておきました」

「それでよし」

元就が目で笑った。

郡山城下には、昨年から将軍義輝の使者が滞在している。

聖護院道増《しょうごいんどうぞう》
朝山日乗《ちょうざんにちじょう》
の二人の外交僧である。

元就は彼らを、能や酒宴で下へもおかぬようにもてなしながら、その一方で、尼子との和平話はのらりくらりと引き延ばして返事をしなかった。

道増、日乗ともに、義輝の信頼あつい外交交渉の巧者だが、毛利家一流の延引工作には、さすがに音を上げ、

——これでは、肚《はら》を打ち割った話もできぬ。

と嘆きつつ、無為な日々を過ごしていた。

恵心の将軍に対する不明確な態度は、そうした元就の外交術の一環である。

とはいえ、将軍の仲介を無下《むげ》にはねつけないのは、元就がそこに別の利用価値を見いだしているからだった。

「大友とは、いまは敵対しておるが、いずれおりを見て和睦する。将軍家には、そちらの仲立ちをしていただくつもりだ」

「なにゆえ、大友と結ぶのでございます、父上」

三男の小早川隆景が、元就を見た。

「尼子と大友の仲を分断するためよ。尼子を滅ぼすまでは、なるべく周囲に敵を作らぬことだ。ことを成したのち、同盟を破棄して大友攻めに力を集中させればよい」

四

毛利一族の話を広縁のすみで聞きながら、恵瓊はふと、銀山落城の炎を思い出していた。

（これが元就の知略か……）

銀山城を攻めるとき、元就は火を放った千足のわらじを太田川へ流すという陽動作戦を用い、城方の裏を見事にかいて勝利をおさめた。

それを、

――卑怯
と責める気持ちは、いまの恵瓊にはない。

戦いは知恵のあるほうが勝つ。知恵なき者は滅び去る。ただ、それだけのことである。

その知恵を磨き、いつの日かおのれが望むものを手にするためにも、

(元就の手並み、この目でとくと見てくれよう……)

恵瓊は異様に輝く双眸で、その男を飽かず見つめた。

「隆元」

と、元就が長男の隆元に声をかけた。

「大友攻めの準備をせよ。九州へ兵を送り、豊前一国を切り取ってくれよう」

「たったいま、父上は大友とは和議を結ぶと申されたばかりではありませぬか。それを、出兵とは……」

隆元は、父の命令が理解できぬようすである。

うっすらと笑っている元就に代わり、聡明で知られる弟の小早川隆景が、

「兄上」

と、口をひらいた。

「父上は強硬姿勢をしめすことにより、大友に和議を受け入れさせようとのご所存ではございますまいか。長年、わが毛利家と相争ってきた大友が、いかに将軍の仲立ちとはいえ、たやすく和議を受け入れるはずもなし。攻められて窮地に陥れば、大友も話に乗らざるを得なくなりましょう」

「惣領のわしに、講釈をする気か」

隆元が吊り上がった目で弟を睨んだ。

「さようなつもりはございませぬ」

「ならば、余計な口は出すな」

握った拳を震わせる隆元を、二男の吉川元春が横目で見て、

「兄上は、偉うございますからな」

と、冷たく言った。

どうやら、毛利家の三兄弟は仲があまりよくないらしい。

父の元就が顔をしかめ、

「つまらぬ口争いはやめよ。おまえたちは、同じ母から生まれた兄弟《はらから》ではないか。亡き妙玖が見たら、嘆こうぞ」

と、息子たちを叱責した。


「あのお三方の仲の悪さだけは、元就さまの頭痛の種よ」

興禅寺へもどってから、師の恵心が嘆いてみせた。

「以前から、ああなのでございますか」

恵瓊は、毛利家の内実に強い興味を持った。

「それぞれ、ご性格がまったく異なっておるゆえのう。このままでは行くすえが案じられると、おりにふれ、元就さまもご子息がたを諫《いさ》めてはおられるのだが」

「妙玖さまとは？」

「元就さまの亡きご正室《せいしつ》で、ご兄弟の母君よ。妙玖さまには、もうひとり、安芸国人の宍戸《ししど》隆家《たかいえ》どのに嫁《か》した姫がおわし、隆元さま以下の三兄弟とこの姫さまが、毛利家ではことのほか敬《うやま》われておる。元就さまは、妙玖さまが亡くなられるまで、側室《そくしつ》というものをお持ちにならなんだ。策謀家のように見えるかも知れぬが、元就さまは人一倍、情《なさ》けにあつきお方よ」

「ほかに、元就さまのお子は……」

「妙玖さま亡きあと、側室をお迎えになり、何人か庶子《しょし》をもうけられているが、一門としてのあつかいはなさっておられぬ。苦しい時代をともに戦ったご正室への、思いの深さゆえであろう」

「元就さまとは、そのように甘いお方でございましょうか」

恵瓊は言った。

「どういうことじゃ」

「亡きお方さまのことを口にされるのは、不仲の兄弟を結束させんがため。また、ご正室腹《ばら》の方々と庶子のあつかいを厳しく分けているのは、家中に無用の混乱を起こさぬためでありましょう。そもそも、それほど情けにあついお方が、謀略をもって何度も人を騙《だま》し討ちにできるものでしょうか」

「銀山落城のことを申しているのか」

「いえ……」

「どのような人間にも、善なる顔と悪なる顔がある」

恵心は朴《ほお》の湯をすすり、

「ひとりの人間のなかに、妻や子を慈《いつく》しむ菩薩《ぼさつ》の相と、敵に刃《やいば》を振るう阿修羅《あしゅら》の相が同居している。されぱこそ、人。人であるゆえにこそ、元就さまには元就さまの、隆元さまには隆元さまの苦しみがある」

「は……」

「この先、そなたが外交僧として名をなしたいと望むからには、その紙一重のところを見きわめねばならぬ。喧静而して皆禅《けんせいしこうみなぜん》、喧《かまびす》しいのも静かなるのも皆禅である。人もまたしかり」

「人の心の襞《ひだ》を観よということでございますか」

恵瓊の問いに、恵心は答えなかった。


毛利元就は、その言葉どおり、嫡男隆元を大将とする大軍を送って大友氏を激しく攻めつけた。豊前の地侍《じざむらい》の多くは毛利の軍門に下《くだ》った。窮《きゅう》した大友宗麟《そうりん》は将軍義輝に黄金五十両を献じて、

「毛利との仲を取りもって下さいませ」

と調停を願った。

すべて、元就のもくろみどおりである。

その間、恵瓊は師の恵心とともに、大友氏の豊後大分城、安芸郡山城、さらには京を忙しく往復し、講和の交渉にあたった。

もとより、恵瓊の弁舌はさわやかである。ばかりでなく、酒宴の席が不得手な師に代わって、将軍の使者聖護院道増の接待にあたり、若さに似合わぬ度胸のよさと頭の回転の早さで、相手と対等にわたりあった。

恵瓊の存在は、毛利家のみならず、将軍の側近のあいだでも、しだいに知られるようになった。

「あの男、なかなか使えるではないか」

「滅亡した安芸武田家の末裔だそうだ」

「どうりで、都の使者の前でも堂々としていると思うたわ」

名門武田家の名に、毛利家の家臣たちは、畏敬すら含んだ目で恵瓊を見た。

この時代、家の名は後世の人間が思っている以上に重い。

ことに、

——清和源氏《せいわげんじ》
の名は、武門の最高権威として、特異な響きをもって人々の耳に響いた。

鎌倉幕府をひらいた源頼朝《みなもとのよりとも》、室町幕府をひらいた足利尊氏《たかうじ》、ともに清和天皇を祖とする清和源氏の流れをくんでいる。秩序なき下克上の乱世に生きる諸国の戦国大名も、天下を制する者の象徴としてその名を尊び、憧憬《どうけい》の念を抱いた。

安芸武田氏もまた、清和源氏である。

滅んだとはいえ、その血筋への尊崇《そんすう》の思いは、いまだ人々の心に根強く生きている。

その武田の名を、

（あますところなく使ってくれよう……）

恵瓊は思った。

すでに外交僧として声望を得ている竺雲恵心にくらべ、若い恵瓊には実績がない。師の代理で将軍の使者や大友家の使者と会っても、そのままでは、相手に見くびられるだけである。

名門武田家の名は、徒手空拳の恵瓊にとって、おのれをささえる唯一の誇りであり、またとない大きな武器ともなっていく。

五

永禄《えいろく》六年（一五六三）春――。

毛利氏と大友氏のあいだで講和が成立した。

これにより毛利元就は、かねてよりの宿願であった出雲尼子攻めに、全精力をかたむけることができるようになった。

「尼子攻めに本腰を入れる前に、朝廷を味方につけておかねばならぬ」

朝廷の黙認を得て出雲侵攻を正当化するため、元就は思い切った一手を講じた。

「石見銀山を御料所《ごりようしよ》として献上する。急ぎ上洛し、そのむねを言上《ごんじよう》せよ」

元就は、外交僧の竺雲恵心に命じた。

「石見銀山を、でございますか」

恵心は意外な顔をした。

石見銀山は、元就が尼子氏からもぎ取った、巨万の富を生み出す鉱山である。それを朝廷に差し出すとは、あまりに気前がよすぎるのではあるまいか。

恵心の不審を読み取ったか、

「御料所などとは、ただの建前よ」

元就が声をたてて笑った。

「建前とは……」

「せっかく手に入れた宝の山を、苦労知らずの公卿《くぎょう》どもにくれてやるはずもない。銀山からの上がりは、代官の名目でこれまでどおり毛利家が接収する。朝廷には、そのうちいくばくかを貢《みつ》ぎ物として差し出せばよかろう」

「は……」

命を受けた恵心は、恵瓊を伴い、ただちに上洛の途についた。

京の朝廷対策をおこなう一方で――。

元就はいち早く、尼子攻めに着手した。

二男吉川元春、三男小早川隆景とともに、みずから軍勢をひきいて出雲へ侵入。宍道湖《しんじこ》北岸の洗合《あらわい》の地に陣をしき、

――尼子十旗《じっき》の城
の筆頭に挙げられる、白鹿《しらが》城をうかがった。

白鹿城を守るのは、尼子義久の叔母の婿《むこ》にあたる松田誠保《まさやす》である。

尼子氏の本城月山富田《がっさんとだ》城を防衛する最重要拠点で、ここを陥《おと》れることは、尼子義久の孤立を意味した。

とはいえ、白鹿城は急峻《きゅうしゅん》な山のいただきに築かれた要害堅固な城である。城兵の士気も高く、これを落とすのはたやすいことではない。

「いかように、攻めてくれよう」

宍道湖の夕陽を眺めながら、元就は思案を練った。

その矢先――。

戦陣の元就のもとへ、思いもかけぬ悲報が届いた。

「隆元さまが……。お亡くなりになられましてございますッ！」

その使いが飛び込んできたとき、元就はちょうど湯漬《ゆづけ》をかき込んでいる最中であった。

「なに……」

元就は箸を持つ手を止め、使者を睨んだ。

休みなく馬を飛ばしてきたらしく、使者の顔は土埃で真っ黒にすすけ、顎からは汗がしたたっていた。

「さような莫迦なことがあるか。隆元はいまごろ、手勢《てぜい》とともにこちらへ向かっておるはずじゃ。妄言《もうげん》を抜かすと、承知せぬぞッ」

「妄言ではございませぬ。去る八月三日、佐々部《ささべ》の宿所にてにわかにご発病なされ、翌未明、ご逝去《せいきよ》……」

「痴《し》れ者がッ！」

狂ったようにおめくや、元就は立ち上がり、手にしていた茶碗を使者に投げつけた。額に当たった茶碗が砕け、湯漬の飯粒《めしつぶ》が使者の顔面に飛び散った。

元就の嫡男隆元は、九州の大友攻めのため、先年より防府《ほうふ》に本陣を定め、先鋒の浦宗勝を豊前へ送り込んでいた。ところが、大友宗麟との講和が成ったために防府の陣を引き払い、父や弟たちに合流すべく、出雲へ向かっている最中であった。

急遽《きゅうきょ》、安芸へ立ちもどった隆元は郡山城にも立ち寄らず、城に残していた十歳の嫡子幸鶴丸《こうつるまる》（のちの輝元《てるもと》）を近くの多治比の宿所に呼び出して面会をすませると、そのまま出雲の陣へ向かった。

異変が起きたのは、その多治比から二里半北へいった佐々部の蓮華寺《れんげじ》に来たときだった。

ここで隆元は、諸方から集まってくる将士を糾合し、父の手助けをする手筈をととのえていたが、山ひとつ越えた備後和智《びんごわち》城主の和智誠春《まさはる》が、

「防府からの長旅、さぞやお疲れでございましょう。せめて、隆元さまをお慰めしとう存じます。わが城へお越し下されませ」

と、使者を差し向けてきた。

和智誠春は、いまは毛利方になびいているが、じつは尼子の調略を受け、敵に通じているという噂も流れていた。

隆元の家臣たちは、あるじを引きとめた。

だが、隆元は、

「招きに応じねば、毛利の当主は臆病者となめられる。何の恐れることがあろうや」

と、家臣たちの言をしりぞけ、和智城へおもむいた。

隆元は、和智誠春のもてなしで鮎《あゆ》料理を堪能《たんのう》。蓮華寺の宿舎へもどったあと、にわかに苦しみはじめ、侍医《じい》たちの手当の甲斐なく翌日未明に息を引き取った。

毛利隆元が四十一歳とまだ働きざかりで、しかもその死が唐突すぎたがゆえに、死因についてさまざまな憶測が流れた。

「鮎の食あたりであるそうな」

「陣中のお疲れが重なったのではないか」

「いやいや、尼子の差しがねで和智誠春が毒を盛ったにちがいない」

真相ははっきりしない。

しかし、出来のいい弟たちに対抗するため、必死に肩をそびやかして虚勢を張り、毛利家の惣領としてのつとめを生真面目に果たしてきた隆元の心身に、重い負担がのしかかっていたことだけはたしかであった。

生前、隆元は信頼する竺雲恵心に何度も何度も書状を送り、おのが苦しい胸のうちを訴えつづけている。

弘治《こうじ》三年（一五五七）にしるした隆元の覚書には、次のようにある。

――元就、累年《るいねん》武功によっての儀候《ぎそうろう》。かくの如《ごと》き候家を、隆元長男と申しながら、無才覚無器用の身をもって連続つかまつる儀、まことにゆめゆめあるまじき事。

ここには、父元就が長年かかって築いた毛利家の大領国を、自分の代には維持していくことが難《むずか》しいのではないかと書かれている。みずからを〝無才〟〝無器用〟とさげすんでいるところに、隆元という男の痛切な哀しさがある。

父の元就でさえも、隆元が亡くなるまで、息子の追いつめられた心境を十分には理解していなかった。

晩年、隆元は酒びたりになり、酒を嗜《たし》まぬ元就から厳しい叱責を受けている。それもこれも、背負っているものの耐え難い重さから、いっとき逃れるための手立てだったのであろう。

とにかく――。

息子の死を知った元就は、人変わりしたように寡黙になった。

毎朝、亡き妻妙玖のために読経するのが元就の日課であったが、それもふっつりとやめ、暗い目をして宍道湖の湖面を見つめ、何ごとか考え込むことが多くなった。

このとき、元就は六十七歳。

老境《ろうきょう》を迎え、長男の死という悲劇に見舞われた元就のやり場のない怒り、哀しみは、やがて、尼子攻略の鍵《かぎ》となる目の前の白鹿城攻め一点へ向けられていく。

「者ども、弔《とむら》い合戦じゃッ！　城を落としてこそ、隆元への供養《くよう》ぞ」

悲嘆を腹の底に飲み込んだ元就の口から、総攻撃の命が発せられた。

六

永禄六年（一五六三）八月十三日――。

毛利勢一万五千は、松田誠保ほか千八百の城兵が籠る白鹿城を囲んだ。

夜陰にまぎれて山を攻めのぼった毛利勢は、外《そと》曲輪にある二ノ城を襲い、これを占拠。周辺の曲輪に火を放ってまわった。

「このまま一息に、本丸を攻め取ってしまえッ！」

毛利元就は老いの執念をにじませた。

だが、尼子方にとっても、白鹿城は本拠の月山富田城を守る重要な防衛線である。

城将松田誠保は、月山富田城からの援軍を待ちつつ、山上の内《うち》曲輪に立て籠って粘り強く毛利勢の猛攻をしのいだ。

ここで、元就は一計を案じた。

「石見銀山から金掘人夫《かなほりにんぷ》を呼び寄せよ」

元就の命により、石見銀山ではたらく坑夫五、六百人ほどが、急遽、白鹿城攻めの現場に集められた。

坑夫たちは、本丸の南東麓のラントウの尾から、城の井戸曲輪に向かって坑道を掘りはじめた。井戸を掘り抜き、水の手を断ってしまおうとの作戦である。

しかし、城方もこの動きを察知。

毛利の坑道掘りを邪魔すべく、城中の多賀丸から穴を掘りすすめた。

両軍の坑道は、やがて一ヶ所でぶつかり、前代未聞の地下の遭遇戦がはじまった。

戦いは、毛利方有利にすすんだ。

城方は押しまくられ、撤退を余儀なくされるが、坑道内に石や土砂を投げ込んで穴をふさぎ、かろうじて地下からの毛利勢の侵入を食い止める。

坑道戦があって間もなく、

「父上ッ、敵の援軍が攻め寄せてまいりました」

白鹿城の北方に位置する真山《しんやま》城に陣した吉川元春が、元就のもとへ急使を送ってきた。

月山富田城の尼子義久が差し向けてきたのは、弟の倫久《ともひさ》を大将とする、亀井秀綱《かめいひでつな》、山中鹿介《やまなかしかのすけ》ら一万余の軍勢である。

「蹴散らしてくれるわッ」

元就は、吉川元春、小早川隆景、二人の息子に出撃を命じた。毛利の両川は、城から一里離れたところに陣した尼子の援軍を急襲。たちまち、これを敗走させた。

城将松田誠保以下の籠城兵は、頼みの援軍が退却したことを知り、とたんに意気阻喪《いきそそう》した。毛利勢に小高丸を落とされ、兵糧が欠乏するにおよび、ついに開城を決意。

攻防七十余日、白鹿城はついに落城した。

白鹿城を失ったことにより、尼子義久の籠る月山富田城は、孤立の色を深めた。

「この機を逃す手はございませぬ。一気に、富田城へ攻めかかりましょうぞ」

白鹿城奪取に気をよくした吉川元春が、父元就に進言した。

だが、元就は慎重だった。

「はやるな、元春。勝ちを焦ると、ろくなことはない」

「しかし、父上……」

「月山富田城は、飯梨川《いいなし》をさかのぼったところにある山城。これまで兵糧入れは、因幡《いなば》からの船に頼っておった。白鹿城を落としたことで、われらは出雲の海岸を押さえ、兵糧入れを阻止することができる。じわじわと敵が弱るのを待ちながら、尼子家臣団の切り崩しをはかればよい」

「調略でございますか」

「むやみに力攻めするだけが、いくさではない。わかったか」

「はッ」

「少し疲れた。わしは寝《やす》む」

戦陣で気は張っているが、老いた元就にとって、息子隆元の死はやはり相当にこたえているようであった。

家臣たちの前では、いつもどおり気丈に振る舞ってはいる。だが、一人になると、手元に残っている隆元の手紙を見ては涙にくれ、まんじりともせずに夜を明かす日々がつづいた。

そうした父元就の気持ちを感じた吉川元春、小早川隆景兄弟は、

「何とかして、父上をお慰《なぐさ》めしたい」

と、日ごろの確執をこえて、亡き兄隆元の菩提《ぼだい》を弔う寺を建立《こんりゅう》することを思い立った。

吉田郡山城下の、

——常栄寺《じょうえいじ》
が、それである。

開基《かいき》には、故人と親交の深かった竺雲恵心が迎えられた。

常栄寺の住職になったのを機に、恵心は東福寺退耕庵主《たいこうあんしゅ》の地位を弟子の真渓《しんけい》にゆずり、京を引き払って安芸に本拠を移すことにした。

と同時に、外交僧の役目から身を引き、本来の参禅三昧《さんぜんざんまい》の暮らしにもどりたいと思っていることを弟子の恵瓊に打ち明けた。

「もともと、わしは使僧《しそう》(外交僧)には向いておらなんだようじゃ。元就さまに懇望され、これまで無理をしてつとめてきたが、きわどい駆け引きは、わしのごとき腹芸《はらげい》のできぬ者には気骨《きぼね》が折れる」

親しくしていた隆元を失ったことも、恵心の関心が俗世から離れる一因となったようである。

「わしに代わり、そなたが毛利さまの御用をつとめよ、恵瓊」

竺雲恵心が言った。

「わたくしが、でございますか」

恵瓊は戸惑った。

師の代理として、朝廷、幕府の使者に会ったり、諸大名との交渉の場に立ち合うこともあるが、恵瓊は二十六歳とまだ若い。

東福寺の住持《じゆうじ》につづき、南禅寺《なんぜんじ》の住持もつとめ、朝廷より紫衣《しい》をたまわった恵心にくらべ、僧侶としての地位も重みも、なきに等しいと言わざるを得なかった。

「どうした、自信がないか」

「いえ……」

「それとも、親の仇の毛利家に身をささげることが意に染まぬか」

「老師」

恵瓊は、恵心の目を見た。

その曇りのない透徹《とうてつ》した目は、恵瓊の心の奥底に横たわるものを、するどく見すかしているようであった。

「はじめて安芸安国寺で出会うたとき、そなた、毛利さまに対する恩讐《おんしゆう》は捨てたと申していたな」

「はい」

「あの言葉、いつわりであろう」

「さようなことは……」

「ないと言いきれるか」

「………」

「わしは、とうに見抜いておった。そなたのなかには、俗世への執着がいまも黒煙のごとく燻《くすぶ》りつづけておろう。そなたは恨みを捨てたわけではない。怨念を墨染の衣に押しつつみ、いつか世に出る日のために牙を研《と》いでおるのではないか」

「お戯《たわむ》れを申されます」

恵瓊は動じなかった。

「万にひとつ、仰せのとおりだとして、老師はなにゆえ、そのような男に毛利家の御用をまかせようとなされるのです」

「乱世だからよ」

恵心はため息のようにつぶやき、巧みに石を配した枯山水《かれさんすい》の庭に視線をやった。

「乱世では、わしのような秩序に柔順な人間は通用せぬ。なるほど、僧侶としては出世もし、人からあがめられもしよう。だが、まことの戦いの場では雑兵ほどの役にも立たぬ。俗世への執着あればこそ、その知恵は刃物の切れ味を帯びる。そして、元就さまは、その諸刃《もろは》の剣を恐れげもなく使いこなされるお方だ」

「たとえ、拙僧《せっそう》が毛利家に仇なすとしても……」

「わしが見込んだそなたは、それほど小さき男だったかのう」

師の恵心は、

――本心から毛利家を見返したいと望むならば、毛利家のほうが、そなたなしでは成り立たぬほどの外交僧になってみよ。

と、言っているように思われた。

（そうした道があったか……）

恵瓊は広々と視界がひらける思いがした。

安芸武田家再興の望みは抱いているものの、それをどのように実現すればよいか、恵瓊は迷っていた。

「大きなものに挑むがよい、恵瓊。復讐などは、しょせん小さきことだ」

「は……」

「そなたには、溢《あふ》れんばかりの才がある。使い方さえあやまらねば、その才は毛利家の、いや、天下万民《てんかばんみん》の役に立つ。そなたは、幼き日に父母との別れと落城を経験した身。わしがそなたを安芸へ連れてきたのは、乱世の悲惨さを知るそなたにこそ、無益ないくさを交渉のわざで無くす、使僧の役目をゆだねたいと思うたからにほかならぬ」

「老師……」

恵瓊は目頭《めがしら》が熱くなるのをおぼえた。

おのれがもとめていたものの答えが、師の言葉のなかにあった。

（大きなものに挑め、か……）

大きなものとは、たんに毛利家のことではあるまい。もっと巨大な相手――たとえば、天下そのものに挑んでこそ、おのれがこの世に生まれてきた価値があるのではないか。恵瓊の背筋を、悪寒《おかん》に似た震えが、何度も、何度も駆けのぼった。

不覚にも、涙がこぼれそうになった。

「未熟者にござりますが、つつしんでつとめさせていただきます」

「うむ」

恵心が深くうなずいた。

「わしは当分、常栄寺にとどまり、隆元さまの菩提をねんごろに弔う。そなたは洗合へ行き、いくさのさまを見よ」

「白鹿城が落ちたるうえは、次なるいくさは月山富田城攻めにございますな」

「出雲平定は、毛利家の宿願だ。尼子側も、あの手この手を使い、必死に矛先《ほこさき》をかわそうとするであろう。このいくさ、長くなる」

「いまの尼子に、それほどの余力が残っておりましょうか」

「山陰筋に君臨した尼子の力をあなどってはならぬ」

「はッ」

「いくさが長引いたときこそ、使僧の手腕が問われるというもの。この先、元就さまの信頼を勝ち取れるかどうかは、そなたの働き次第だ」

毛利家には、竺雲恵心のほかにも、
永興寺周端《えいこうじしゅうたん》
策雲玄竜《さくうんげんりゅう》
などの外交僧がいた。

いままでは、何といっても恵心が信頼第一だったが、それが一線から身を引くとなれば、必然的に彼らの発言力が増すであろう。

実績のある永興寺周端や、策雲玄竜ら、諸先輩を押しのけ、若い恵瓊が頭角をあらわしていくには、

（人の何倍も知恵を使わねば……）

恵瓊は肝《きも》に銘《めい》じた。

この年十一月――。

霙《みぞれ》まじりの北風が吹きつける伯耆《ほうき》、出雲の沖合に、数艘の船があらわれた。但馬《たじま》、因幡《いなば》方面の湊から月山富田城への物資補給に向かう、尼子方の兵糧船であった。

見張りからの知らせを受けた元就は、児玉就方《こだまなりかた》、飯田元著《いいだもとあき》、山県就知《やまがたなりとも》、大多和就重《おおたわなりしげ》ら、毛利水軍の将に対し、

「伯耆《ほうき》の弓ヶ浜から、出雲美保関《みほがせき》沿岸の海上を封鎖せよ」

と、命を下した。

また、福原貞俊《ふくはらさだとし》ひきいる精鋭部隊、および飛落元吉《とびおちもとよし》配下の鉄砲隊二百を海岸線に配備し、沖合から近づく船に目を光らせた。

毛利軍の警戒が厳《きび》しく、尼子方の兵糧船は容易に海岸に近づくことができない。

十一月十五日、夜陰にまぎれ、月山富田城から二千の兵が繰り出された。毛利の包囲網を突破し、伯耆弓ヶ浜で兵糧、弾薬の受け渡しをおこなうためであった。

これを察知した毛利方の福原貞俊は月山富田城からやって来た尼子軍を弓、鉄砲で迎撃。児玉

就方らの水軍も、弓ヶ浜に上陸し、福原隊を援護した。

尼子の軍勢は、武器弾薬を受け取ることなく、むなしく城内へ撤退。兵糧船も、毛利軍に拿捕《だほ》された。

孤立した月山富田城の尼子義久は、京の朝廷、幕府に講和の調停を願い、同時に備前の宇喜多、伊予の河野、豊後の大友氏らに、救援をもとめる使者を矢のように送った。

しかし、落日の尼子氏を積極的に助けようという者はいない。

年が明けた永禄七年春になると、毛利元就は出雲の東隣《ひがしどなり》の伯耆へ軍勢を繰り出し、さらに海を渡って隠岐《おき》へ攻め込んだ。

伯耆、隠岐の尼子方の諸城は、クシの歯がこぼれるように次々と落城。

その年の暮れには、出雲、隠岐、伯耆の尼子方は、そのほとんどが毛利の陣営に属するようになった。

天下鳴動

一

毛利元就《もうりもとなり》が、月山富田城《がっさんとだ》の尼子《あまご》方を追い詰めつつあるころ——。

恵瓊《えけい》の姿は出雲《いずも》にはない。

京の南郊《なんこう》、納所《のうそ》の舟宿にいた。

月江《つきえ》屋の女将お吟《ぎん》の膝枕《ひざまくら》で、愛宕颪《あたごおろし》の吹きすさぶ音を聞きながら寝そべっている。

「もう、ここへはもどってくれないんじゃないかと思っていた。安芸《あき》では、たいしたご出世なんでしょう」

恵瓊の耳もとに口を寄せ、お吟が怨《えん》ずるように言った。

「まだ、何者にもなってはおらぬ。闘いはこれからだ」

「だって、お師匠の竺雲恵心《じくうんえしん》さまが、あんたをご自分の後釜《あとがま》に推挙なされたって……」

「地位はおのが手でつかみ取るものだ。これからは、おまえにもいろいろと力を貸してもらわねばならぬだろう」

「うれしい……。あたしみたいな女を頼りにしてくれるの。でも、一介の舟宿の女将に何ができるかしら」

「しばらく、おれは旅に出る」

鈍《にび》色の冷たい水面《みなも》を見せる川の流れを見つめ、恵瓊は言った。

「旅って、どこへ……。たったいま、京へ帰ってきたばかりじゃないの。第一、毛利さまのおつとめだってあるんでしょう」

お吟が恵瓊の目を不審そうにのぞき込んだ。

「洗合《あらわい》の陣にいても、さしあたっておれのすることはない。毛利と尼子のあいだに、もはや外交の余地は残されておらぬ。機を見て毛利軍が総攻撃をはじめれば、尼子氏は間違いなく滅び去るだろう」

「あっけないものね」

と、お吟がため息をついた。

「尼子さまといえば、いっときは八ケ国を領する山陰筋のご太守だったのにねえ。この舟宿にも、尼子家のお侍が何度か泊まったことがあるわ」

「尼子のほかにも、大名家の使いが立ち寄ることがあるだろう」

「そりゃあ、まあ」

「おまえに頼みたいのは、それだ」

恵瓊は身を起こし、女の白い腕をつかんだ。

「この納所には、西国筋から京へのぼる者、京から西国へ下る者、さまざまな人間が出入りする。それらの者から諸国の情勢を聞き出し、おれに伝えてくれればいい」

「そんなものが、何の役に立つの」

「役に立つどころか、おれの最大の武器になる。旅に出るのも、諸国で見聞をひろめ、他国の実情を知るためよ」

（外交は情報の勝負だ……）

と、恵瓊は思う。

敵の兵力、家中《かちゅう》の内部事情、経済力などを正確に把握し、分析するところから外交の駆け引きがはじまっていく。

師の竺雲恵心や、毛利家のほかの外交僧にはないおのれの身上《しんじょう》は、若さとそれに付随する、

——行動力
にこそある。

（まずは、歩かねば……）

と、恵瓊は方針を定めた。

月江屋のお吟に別れを告げた恵瓊は、京の粟田口《あわたぐち》から東海道を東へ下った。

いまのところ、毛利家と東国《とうごく》の諸大名との関係は薄い。しかし、早晩、東国のいずれかの大名が西へ勢力を拡大してきたとき、中国筋から膨張をつづける毛利家と必ず利害がぶつかってくる。

天下の諸将がめざしているのは、

——上洛《じょうらく》

の二文字である。

（東国大名のうち、何者が上洛にもっとも近いか……）

恵瓊の旅は、おのが目でそれを見きわめる旅でもあった。

逢坂山《おうさかやま》を越えて大津《おおつ》の宿で一泊。

翌日、草津《くさつ》から中山道《なかせんどう》に入り、
守山《もりやま》
武佐《むさ》
と宿駅をつなぎ、愛知川《えちがわ》で泊まった。

明《あ》くる日は、琵琶湖《びわこ》を見下ろす摺針峠《すりばり》を越え、近江《おうみ》、美濃《みの》の国ざかい、寝物語《ねものがたり》の里を通って、美濃国不破《ふわ》郡の関ヶ原へ出た。

（奇妙な地形だ……）

恵瓊は網代笠《あじろがさ》のふちを持ち上げ、あたりを見まわした。

北方に伊吹山《いぶきやま》がそびえている。枯れはてた周囲の山々とはちがい、そこだけ真っ白に雪化粧している。

その峻厳《しゅんげん》な姿をみせる伊吹山と、南の鈴鹿《すずか》連峰にはさまれた狭隘《きょうあい》な地形が、関ヶ原と呼ばれる場所である。

この地は古く、東国と京畿《けいき》を分かつ、

——不破の関
が置かれ、東西交通の要衝として、大友皇子《おおとものみこ》と大海人皇子《おおあまのみこ》が皇位継承をめぐって争った壬申《じんしん》の乱の舞台ともなった。

のちに恵瓊自身が、この関ヶ原で天下分け目の合戦を演出することになるのだが、むろんいまの恵瓊がそれを知るよしもない。

美濃へ入った恵瓊が向かったのは、妙心寺《みょうしんじ》の兄弟《ひんでい》、士英《しえい》の実家《さと》である。

同期入門の士英は、美濃国武儀《むぎ》郡の土豪佐竹《さたけ》家の出身で、正妻腹《せいさいばら》の弟が家督《かとく》を継いだため、京へ出て禅僧になっていた。

――もし、おぬしが美濃へ行くようなことがあれば、おれの実家を遠慮なくたずねてくれ。父はすでに亡くなっているが、異母弟の宗二郎《そうじろう》は気のいいやつだ。兄の同門と聞けば、必ずよくしてくれるだろう。

京で東福寺《とうふくじ》へ立ち寄ったとき、士英はそう言っていた。

美濃国内で、五山派《ござんは》の力はさほど強くない。

かつて美濃守護であった土岐《とき》氏は、革手《かわて》の城下に、

――正法寺《しょうほうじ》
なる五山派の寺を建て、これを保護していた。

しかし、蝮《まむし》といわれた斎藤道三《さいとうどうさん》の台頭によって土岐氏が滅ぶと、美濃一国の禅門は妙心寺派一色に染まった。

知り合いもいない美濃国のなかで、五山派の恵瓊が情報を仕入れる場所といえば、士英の実家くらいしかあてはない。

佐竹家のまわりは水田で、谷の奥のいちばん高いところに、練塀《ねりべい》をめぐらした草葺《ぶ》き屋根の居《きょ》

館《かん》が築かれていた。

薬医門《やくいもん》も立派で、いかにも古くからつづいてきた土豪の館《やかた》といったおもむきがある。庭に葉の落ちた紅葉の大木があり、軒《のき》につるされた干《ほ》し柿が西陽を浴びて明かりを灯したように輝いていた。

恵瓊が名乗りを上げると、すぐに奥へ通された。

当主の佐竹宗二郎は、

(これがあの士英の弟か……)

と思うほど、線の細い秀麗《しゅうれい》な顔立ちをした若者だった。

「兄からの書状で、恵瓊どののことはうかがっておりました」

睫《まつげ》の長い宗二郎の目には、最初から好意的な色が浮かんでいる。

「たいそうな碩学《せきがく》であられるとか。竺雲恵心老師《ろうし》に抜擢《ばってき》されて、毛利家の使僧《しそう》になったとうかがいました」

「さほどのことはない。使僧といっても、まだ使い走りのようなもの」

恵瓊は謙遜した。

「それより、兄上の士英どののほうが、本山で出世しておられる。東福寺の副司《ふうす》の大役をまかされ、いずれは住持《じゅうじ》にもなろうとのもっぱらの評判」

「兄が東福寺の住持に……」

佐竹宗二郎は心《しん》から嬉しそうな顔をした。兄のことを、よほど尊敬しているのであろう。

「兄には申しわけないと思っているのです」

佐竹宗二郎が気弱げに目を伏せた。

「私は見てのとおりの文弱の徒で、ろくに武芸もできませぬ。それにくらべ、兄は度胸があり、腕っぷしも強く、武門の家をひきいる資格をそなえております。私は兄にこそ、この家を継いで欲しかった」

「しかし、正室腹の子が家督を継ぐのは、世の習いでござろう。士英もそのことでは、貴殿を恨んでおらぬはず」

「いいえ」

と、宗二郎は首を強く横に振った。

「力なき者が家を継ぐのは悪です」

「宗二郎どの」

「泰平《たいへい》の世ならいざ知らず、いまは乱世にございます。よき大将のおらぬ国は衰亡し、家も滅びるのが戦国の世の必然。私は、不安でならぬのです。この美濃国で、先々、ひとりで家を背負っていくことが……」

「美濃の国主は、稲葉山《いなばやま》城の斎藤竜興《たつおき》どのでござったな」

恵瓊は言った。

天下のおもだった大名、武将の名は、ことごとく頭に入っている。

美濃では、油売りから身を起こした斎藤道三が、旧主の土岐頼芸《よりなり》を追放して国を奪った。下克上を絵に描いたような国主交替劇であったが、その道三も、やがて長子義竜《よしたつ》と対立するようになり、美濃国人《こくじん》衆の大半を味方につけた息子の軍勢によって攻め滅ぼされた。

いまの国主の竜興は、病死した義竜の子である。

酒と女に明け暮れる無能な男との噂が、恵瓊の耳にも届いている。

一方で、美濃国は、桶狭間《おけはざま》合戦後に急成長した隣国尾張《おわり》の織田信長《おだのぶなが》の侵攻にさらされ、いままさに存亡の危機にあった。

「言いたくはありませぬが、竜興さまのもとで尾張の織田と戦っていけるかどうか、美濃国人の誰もが心もとなく思っております」

佐竹宗二郎がため息をついた。

「それは、国にとって不幸なことです」

恵瓊はさも同情するように、深くうなずいてみせた。

「つい先ごろも、竜興さまの身の不徳から、本拠の稲葉山城を乗っ取られるという前代未聞の事件が起きたばかり」

「その話、人づてに聞いたことがござる。たしか、城を乗っ取ったのは、美濃菩提山《ぼだいさん》城主の竹中《たけなか》半兵衛《はんべえ》という男では……」

「よくご存じです」

宗二郎が恵瓊を見た。

二

竹中半兵衛重治《しげはる》は、稲葉山城主斎藤家の被官《ひかん》だった竹中重元《しげもと》の子である。

『名将言行録《めいしようげんこうろく》』に、

――状貌《じようぼう》婦女の如《ごと》し。

とあるように、猛き武将というより、物静かな文人肌の男であった。

斎藤竜興の小姓《こしよう》たちは、そうした半兵衛を小馬鹿にし、

「あの優男《やさおとこ》が泣き面《つら》になるところを、みなで笑いものにしてくれよう」

と、城の櫓《やぐら》へのぼって上から小便をかけた。

ただの軟弱な男であったら、主君の権威を笠に着る小姓たちに文句も言えず、そのまま泣き寝入りしたところであろう。だが、竹中半兵衛は、たんなる優男ではなかった。

小姓ともども、日ごろから自分を侮《あなど》っている主君竜興の鼻をあかすため、手勢わずか十六人で稲葉山城を乗っ取ってしまったのである。

稲葉山城といえば、梟雄《きようゆう》斎藤道三が急峻な金華山《きんかざん》に築いた難攻不落の名城である。それを、弱冠《じやつかん》二十一歳の、武将としては無名に近い半兵衛が、大軍を動員することなく易々《やすやす》と陥《おとし》いれてしまった。

竹中半兵衛がとった作戦は、次のようなものであった。

稲葉山城内には、半兵衛の亡父重元が斎藤氏に帰属するとき、人質としてあずけた久作《きゆうさく》という弟がいる。半兵衛はこの久作の病気見舞いと称し、長持《ながもち》に武具をしのばせて、家臣十六名とともに城に入った。

弟の居室で夜が更けるのを待ち、ひそかに武装をととのえると、本丸の大広間へ単身忍び込み、不寝番《ふしんばん》をしていた竜興側近の斎藤飛驒守《ひだのかみ》を、一刀のもとに斬り伏せた。

侍たちがおどろいているあいだに、半兵衛の配下七、八人がなだれ込み、たちまち大広間を占拠。と同時に、城内の各所で残りの家臣たちが喊声《かんせい》を上げ、鐘を撞《つ》き鳴らして走りまわった。

城の侍たちは何が起きたかわからず、混乱におちいった。

と、そこへ、あらかじめ城外に伏せていた半兵衛の舅安藤守就《しゅうとあんどうもりなり》の兵二千が鬨《とき》の声を上げ、城門を打ち破って乱入。

「すわ、織田勢の来襲かッ！」

あわてふためいた城の者どもは、我先に逃げ出した。城主斎藤竜興も、命からがら城を脱出したため、竹中半兵衛は労せずして稲葉山城乗っ取りに成功した。

美濃国内のみならず、他国の大名も、

「竹中半兵衛とは何者ぞ」

と、この報に仰天した。

「あざやかな城盗《しろと》りですな」

佐竹宗二郎からことの顚末《てんまつ》を聞いた恵瓊は、竹中半兵衛という男に強い興味を抱いた。

なお、おもしろいのは、半兵衛が、

——貴殿《きでん》に美濃半国をつかわすゆえ、わが方《ほう》につかぬか。

という、隣国尾張の織田信長の誘いをあっさり断り、半年後、旧主龍興に稲葉山城を返してしまったことであろう。

並の男であれば、美濃半国という目先の餌に、喜々として飛びついていたにちがいない。しかし、半兵衛はそれをしなかった。ばかりか、城を返上したのち、西美濃の栗原山《くりはらやま》にこもって隠者《いんじゃ》のような暮らしをはじめた。

（よほど無欲の男か、さもなくば天下に野望を抱くほどの大欲の持ち主か……）

恵瓊は思った。

なるほど、稲葉山城は奪ったが、それを継続して持ちこたえるだけの実力は、竹中半兵衛にはない。

真に大望を抱く者であれば、城や領土を手に入れることよりも、天下にあまねくおのが名を知らしめ、それによってさらなる大きな階段を駆けのぼろうとするのではないか――。

（わかっていてやっているとしたら、おそろしく奸智《かんち》にたけた人物だ。将来、手ごわい敵になるやも知れぬ）

恵瓊は、竹中半兵衛という名を深く頭に刻みつけた。

「尾張の織田上総介《かずさのすけ》信長は、どのような男かな」

恵瓊はさらに、隣国の情報まで探りを入れるように聞いた。

「織田上総介ですか」

その名を聞き、佐竹宗二郎の柔和な顔に複雑な色が浮かんだ。

「たいそうなうつけ者との評判が、中国筋にも聞こえているが」

「たしかに、昔は」

宗二郎は眉をひそめた。

「父の織田信秀《のぶひで》どのの葬儀の席で、抹香《まっこう》を投げつけ、髪を茶筅《ちゃせん》に結い、腰に火打ち石をぶら下げるなど、いつもかぶいた格好《なり》をして、世間の物笑いになっておりました。しかし、たんなるうつけ者に、東海の太守《たいしゅ》といわれた駿河《するが》の今川義元《いまがわよしもと》が打ち倒されるはずもありませぬ」

「と申されると？」

「織田上総介は、これまでの天下のどのような武将にもなかった、型破りな個性を身にそなえているような気がいたします」

「ほう……」

と、恵瓊は目の奥を光らせた。

「織田上総介は人を登用するとき、その者の身分をいっさい意に介しませぬ。実力第一で人を登用し、思い切った抜擢をいたします。たとえば、木下藤吉郎《きのしたとうきちろう》という男」

話に興《きょう》が乗ってきたのか、佐竹宗二郎が膝を前に乗り出した。

「もとは尾張中村の農民の子であったとか。それが、織田上総介に草履《ぞうり》取りとして仕えるうちに、余の者にない才と機転がみとめられ、台所奉行から足軽百人頭に出世し、いまでは墨俣砦《すのまたとりで》の城番《じょうばん》を申しつけられるまでになっております」

「草履取りが砦の城番とは……。なるほど、思い切った人遣《ひとづか》いをするものだ」

恵瓊は目を細めた。

毛利家では、それほどの大胆な人事はまず考えられない。まず、家の格というものがあり、権謀術数で毛利家を拡大してきた元就でさえも、それを無視してことを進めることはできない。二男元春《もとはる》、三男隆景《たかかげ》という二人の息子を、それぞれ吉川《きっかわ》、小早川《こばやかわ》という名家に送り込んだのは、その力を内部に取り込むためである。

「人材の登用だけではありませぬ」

宗二郎が言った。

「西尾張に、津島《つしま》という繁華な川湊《かわみなと》がございます」

「尾張の富は津島に集まるといわれる、あの津島か」

「はい」

宗二郎はうなずいた。

津島は木曽《きそ》川水系の川湊として栄えたところである。木曽川の分流、天王寺《てんのうじ》川にそって、蔵をそなえた豪商の屋敷が軒をつらねている。

信長の父信秀は、大橋、堀田《ほった》など、津島十五家といわれる豪商たちと結び、その経済を握ることによって急成長した。

信長も津島をみずからの直轄《ちょっかつ》領とさだめ、代官を派遣し、津島衆の多くを馬廻《うままわり》の親衛隊にしている。

「織田軍は大量の鉄砲を装備しておりまするが、それは津島の川湊から徴収する莫大な役銭《やくせん》があればこそ。織田上総介は、いくさに勝つためには、領国を豊かにすることが何より大事とわかっているのでございましょう」

「それほど、鉄砲を数多く用意しているのか」

「五百挺《ちょう》は下りますまい。勇猛な美濃衆も、織田の鉄砲隊には苦しめられております」

「人も、物も、新しきものを使う。それが、信長という男か」

「かの男、めざすところは天下《てんが》と公言しております」

「天下……」

恵瓊はその言葉の響きを、新鮮に聞いた。

それから数日――。

恵瓊は士英の実家佐竹家で過ごした。

士英の弟宗二郎は、知識欲の旺盛な若者で、恵瓊から瀬戸内の海の話や、山陰山陽のありさまを聞くことを喜んだ。

「私も恵瓊どののように、一度でよいから諸国を自由に旅してみたいものです」

「いつか、そのような機会もめぐってくるやもしれぬ」

「夢のような話ですが……。その前に、織田家との戦いに勝たねばなりませぬ」

「宗二郎どのは、尾張の情勢にくわしいようだが、何か理由でもおありか」

恵瓊は聞いた。

「私は幼き日に、長良《ながら》の崇福寺《そうふくじ》で快川《かいせん》老師より学問をまなんだことがございます」

「快川というと、妙心寺派の快川紹喜《しょうき》か」

「ご存じでございましたか」

「たしかいまは、武田信玄《たけだしんげん》にまねかれて甲斐恵林寺《かいえりんじ》の住職になっているはず」

「さようでございます」

宗二郎はうなずき、

「快川老師と、織田信長の師僧沢彦宗恩《たくげんそうおん》は妙心寺の兄弟《ひんでい》なれば、老師のお弟子衆を通じてさまざまな話が聞こえてくるのです」

「武田家には、愚僧も立ち寄ってみようと思っている」

「あ……」

と、宗二郎がいま思い出したという顔をし、

「恵瓊どのは、安芸武田家のお血筋でございましたな」

「いかにも」

恵瓊は瞳にかすかな翳をくゆらせ、深くうなずいた。

「佐竹家と武田家は、ともに清和源氏の末裔《すえ》だ。士英や宗二郎どのとめぐり会うたのも、何かの縁かもしれぬ」

「まことに……。そういえば、武田家は若狭《わかさ》にもございましたな」

「後瀬山《のちせやま》に城館を置き、いっときは丹後《たんご》に侵攻するほどの隆盛をみせたが、いまは家督争いや家臣どうしの内輪揉めによって、見るかげもなく衰えているそうだ。そして、安芸武田家は知ってのとおり、とうの昔に滅び去っている。家の名など、この乱世では何の役にも立たぬものだな」

「お言葉、胸に沁《し》みます」

佐竹宗二郎の丁重《ていちょう》なもてなしを受け、美濃での情報収集をすませた恵瓊は、墨染《すみぞめ》の衣《ころも》を寒風になびかせながら隣国尾張へ向かった。

三

美濃国と、尾張国の境は、
——木曽川
である。
信濃《しなの》国より流れ出る木曽川は、戦国の世には本流のほかに、
一ノ枝
二ノ枝
三ノ枝
と、支流が分かれ、さらにそこから枝分かれした細流が葉脈のように流れていた。
人はそれを、
「木曽七流」
と呼ぶ。
流域には、大小の中洲や小島が無数に散らばっている。しばしば川が氾濫《はんらん》するため、流れは絶えず変わり、洪水のあとには景色が一変した。
恵瓊は笠松《かさまつ》の渡しで舟に乗り、木曽川を越えて尾張国へ入った。
国が変わると、そこに暮らす人の気風もガラリと変わる。
（風通しのよい国のようだ……）

渡し場近くの茶店で茶を飲みながら、恵瓊は冷静に観察した。

どこか生真面目《きまじめ》な感じがした美濃人にくらべ、尾張の人は多弁で愛想がよい。何も聞かずとも、向こうから、

「お坊さま、どこから来なされた」

「ここの茶店の餅《もち》はうみゃあでの。腹一杯、食《く》うていきなされ」

などと話しかけてくる。開放的ではしっこく、抜け目ない印象がある。

木曽川の流域は洪水が多発するために、稲作が難しい荒れ野がひろがっていた。

その荒涼たるさまは、

——雑木《ぞうぼく》生い茂り、狐狸《こり》の住家《すみか》と相成り、六町のあいだ茫々《ぼうぼう》、古来より馬捨て河原と呼ぶなり。

と、『武功夜話《ぶこうやわ》』に書かれている。

土地が稲作に向いていない以上、人々は農耕をおこなうよりも、もっと別の道に食うあてを見いだした。

木曽川を上り下りする荷舟をあやつって日銭《ひぜに》をかせぐ船かせぎ、馬借《ばしゃく》など、いわゆる流通業である。

尾張の地は、畿内《きない》と東国を結ぶ交通の要衝にある。しかも、木曽川の上流から、上質のヒノキ材や炭、米、陶磁器といった物資が集まってくる。

（この国の者が開放的なのは、あきないで生きているせいか……）

恵瓊は思った。

笠松の渡しから、織田家の居城のある清洲《きよす》への道を三里ほど行くと、苅安賀《かりやすか》の宿場《しゅくば》に着く。

苅安賀は美濃街道と清洲道の分岐点にあたるため、人馬《じんば》の往来が激しく、宿屋、料理屋が賑やかに軒をつらねていた。

恵瓊は宿場のはずれにある、

——蟹江屋《かにえや》
という安宿の二階にわらじの紐を解いた。

宿には、荷運びの人足や、博労《ばくろう》、渡りの商人が多く泊まっており、お世辞にも静かとは言えない。階下から聞こえてくる、酒に酔った彼らの話し声に、恵瓊は冷たい板床《いたゆか》に寝そべりながら、聞くともなしに耳をかたむけた。

「清洲のご城下じゃあ、えらい騒ぎだぜ」

「お城を移すって話だな」

「殿様が何と命じようが、宿老方《しゅくろうがた》がうんと言うものか。いかに美濃攻めのためとはいえ、話が急すぎるのさ」

しばらく話を聞いていると、しだいに事情がわかってきた。

美濃攻略に執念を燃やす織田信長は、永禄《えいろく》七年（一五六四）秋、

「清洲の城を小牧《こまき》へ移す」

と、宣言した。

当時、清洲城下は人口二万。鎌倉街道と伊勢《いせ》街道がまじわる交通の要衝である。代々の尾張国守護《しゅご》が居住した、いわば尾張の首邑《しゅゆう》であった。

商家が軒をつらねる清洲の城下にくらべ、小牧の地には何もない。寒村といってよい。

目につくものといえば、濃尾《のうび》平野のただなかに、そこだけ椀を伏せたように隆起する、

——小牧山
の小丘陵があるだけである。

ただし、この小牧山、美濃国に近い。

国ざかいまで、わずか二里半。視界をさえぎる障害物がないため、木曽川の向こうの美濃の村々まで、手に取るように見渡すことができる。

「清洲では、美濃へ出兵するのに遠すぎる。小牧山で敵に睨みをきかせ、いつでも出陣できるようにする」

それが、信長が城下の移転を決めた理由であった。

しかし、この突然の移転命令には、清洲城下での暮らしに馴れた織田家の家臣たちから、不平不満の声が上がった。

「何でも、つい昨日、織田の殿様は家臣たちを残して、小牧山へ引き移っちまったって話だぜ」

「佐久間《さくま》さまら宿老連中が、慌てふためいていることだろうさ」

「そりゃほんとか」

階下から、どっと笑いが起こった。

(信長は清洲におらぬのか……)

恵瓊は天井の闇を睨んだ。

ならばわざわざ、清洲まで足を運ぶ理由がない。

恵瓊は、かつてうつけ者といわれながら、駿河の今川義元を桶狭間の戦いで倒し、にわかに存

在感を増しはじめた織田信長という男に強い興味がある。

もし、信長が美濃の攻略に成功するようなことがあれば、地理的にみて、上洛《じょうらく》にもっとも近いのは、戦国最強といわれる甲斐の武田信玄でも、越後《えちご》の上杉謙信《けんしん》でもない。

(信長だな……)

恵瓊は思った。

そもそも、信長は地の利にめぐまれている。それに加えて、人に先んじて上洛をめざそうという、明確な意志を持っていた。

地の利という観点からすれば、越前一乗谷《えちぜんいちじようだに》の朝倉義景《あさくらよしかげ》なども上洛に近い存在だが、当の本人に、みずから京へ乗り込んでいこうという意気込みが感じられない。

強靭な意志力と、危険を恐れない怖いもの知らずの積極性――その二つを、信長はいずれも身にそなえているように思われた。

(明日は小牧へ行くか)

期待を胸に、恵瓊は眠りについた。

翌朝は快晴であった。

颪は強いが、空は青く冷たく澄みきっている。

妙興寺《みようこうじ》
稲沢《いなざわ》
下津《しもつ》
と宿場をつなぎ、岩倉《いわくら》で一泊したのち、翌朝、小牧にいたった。

信長が城を築いた小牧山は、タブノキやクスノキといった常緑樹におおわれている。山には五段の曲輪《くるわ》がもうけられ、それぞれに土塁《どるい》と空堀《からぼり》をめぐらせていた。

とはいえ、城普請《しろぶしん》はまだ途中で、家臣たちの屋敷もできていない。城の周囲は田畑や、枯れ果てた野が広がっているだけで、城下の町割りも満足になされていなかった。

(これでは、家臣たちが清洲城下を離れたがらぬのも無理はない……)

人は変革を嫌がるものである。

できるかぎり馴れた場所にとどまり、安寧《あんねい》をむさぼっていたい。だが、それでは流れは澱《よど》み、新しい地平を切り拓くことはできない。

恵瓊が網代笠を持ち上げたとき、突如、

(一目なりとも、信長に会えぬものか)

「開門ーッ！」

早朝の空気を切り裂く甲高《かんだか》い声が響き、真新しい白木の城門がひらいた。

小牧山城の門の奥から、疾風《しゅんぷう》のごとく飛び出てくる騎馬の集団があった。

先頭を走るのは、黒鹿毛《くろかげ》の駿馬にまたがった男である。髪を茶筅に結い、白と紫の片身替《かたみが》わりの派手な小袖《こそで》をまとっている。

「遅れるなーッ！」

男は黒鹿毛の尻に狂ったように鞭《むち》をくれ、道端にたたずむ恵瓊の目の前をまっしぐらに駆け抜けていった。

そのあとを、十人ほどの近習《きんじゅう》が必死に追いかける。だが、先頭の黒鹿毛があまりに速すぎるため、追いつける者は誰もいない。

後方を走っていた男がひとり、手綱《たづな》さばきをあやまったか、馬の背から振り落とされた。

その男を残し、騎馬の集団は馬蹄《ばてい》の音を響かせて駆け去っていく。

恵瓊は倒れている男に駆け寄った。

腕でも折ったらしく、苦痛に顔をゆがめている。

「大丈夫か」

「い、行かねば……。殿にお咎《とが》めを……」

「いまの男が信長か」

「鷹狩《たかが》りのお供をせねばならぬのだ。もし行かねば、あとでどのようなお叱《しか》りを受けるか……」

男は傷の痛みそのものよりも、あるじに叱責《しっせき》を受けることを恐れて身を震わせているらしい。

（信長はおのが家臣どもに、それほど恐れられているのか）

恵瓊は黒鹿毛が去った道のかなたを見た。

「鷹狩りと言ったな」

負傷した男の肩をつかみ、恵瓊は聞いた。

「どこの野だ」

「ここから半里西へ行った、三ツ淵原《みつぶちはら》の雉子野《きじの》……」

「雉子野か」

恵瓊は目の奥を光らせるや、

「手当は城内の者がしてくれるだろう。おぬしの馬を借りるぞ」

と、立ち上がった。

かたわらに、男を振り落とした栗毛《くりげ》の馬がいた。その馬の鐙《あぶみ》に足をかけ、躍るようにして背に飛び乗った。

手綱を握り、

「それッ！」

掛け声とともに馬の尻を平手でたたいて、道を走りだす。

土埃《つちぼこり》が舞った。

先をゆく騎馬の集団の背中は、なかなか近づいてこない。

半里ほど西へ走ると、松の生い茂る古塚《ふるつか》があり、その向こうに広がる枯野《かれの》に小さな沼が点在しているのが見えた。

四

信長とその近習は、古塚の松林に馬の手綱をつないだ。

あらかじめ待機していたらしく、野のあちこちに、黒い手甲《てっこう》、脚絆《きゃはん》をつけた小者《こもの》たちが二十人ほど散っている。

――鳥見《とりみ》の衆
と呼ばれる斥候である。

信長は彼らを二人一組にして野に放ち、獲物のキジやカモを探させる。獲物を発見すると、一人は監視役としてその場に残り、もう一人が駆けもどって信長に注進するのである。

ちなみに信長は、鳥見の衆を鷹狩りのときだけでなく、合戦の斥候としても用いている。たんなる遊びというより、実戦を想定した軍事調練《ちょうれん》、領内の地理検分《けんぶん》をも兼ねていた。

(理にかなった方法だ……)

少し離れた樫《かし》の木のかげに馬をつないだ恵瓊は、古塚にのぼり、茂みに身をひそめながら鷹狩りのようすをうかがった。

塚の上からは、信長の姿を眺め下ろすことができる。

鳥見の衆からの報告が来るまで、信長は床几《しょうぎ》にすわったまま微動だにしない。目は冷たく冴えていた。

近習たちも無駄口《むだぐち》をきく者はなく、緊張した表情で野に視線をくばっている。

『信長公記《しんちょうこうき》』に、次のような話が載っている。

尾張天永寺《てんえいじ》の僧侶、天沢《てんたく》が関東下向《げこう》の途中、甲斐躑躅ケ崎《つつじがさき》へまねかれたとき、武田信玄から、

「信長とはどのような男だ」

と、たずねられた。

天永寺は、信長が青春時代を過ごした那古屋《なごや》城下にほど近い。信玄は情報収集の一環として、探りを入れてみたのであろう。

天沢、答えて曰《いわ》く、

「毎朝、馬にお乗りになられます。また、鉄砲、弓、刀の稽古を欠かさず、鷹狩りにはことのほか熱心です」

「ほかに、たしなむものはあるか」

「幸若舞《こうわかまい》と小唄《こうた》がお好きにございます」

さらに信玄が、どのような曲が好みかと聞くと、

「人間五十年下天《げてん》の内《うち》をくらぶれば夢幻《ゆめまぼろし》の如《ごと》くなり、ひとたび生《せい》を受け滅《めつ》せぬ者のあるべきかという、『敦盛《あつもり》』の一節《ひとふし》だけしか舞われませぬ。唄もただひとつ、死のうは一定《いちじょう》しのび草には何をしよぞ、一定かたりおこすよの、と同じ節を繰り返し口ずさむのみ」

「異《い》なものを好むやつだ」

と、信玄はあきれたという。

恵瓊は信長が幸若舞の『敦盛』の一節しか舞わぬなどという話は知らない。

だが、獲物を待つ信長の異常な集中力は、遠くから見ているだけで、ひしひしと肌に伝わってきた。

やがて、野の向こうから、鳥見の衆のひとりが草をかき分けて一直線に走ってくるのが見えた。

黒手甲、黒脚絆の鳥見の衆が信長の前にひざまずいた。

「獲物を見つけましてございます」

「何だ」

「オスの雉子にございますッ」

鳥見の衆がほとばしるように叫んだ。

「行くぞ」

床几から立ち上がった信長の腕に、鷹匠《たかしょう》が鷹をすえた。

雪のように真っ白な異形の大きな熊鷹である。獰猛《どうもう》な鳶《とび》色の目をしている。

「案内《あない》せいッ！」

「ははッ」

鳥見の衆の導きで、信長が早足で歩きだした。まわりにいた近習たちが、全身に緊張をみなぎらせてそれにつづく。

古塚の上の恵瓊も、草かげに身をひそめながら一行のあとを追いかけた。

二町《にちょう》ほど行ったところで、鳥見の衆が足をとめた。男が指さすほうへ、信長がするどく目を向ける。

前方に沼があった。

その沼のほとりの草むらに、尾が青く頭が赤いオスの雉子が動くのが見えた。

信長が無言で振り返ると、近習が二人、前にすすみでた。鍬《くわ》を持ち、頰かむりをして、農民のような格好をしている。獲物に警戒心を抱かせぬため、わざとそのようななりをさせているらしい。

近習たちは、鍬で畑を耕《たがや》すようなふりをしながら、沼のほうへ近づいていく。

信長が左手を上げて合図をした。

すると、別の近習が鎧《よろい》に藁束《わらたば》をくくりつけた馬にまたがって、鳥のまわりをそろりそろりと乗りまわしはじめた。信長はその馬に身を寄せ、姿を隠しながら獲物の雉子に接近しはじめた。

（どうするのか……）

恵瓊が息をつめて見守るなか、雉子にぎりぎりのところまで近づいた信長は、突如、馬のかげから身を躍らせた。

「行けッ」

押し殺した声を発するや、鷹をすえた左腕を前へ突き出す。

鷹が音もなく羽ばたいた。

信長の腕を離れた鷹が、獲物めがけて低く滑空する。

気配におどろいた雉子が飛び立とうとしたとき、一瞬早く、鷹のするどい爪が獲物の首を捕らえていた。

農民の格好をした近習たちが、鍬を投げ捨て、鷹のもとへ走り寄った。鷹をなだめながら、獲物の雉子を取り上げ、うやうやしげに信長の前に差し出す。

首の急所をやられた雉子は、ぴくりとも動かない。

「見事なお手並みにございます、殿」

「さすがは、殿ご愛玩《あいがん》の鷹、雪白《ゆきしろ》にございますな。狙った獲物は決して逃しませぬ」

近習たちが口々に褒めそやしたが、信長は顔色ひとつ変えない。

「まだ狩りはおわっておらぬ」

「そろそろ、ほかの鳥見の衆が次なる獲物を見つけてまいりましょうか」

「いや、獲物なら、すぐそこにいる」

信長が、恵瓊が身をひそめている草むらのほうをゆっくりと振り返った。

恵瓊はおどろいた。

一瞬、その男と目が合った。冷たく冴えた、冬空に浮かぶ弦月《げんげつ》のような目であった。

「くせ者がおる。誰か、捕らえよッ！」

甲高《かんだか》い声が、野に響きわたった。

（気づかれていたか……）

恵瓊は舌打ちした。

どうやら、信長はあとをつけてきた恵瓊の存在に、いつからか気づいていたらしい。鷹狩りにあれほどの集中力をみせながら、一方で、周囲にも抜かりなく気をくばっていたとは、

（やはり、ただ者ではない……）

恵瓊はそろそろと身を引いた。

信長の近習は十人ばかり。これを振り切って逃げ出すことは難しい。

逃げずに申し開きをしようかとも思ったが、旅の雲水《うんすい》が鷹狩りの野に身をひそめているのはいかにも不自然であり、隣国美濃あたりの間者と疑われるのは必定だった。

「殿、くせ者はいずれに」

「どこにも見当たりませぬが……」

近習たちが騒ぎだした。

「うぬらの目は節穴《ふしあな》かやッ！」

信長はまなじりを吊り上げた。

「そこの茂みじゃ」

信長が指さしたとき、恵瓊の姿はすでにそこにはない。

馬がつながれている古塚に向かって風のように走りだしていた。

恵瓊は駆けた。

枯草におおわれた雉子野を、一直線に横切っていく。

日ごろから武田流の体術の鍛錬《たんれん》をおこなっているため、走っても息が乱れることはない。

恵瓊が草のなかから飛び出ると、古塚の近くで馬の番をしていた小者がおどろき、

「あッ」

と、声を上げてのけぞった。

その小者のみぞおちへ、

「悪く思うな」

拳《こぶし》で突きをいれ、一撃で眠らせる。

そのあいだにも、騒然とした追っ手の足音がせまってきた。

恵瓊はあたりに視線をくばった。

松の木につながれている馬のなかでも、ひときわたくましい黒鹿毛に目をとめるや、駆けよって手綱をゆるめた。それと一目でわかる、信長の愛馬である。

「いたぞーッ!」

「引っ捕らえろッ」

近習たちの叫びを尻目《しりめ》に、恵瓊は黒鹿毛にひらりと跳び乗るや、

「それッ」

と、尻を平手でたたいた。

群がる近習たちを蹴散らし、恵瓊は黒鹿毛を走らせた。

あとから駆けつけた者が四、五人、おのおのの馬に乗って追撃をはじめるが、信長の愛馬には追いつくことができない。

「鉄砲を放てッ」

背後で声が聞こえた。

「馬もろとも、撃ち殺してしまえ」

苛立ったように指示を下しているのは、信長であろう。

(このようなところで、死んでなるものか……)

恵瓊は手綱を握りしめ、馬の背に低く身を伏せた。

つるべ落としに銃声が響いた。

風にはためく墨染の衣のたもとを、銃弾がかすめていく。

僧侶の身でありながら、恵瓊は神も仏も信じていない。ただ、自分という男にいささかでも天《てん》運《うん》があるならば、

(弾よ、おのれを避けよ……)

馬のたてがみにしがみついた。

黒鹿毛は枯野を疾走した。飛ぶような軽やかさである。

南へ、南へと馬を駆け、やがて前方に岩倉の城下が見えてきた。ちらりと振り返ると、追っ手ははるか後方にある。

五

岩倉城下から、恵瓊は街道をさらに馬で南下した。

那古屋の城下を過ぎ、熱田《あつた》神宮の門前町《もんぜんまち》である宮《みや》の宿《しゅく》に入る。

宮は東海道の宿場である。

人や、物資を運ぶ馬、荷車の往来がさかんで、桑名《くわな》から伊勢湾を船で横切ってたどり着く舟運の要衝でもあった。

恵瓊は、宮の宿で信長の愛馬を乗り捨てた。

僧侶が黒鹿毛の駿馬を走らせていたのでは、あまりに人目につきすぎる。

茶店の前の馬つなぎ石に手綱をつなぎ、何ごともなかったような顔で、東海道をひたすら東へ歩いた。

国境を越え、三河《みかわ》国池鯉鮒《ちりゅう》の宿に着いたのは、陽がすっかり暮れ落ちてからである。

三河の領主は、徳川家康。

織田信長が桶狭間で今川義元を破るまで、今川家の人質だった男である。

この男の人生は、幼いころから苦難の連続であった。

家康は天文《てんもん》十一年（一五四二）、三河岡崎城主松平広忠《まつだいらひろただ》の嫡男として生まれた。このころ、松平家は東の今川氏、西の織田氏という二大勢力に挟まれた弱小大名であった。

わずか三歳にして、家康は生母の於大《おだい》と生き別れるという非運にあう。於大の実家水野家が、松平家に叛旗をひるがえし、尾張の織田信秀（信長の父）に寝返ったためで、離縁された於大はまだ竹千代《たけちよ》と呼ばれていた家康を残して実家へ去った。

その後、家康は六歳のときに、今川家との同盟のあかしとして、駿府《すんぷ》へ人質に出されることになる。しかし、駿河国へ向かう途中、渥美《あつみ》半島の土豪戸田《とだ》氏に拉致され、織田家に銭一千貫《ぜにいっせんがん》で売り渡された。

さらに翌年、父広忠が家臣に襲われ、二十四歳の若さで非業《ひごう》の死を遂《と》げる。駿河の今川義元は、この混乱に乗じて岡崎城を接収し、三河国は今川領に組み込まれることとなった。

八歳のとき、人質交換によって今川家のお膝元の駿府に移り住んだ家康は、今川一族の関口親《ちか》永《なが》の娘築山殿《つきやまどの》をめとり、屈辱に耐える忍従の日々を送った。

その家康の暮らしを一変させたのが、桶狭間の合戦であった。

この戦いで今川義元が斃《たお》れると、家康は三河へ帰国して念願の独立を果たす。隣国尾張の信長と同盟を結び、いまや領国支配を着実に確立させつつあった。

三河には、

（女が多い……）

と、恵瓊は思った。宿場でも、街道を歩いていても、よその土地より若い女の姿が目につく。

じつは、これには理由がある。

三河国は木綿《もめん》の栽培がさかんで、綿摘《わたつ》みに女手が必要とされるため、周辺の国々から集まってくるのである。

（三河の人々の気質は、尾張とはずいぶん違うものだ）

西国《さいごく》に生まれ育った恵瓊には、見るもの聞くものすべてが興味深い。

尾張人が、はしっこく、どこか開けた印象があるのに対し、三河人は頑固で律義な一刻者《いっこくもの》という印象が強い。

戦国期にしるされた『人国記《じんこっき》』（武田信玄が諸国の風土、気質を諜者《ちょうじゃ》に調べさせ、記録させたものともいう）は、

――（三河人は）その言葉卑《いや》しけれども実義なり。人と物を談ずるに、その事遂げずと云う事なし。

と、書いている。すなわち、三河人は義理がたく、いったん人と約束したことは必ず実行すると評されている。

いま三河岡崎城主となっている徳川家康の家臣たちは、あるじが今川家の人質になっているあいだ、鋤《すき》、鍬で田畑を耕しながら、離散もせず、ひたすら家康の帰還を待ちつづけたというが、その実直さ、粘り強さ、まさに三河人の気質そのものであろう。

また、三河では浄土宗の教勢が強かった。

家康自身、浄土宗に深く帰依《きえ》し、

――厭離穢土欣求浄土《おんりえどごんぐじょうど》
の軍旗を用いている。

そうした土地柄なので、五山派の僧侶はきわめて少ない。わらじを解く禅刹《ぜんさつ》もないため、恵瓊は数日、岡崎城下や周辺の村々を見てまわっただけで、すぐに三河国を離れた。

(三河は、西を織田、北を武田という強国に囲まれている。いまは織田と同盟を結んでいるようだが、家康という男によほどの知謀がないかぎり、戦国の荒波に呑み込まれてしまうだろう……)

という読みもあった。のちのち、恵瓊はこのときのみずからの認識に、甘さがあったことを痛感するようになる。

だが、恵瓊はまだ若く、一方の家康も三河の弱小大名にしかすぎない。

三河をあとにした恵瓊は、そのまま東海道を東へすすみ、

遠江《とおとおみ》

駿河

と、今川領を探索した。

東海の太守と呼ばれ、隆盛をほこった今川義元が桶狭間合戦で敗死してから、今川家の家運はにわかに衰えだしている。

義元の跡を継いだ息子の氏真《うじざね》は、絵に描いたような無能な男で、家臣団を統率する力に欠けていた。領民の評判も極端に悪い。

(この家は、あと五年と持つまいな……)

恵瓊は冷静に判断した。

統治者の能力のあるなしは、領民の暮らしぶり、城下のようすを見ておればわかるようになる。その分析力を、恵瓊は諸国をめぐる旅のうちに養いつつあった。

さらに、箱根《はこね》の坂を越えて北条《ほうじょう》領の相模《さがみ》国へ入った恵瓊は、小田原城下に半月ほど滞在した。

小田原はちょうど、梅の季節である。

城下の武家屋敷や民家の庭に、梅の花が咲き匂い、噎《む》せかえるほどだった。

梅の木が多いのは、ただ花を娯しむ目的ではなく、その実を収穫し、梅干しにして兵糧にするためという。

「いざ籠城《ろうじょう》というときにそなえ、北条の殿さまが城下の者どもに、梅を植えるようお命じになったのでございます」

宿のあるじが、そう教えてくれた。

梅の一件にかぎらず、北条氏が民政にこまやかなことは、町の者の話を聞けばすぐにわかる。

北条氏は、もと室町幕府の官僚であった初代早雲《そううん》が築いた大名家である。由縁《ゆえん》のない関東で、領国経営を安定させるため、早雲は、

——四公六民《しこうろくみん》
の年貢制度を打ち出した。

戦国大名の多くは、五公五民から、多いものでは八公二民という高い年貢を取り立てるところもあり、庶民は重税に苦しんでいた。それを北条家では、四割というきわめて低い年貢高にしたため、領民からおおいに歓迎された。

しかし、年貢を安くすれば、それだけ収入は減ってしまう。その不足分をおぎなったのが、商業の振興策である。

北条氏の城下町小田原には、大陸からわたってきた渡来系の商人が多く住んでおり、海外貿易をおこなっていた。

早雲以来、当代の氏政《うじまさ》まで、四代にわたってつづく北条氏は、商都小田原の繁栄にささえられ、

伊豆《いず》から相模、武蔵《むさし》、上総《かずさ》、下総《しもうさ》にも広がる、関東の一大王国を築いていた。

北条氏の繁栄をつぶさに見た恵瓊は、小田原を去り、関東の諸国をめぐった。


歩くうちに、梅から満開の桜に季節が移り変わっている。

上野国《こうずけ》から碓氷峠《うすい》を越え、信濃路へ足を踏み入れると、桜はまだ蕾であった。

このころ、信濃国は武田信玄の領地になっている。

北信濃の善光寺平《ぜんこうじだいら》の領有をめぐって、信玄と越後の上杉謙信のあいだで大規模な合戦が起こったのは、いまから四年前の永禄四年（一五六一）のことだった。

世にいう、

——川中島《かわなかじま》合戦
である。

信玄、謙信の川中島での対峙は、都合、五度あった。なかでも最大の激戦が、永禄四年の第四次川中島合戦である。

その年、関東管領《かんれい》となった謙信は、信玄に奪われた善光寺平を取りもどすべく、毘《び》の旗をなびかせ、軍勢一万三千をひきいて越後春日山《かすがやま》城を出陣。北国《ほっこく》街道を通って信濃国へ入り、妻女山《さいじょさん》に陣をしいた。

妻女山は、武田方の前線の拠点である海津《かいづ》（松代《まつしろ》）とわずか一里足らず。海津城将の高坂昌信《こうさかまさのぶ》から急報を受けた信玄は、一万七千の軍勢とともに甲斐府中《ふちゅう》を発し、風林火山の旗を押し立てて海津城へ入城。武田、上杉両軍は、睨み合った。

このとき、信玄の軍師の山本勘助《かんすけ》は軍勢を二手に分け、一手は謙信の布陣する妻女山へ夜襲をかけ、もう一手の本隊は夜襲におどろいて山を下りるであろう上杉軍を迎え討つべく、ふもとの川中島に展開するよう献策した。いわゆるキツツキの戦法である。

しかし、妻女山の謙信は、海津城の炊飯《すいはん》の煙がいつもより多いことから、事前に武田方の動きを察知。夜のうちにひそかに妻女山を下り、千曲《ちくま》川をわたった。

乳色《ちち》の濃い朝霧《あさぎり》が晴れたとき、川中島で待ち伏せていた信玄は、目の前にあらわれた上杉軍を見て愕然とした。

かくして、両軍は激突。武田軍は上杉軍の猛攻にさらされ、信玄の弟信繁《のぶしげ》、軍師の山本勘助が討ち死にした。

やがて、妻女山へ向かっていた夜襲隊が、戦場へ駆けつけるにおよび、形勢は逆転。謙信は軍勢をまとめて、越後へ退却した。

武田方の死者四千五百人。上杉方の死者三千人。信玄、謙信の両雄にとって、たがいの意地と知略のかぎりを尽くした激戦であった。

六

信州をめぐった恵瓊は、その足でまっすぐ甲斐国へ向かった。

武田信玄は、甲斐府中の躑躅ケ崎館《やかた》にいる。

恵瓊にとって信玄は、同じ清和源氏の名門武田家の流れを引く同族にあたる。

（うまくすれば、信玄に会うこともできよう……）

戦国大名のなかでも抜きん出た実力者である信玄と見知っておくことは、今後、外交僧として天下の諸将と渡り合っていくうえで大きな力になる。

甲斐の府中は、笛吹川《ふえふきがわ》、釜無川《かまなしがわ》などによって運ばれた土砂が堆積して形成された盆地にある。屏風《びょうぶ》をめぐらしたような山々にかこまれており、夏は暑く、冬は底冷えが厳しい苛酷な自然条件のもとにあった。

しかし、いまは春である。

里にはヤマツツジやヤマブキの花が咲き、山はおだやかなたたずまいをみせて、薄紫《うすむらさき》色にかすんでいる。

恵瓊がまず、たずねようと思ったのは、甲斐府中に滞在している朝山日乗《ちょうざんにちじょう》であった。

日乗は出雲《いずも》国出身の法華《ほっけ》僧で、早くから将軍足利義輝《あしかがよしてる》に近づき、大名間の紛争の仲立ちをする外交僧として名をあらわすようになっていた。

義輝が毛利氏と尼子氏の調停に乗り出したとき、その意を受けて安芸《あき》へ下ってきたのが、ほかならぬ日乗である。

同じ出雲出身ということで、恵瓊の師竺雲恵心と親しく、恵瓊自身、交渉の場で何度も顔を合わせていた。

師の恵心が、毛利家の人々にも信頼される温厚な人格者であるのに対し、日乗は俗臭芬々《ふんぷん》たる人物である。

将軍の威を笠に着て、つねに物言いが傲慢《ごうまん》であり、若い恵瓊などに対してはことに上から見下すような尊大な態度をとった。

権力者に取り入るのがうまく、声が大きいだけで、

（中身のない男だ……）

と、恵瓊は思っている。

その日乗、将軍義輝の使いとして、先年の秋から甲斐府中に滞在している。信州川中島で抗争を繰り返す武田、上杉を講和にみちびくのが、その目的である。

義輝は、足利将軍家への尊崇《そんすう》の念あつい謙信の上洛を強く望んでおり、謙信もまたこれに応じる構えをみせているが、領土拡張に意欲を燃やす信玄がなかなか首を縦に振らず、間に挟まれた日乗は弱り果てているという。

癖のある人物だが、信玄への橋渡しという意味では、この男を使わぬ手はない。

朝山日乗は、府中の躑躅ケ崎館にほど近い、法華寺院の信立寺《しんりゅうじ》にいた。

たずねて来た恵瓊の顔を見て、日乗は、

「そなた、毛利の……」

一瞬、虚《きょ》を突かれた表情になった。

安芸から遠く離れた甲斐の地で、毛利家ゆかりの者に会うとは思ってもいなかったのであろう。

が、すぐにいつもの傲岸不遜な態度を取りもどすと、

「何をしに来た」

日乗が探るように言った。

顔の大きな男である。瞼《まぶた》が肉厚で、鼻のわきがてらてらと脂《あぶら》ぎっている。顔が大きいわりに、

肩幅が狭く、背が低く、しかも胴が長い。ただし、目鼻立ちがはっきりしているために、押し出しがよく見えた。

「まさか、毛利家と武田家の同盟を策しに来たわけではあるまいな」

この大事なときに、他人の仕事を邪魔するなと言わんばかりの顔つきである。

「毛利さまは尼子攻めに忙しく、いまは東国《とうごく》どころではございませぬ」

恵瓊は涼しい表情でこたえた。

「拙僧《せつそう》はおのが見聞を広めるため、諸国を旅しておりました。東国には、ゆかしい歌枕《うたまくら》も多く、これから白河《しらかわ》の関、武隈《たけくま》の松などへも足をのばそうと思うておりました」

「歌枕か」

「はい」

「のんきなことだな」

日乗は小ばかにしたように鼻をふくらませて言った。

「たしかに、おぬしごとき若造の一人や二人、毛利さまのおそばにおっても何の役にも立つまい」

「仰せのとおりにございます」

恵瓊は目を伏せてうなずいた。

足利将軍の用をつとめる日乗に、不要な警戒心を抱かれぬに越したことはない。

「しかし、この甲斐に、これといった歌枕があったかのう」

「ござりませぬ」

「ならば何ゆえ、甲斐へ来た」

「拙僧は安芸武田家の血を引く者にございます」

「そういえば、恵心どのより、さような話を聞いたことがあったな」

「同族として、一度、躑躅ケ崎のお屋形《やかた》さまにお会いしたく、日乗どのに仲立ちを願いにまいった次第です」

「会ってどうする」

「聞けば、躑躅ケ崎のお屋形さまは、和歌、漢詩に堪能なお方とか。風流の道など、語り合いたく存じます」

恵瓊は朝山日乗に対して、いっさい本音をのぞかせなかった。

外交僧にとって、人脈は何より大事な武器である。

戦国群雄中、最強の呼び声高い騎馬隊を擁《よう》し、その実力東国一といわれる武田信玄に食い込んでおけば、今後、おのれの仕事にどれほど役に立つか知れない。

もっとも、長年、外交僧としてやって来た日乗も、そのあたりは百も承知で、

「おぬしごとき若造が、このわしを仲立ちに使う気か」

と、不快げな表情をした。

「わたくしは先ごろ、恵心老師より、毛利家使僧《しそう》のお役目を受け継ぐようにと仰せつかっております」

「竺雲恵心どのが、身を引くと申すか」

「今後は、師に代わり、わたくしが毛利家の御用をうけたまわることになります。日乗どのにと

っても、拙僧に恩を売っておくことは、けっしてご損にはなりますまい」

「む……」

「いかがか」

恵瓊は日乗の目をじっと見た。

日乗は、その大きな頭のなかでさまざまな計算を働かせているらしい。恵瓊がそうであるように、この男にとってもまた、人脈は命だ。

しばらく考えたのち、日乗は、

「取り次ぎくらいなら、してやってもよい」

「かたじけのう存じます」

「その代わり」

日乗は目の奥を底光りさせ、

「わが朝山《あさやま》一族は、出雲尼子氏の家臣。この先、尼子が日の出の勢いの毛利氏に勝てる道理はあるまいが、万が一、尼子滅亡となったとき、朝山一族には格別のご配慮をもって、存続をお許し願うよう、おぬしから毛利さまに口添えしてはくれまいか」

と、妙な猫撫《ねこな》で声で言った。

外交の第一線に立っているだけあって、朝山日乗は尼子氏と毛利氏の力の差を冷静に見切っている。

そのうえで、自分の一族の生き残りを抜かりなくはかっておくとは、この男もただ者ではない。

「承知いたしました」

恵瓊は深くうなずいた。

「朝山の一族のこと、できるかぎりお力添えいたしましょう」

「その言葉を聞いて安堵した」

日乗が脂の浮いた鼻のわきをかいた。


しかし——。

それから、何日たっても、朝山日乗が信玄に取り次ぎをするようすはなかった。

（食えぬ坊主だ……）

信立寺にほど近い安宿で知らせを待ちながら、恵瓊は舌打ちした。

恵瓊を通じ、毛利氏と武田氏の結びつきを作るのが将軍家——いや、自分にとって損か得か、考えをめぐらしているのであろう。

待つうちに、ヤマツツジの盛りはおわり、盆地をかこむ山々に青葉が萌《も》え立ち、やがて小糠雨《こぬかあめ》の降る梅雨の季節が近づいてきた。

むろん、そのあいだ、恵瓊もただ無為に日々をついやしていたわけではない。ひまにあかせ、甲斐府中や周辺の村々をくまなく歩き、武田家の強さの秘密は何であるか、探ってまわった。

武田家発展の原動力は、機動力をほこる騎馬軍団にあるが、最初からそれが有効に機能していたわけではない。

むしろ、一騎当千のつわものである武田の武者たちは、大将の命に従わず、おのおの勝手な行動をとることが多かった。天文十七年（一五四八）の上田原《うえだはら》の戦いでは、武田軍は北信濃の武将村上義清《よしきよ》の仕掛けた罠にはまり、功名にはやった騎馬武者たちが深追いして大敗を喫《きっ》している。

このいくさの苦《にが》い経験から、武田信玄は個々の武将の能力の高さよりも、統率のとれた軍事行動の重要性を認識するようになり、以来、軍団の組織化につとめた。

信玄の指揮のもと、烏合《うごう》の衆だった武田の騎馬武者たちは、最強の騎馬軍団に生まれ変わった。その騎馬軍団の機動性を高めたのが、

(棒道《ぼうみち》か……)

恵瓊は甲斐府中から信濃にのびる、棒道と呼ばれる軍用道路の存在を、はじめて知った。

また、敵の動きが一刻でも早く信玄のもとにつたわるよう、狼煙台《のろしだい》、鐘《かね》といった通信網が棒道にそって整備されていた。

さらに信玄は、山国甲斐の低い生産性を克服するため、積極的に治水をおこなって新田をひらき、金山の開発にも力をそそいだ。

いつか、自分が安芸武田家を再興する日がめぐって来たら、

(この治国《ちこく》こそ、手本にしたい……)

と、恵瓊は思った。

(どの国も、知恵ある者が勝ち残っている)

そのことを、恵瓊は廻国《かいこく》の旅で実感した。

何としても信玄に会い、その知恵者の面構《つらがま》えを見ておきたいと思った。だが、その望みはついに実現することがなかった。

天下を揺るがす大事件が、京で起きたのである。

「急ぎ、上方へもどることになった。明朝にも甲斐を発《た》つゆえ、おぬしとの約束は果たせぬ」

と、朝山日乗から使いが来たのは、五月闇《さつきやみ》の深い宵のことだった。

妙に蒸し暑く、じっとしていても首筋にじっとりと汗が湧いてくる。使者に、日乗のにわかな旅立ちの理由を聞いても、返ってくる答えはいまひとつ要領を得ない。

（何ごとかあったか……）

恵瓊は胸騒ぎをおぼえた。

取るものも取りあえず、そぼ降る雨をついて信立寺へ駆けつけた。

思いなしか、寺のなかが騒然としている。

長く待たされたすえ、信立寺の納所坊主《なつそぼうず》に銀の小粒《こつぶ》を握らせ、旅支度をしている日乗にようやく会うことができた。

日乗の顔色が青い。目に落ち着きがなく、ひどく慌てているように見えた。

「いかがなされました」

「おぬしか……」

声が震えをおびている。

日ごろのこの男にはないことである。

（ますます、ただごとではない）

恵瓊は日乗のまなこを、正面から強く見すえた。

「上方《かみがた》で大事が出来《しゆつたい》したのでございますな」

「う、うむ……」

「いったい何が」

「あってはならぬことじゃ……。将軍殺しなどと……」

「将軍殺しでございますと」

「うむ……」

「将軍とは、足利義輝さま」

「世に将軍と称されるお方は、二人とおられまい」

「その義輝さまが、殺された……」

「みだりに口外してはならぬ。わしもさきほど、京からの急報で知ったばかりだ」

日乗が声をひそめた。

永禄八年（一五六五）五月十九日――。

室町幕府第十三代将軍足利義輝が、京の二条御所において落命した。

義輝を殺したのは、畿内を実質的に支配下においていた松永弾正久秀《まつながだんじょうひさひで》と、三好《みよし》三人衆である。

弾正らは、清水寺の参詣という名目のもと、一万の大軍をひきいて京入りし、二条御所を急襲した。

腕におぼえのある将軍義輝は、足利家伝来の名刀十数本を畳《たたみ》に突き立て、刃こぼれするたびに刀を替えながら、群がる敵を相手に奮戦。

しかし、御所に火がかかるにおよび、命運が尽きたことを悟り、みずから自刃《じじん》して果てた。享《きょう》年《ねん》、三十であった。

毛利の使僧

一

朝山日乗《ちょうざんにちじょう》が帰洛するのにともない、恵瓊《えけい》も京へもどることにした。

東海道を西へ、西へと急ぎ、粟田口《あわたぐち》の日《ひ》ノ岡《おか》へ出ると、京の町が一望のもとに視界へ飛び込んできた。

軒《のき》の低い町家がつらなる京の町を黒雲がおおい、三条大橋のたもとを過ぎるころには矢のような雨がたたきつけてきた。

東山《ひがしやま》の八坂塔《やさかのとう》も雨にかすみ、鴨《かも》川が満々たる水をたたえて激しく流れている。

恵瓊がまっすぐ向かったのは、古巣の東福寺《とうふくじ》である。

いまは本山の副司《ふうす》に出世している兄弟《ひんでい》の士英《しえい》が、首を長くして恵瓊を待っていた。

「美濃《みの》の弟が、おぬしが諸国をめぐる旅をしていると書状で知らせてきた。いずれ京へもどったら、東国《とうごく》の土産《みやげ》ばなしなど聞けると娯しみにしておったのだが……」

「都はえらい騒ぎだな」

「三好《みよし》家の執事《しつじ》から成り上がった男が、おそれおおくも将軍家を手にかけるとは、これぞまさしく末法《まっぽう》の世よ」

士英は表情をくもらせ、嘆いてみせた。

三好家の執事から成り上がった男とは、松永弾正《まつながだんじょう》のことである。弾正は主君三好長慶《ながよし》を幽閉して病死に追い込み、主家を乗っ取った男として世間ではすこぶる評判が悪い。

「弾正らは、義輝《よしてる》さまの後釜《あとがま》として、阿波《あわ》におられる義栄《よしひで》さまを将軍に立てることを画策しておるらしい」

「その話、くわしく聞かせてくれ」

恵瓊は長旅で疲れた体を休める間ももどかしく、士英に事変後の畿内の情勢を聞いた。

二条御所を襲った松永弾正、三好三人衆が手にかけたのは、将軍義輝だけではなかった。

義輝の弟で、相国寺鹿苑院《そうこくじろくおんいん》の住持《じゅうじ》になっていた周嵩《しゅうこう》を寺から誘い出して殺害。さらに、奈良の興福寺一乗院《こうふくじいちじょういん》に入っていた末弟《まってい》の覚慶《かくけい》（のちの義昭《よしあき》）を亡《な》きものにすべく、兵を差し向けて身柄の引き渡しを寺側にせまった。

しかし、一乗院がこれに応じず、抵抗の構えをみせたため、松永勢が寺を囲み、覚慶は事実上、軟禁状態にあるという。

京畿《けいき》の支配をめざす弾正らにとって、諸国の力ある大名に対して、上洛《じょうらく》を積極的にはたらきかけていた義輝の存在は邪魔以外の何ものでもなかった。

そのため、義輝の血統をことごとく抹殺し、阿波にいる足利家の一族、義栄を新たな将軍にかつぎ出して、自分たちに都合のいい傀儡に仕立てようともくろんでいたのである。

「松永弾正らのやりたい放題だな」

恵瓊は、士英が寺の小者《こもの》に運ばせた酒で喉をしめらせた。

戒律《かいりつ》の厳しい禅門《ぜんもん》ではあるが、酒は般若湯《はんにやとう》と呼ばれ、嗜《たしな》む程度の飲酒はゆるされている。

外では、雨がますます激しくなっていた。時おり、稲光が走り、地を揺るがさんばかりに雷鳴もとどろいている。

「一乗院の覚慶さままで、弾正らの手に落ちたら、足利幕府はおわりだ。世に正しい秩序がなくなってしまう」

士英が悲憤慷慨《ひふんこうがい》し、朱塗《しゆぬり》の杯に手酌《てじやく》でついだ酒をあおった。

「秩序とはいうが、これまでも幕府の権威はなきにひとしかったではないか」

皮肉な顔をする恵瓊に、

「それでも、あるとないとでは違う」

士英は目のふちを赤くして言った。

「このままでは、弾正らは朝廷までないがしろにしかねぬ」

「ありそうなことだ」

恵瓊はうなずいた。

「じつは、ここだけの話だがな」

士英があたりをはばかるように声をひそめ、

「覚慶さまを、一乗院からひそかにお救いせんとする動きがあるらしい」

「それは……」

　恵瓊は思わず身を乗り出した。

「誰がそのようなことを」

「事変のとき、たまたま二条御所を留守にしていて難をまぬがれた、義輝さまの近臣衆《きんしんしゅう》よ」

「覚慶さまを救い出し、新たな将軍に擁立しようというのか」

「そういうことだ。越前《えちぜん》の朝倉でも、近江《おうみ》の六角《ろっかく》でも、畿内近辺の力ある大名を頼ればできぬことではあるまい」

「しかし、一乗院は松永弾正の手勢によって、蟻《あり》の這い出る隙もなく包囲されているのであろう。脱出など、できるものだろうか」

「そうよのう……」

　士英も首をひねり、

「難しいと言わざるを得まい。近臣衆に命がけで力を貸す忠義の者でも現れれば、話は別だが」

と、ため息まじりに言った。

　恵瓊は雨の音を聞きながら、考え込むような顔でしばらく押し黙っていたが、

「その近臣の名を知っておるか」

　士英にするどく問うた。

「細川藤孝《ふじたか》ほか数名の者ということだ」

「その藤孝らは、いまどこに」

「わからぬ。事変以来、行方《ゆくえ》をくらましておる」

（おもしろい……）

と、恵瓊は思った。

前将軍義輝は不慮の死を遂げたが、幕府の近臣たちが覚慶の救出に成功すれば、これを還俗《げんぞく》させて新将軍に担ぎ上げるのは必定である。

そのくわだてに一枚嚙み、恩を売って将軍とその取り巻き衆の信頼を得ることで、

（使僧としての地位を固められよう……）

この天下騒乱に、恵瓊はおのれが世に出るまたとない機会を見た。

近臣の細川藤孝といえば、師の竺雲恵心《じくうんえしん》の供《とも》をして二条御所へ出向いたおり、何度か顔を合わせたことがある。向こうは、師に影のごとく付き従っていた恵瓊の顔を覚えているかどうかわからぬが、毛利家の名を出せば、藁《わら》にもすがる思いで頼ってくるはずだった。

まずは、行方知れずになっている細川藤孝らの居場所を突き止めることだった。

砂浜で金の小粒《こつぶ》を探すように難しい仕事だが、あてがないわけではない。

（あの男がいる……）

恵瓊は、甲斐《かい》からともに引き揚げてきた朝山日乗の脂《あぶら》ぎった大きな顔を思い出していた。

幕府の御用をつとめる日乗は、当然、藤孝らと連絡を取ろうとしているだろう。日乗の動静に目を光らせていれば、いずれ細川藤孝の所在も知れるのではないかとあたりをつけた。

京へ帰還した日乗は、

「妙覚寺《みょうかくじ》へゆく」

と言っていた。

妙覚寺は、京における法華宗《ほっけ》の本山である。

このころ、京の町衆のなかには法華宗を信仰する者が多く、大名の城館もかくやとばかりの、広大な寺域《じいき》と壮麗な伽藍《がらん》をほこっている。

二

翌朝——。

恵瓊は二条衣棚《ころものたな》にある妙覚寺をたずねた。

ところが、朝山日乗は、

「昨日夕刻、どこぞからお使いが見えられ、あわてて出てゆかれました」

という。

行き先は、寺の者にもいっさい教えなかったらしい。

(しまった……)

恵瓊は舌打ちした。

おそらく、使いは細川藤孝からであろう。隠れ家に呼び出されたか、どこか人目に立たぬ場所で落ち合うよう指示されたにちがいない。

日乗の行方まで知れなくなったとなると、あとは雲をつかむようで、手がかりがなかった。

ところが、思わぬことから、日乗の行き先が知れた。

「日乗さまなら、昨夜遅く、深泥ケ池《みどろがいけ》のあたりで姿をお見かけいたしました」

と、恵瓊に耳打ちしたのは、日乗がいつも連れている従者の弥助《やすけ》という男だった。安芸《あき》や甲斐へ下るさいにも供をしており、以前から恵瓊を見知っている。弥助は安芸銀山《かなやま》城近くの己斐《こい》村の出身だとかで、あるじでもない恵瓊に、尊崇《そんすう》にも似た好意を寄せていた。

「深泥ケ池だと」

恵瓊は眉間に皺を寄せた。

深泥ケ池は、京の北郊《ほっこう》にある。その名のとおり、池の底に泥が厚く堆積しており、また草が積み重なった浮島がいくつも浮かぶ奇観で名高い。

奈良時代、高僧行基《ぎょうき》が深泥ケ池で修法《しゅほう》をおこなったのも、この池の持つ玄妙《げんみょう》な雰囲気と無縁ではない。

鞍馬《くらま》街道に面しているため、昼のうちは人の往来があるが、夜ともなれば行き交う者もなく、あたりは闇につつまれる。魑魅魍魎《ちみもうりょう》が跋扈《ばっこ》するという言い伝えがあり、京の者が恐れる魔所でもあった。

「なにゆえ、そのような場所に日乗どのが……。なぜ、昨日にかぎって供をしておらぬ」

恵瓊は不審を口にした。

「供はいらぬと、日乗さまにきつく申し渡されたのでございます」

「ほう……」

「わたくしは、女房の実家が幡枝《はたえだ》にございます。甲斐国へ下ります前、女房が身重《みおも》で実家にもどっておりましたもので、ようすを見にまいろうと夜道を急いで向かっていた途中、深泥ケ池の近くで日乗さまを見かけたのでございます」

「闇のなか、よく姿を見分けられたものだな」

「日乗さまは、ただでさえ目立つ、あざやかな緋《ひ》色の法衣《ほうい》をまとっておられますゆえ、提灯《ちょうちん》の明かりに浮かび上がった後ろ姿だけで、すぐにそれとわかりました」

「日乗どのは、深泥ケ池の近くに知り合いでもあるのか」

「さあ……。これまで、聞いたことがございません。なお不思議だったのは、日乗さまに連れがおられたことにございます」

「連れ……」

「はい。それも、被衣《かつぎ》をかぶった、妙齢の上臈《じょうろう》女房のようにお見受けいたしました」

「女と一緒か」

「朝になっても、おもどりになられませぬゆえ、深泥ケ池の魔性のものにでも魅入《みい》られたのではないかと、案じておるのですが」

弥助が、不安でならぬといった顔をした。

(深泥ケ池の魔性の女か……)

弥助が見たという日乗の連れの女は、

(細川藤孝の一統に間違いあるまい)

と、恵瓊は睨んだ。

日乗が従者も連れずに人目をしのんで行く場所といえば、藤孝らの隠れ家をおいてほかにない。妙齢の上臈女房は、日乗をその隠れ家へみちびく使いと思われた。

弥助が供をしたいというのを断り、恵瓊は独り、深泥ケ池へ向かった。

夜には瘴気《しょうき》を放つ不気味な魔所も、真昼に行けば、ただの静かな池に過ぎない。青灰色《せいかいしょく》の水面《みなも》に、浮島が四つ、五つ浮かんでいるのが見えた。

あたりには、鞍馬街道にそって茅葺《かやぶき》屋根の民家が数軒あるきりである。恵瓊は、その民家を一軒、一軒たずね、それらしい隠れ家がないか、探してまわった。

なかなか、はかばかしい答えは返ってこなかったが、なかで一人だけ、庭先で梅を干していた老婆が、

「そう申せば、近ごろ、この先の無住《むじゅう》の破れ寺《や》に人が出入りしておるようじゃ」

白く濁《にご》った目を上げて言った。

「どのような者だ」

恵瓊は、老婆に聞いた。

「山樵《きこり》のなりをしている者もあれば、ワタリの商人《あきうど》のなりをしている者もある。だが、この婆の目は節穴ではない。あの者どもは、武士じゃな」

（それだ……）

と、恵瓊は胸のうちで思った。

「その破れ寺はどこにある」

「深泥ケ池の向こう岸じゃ。野盗《やとう》どもの棲み家になったこともあったゆえ、いまは里の者も近づかぬが」

「婆どの、よい話を聞かせてもらった」

恵瓊は老婆にビタ銭《せん》を一枚握らせると、身をひるがえして深泥ケ池のほうへ引き返した。

老婆の言っていた破れ寺は、深泥ケ池の対岸に、竹林《ちくりん》に埋もれるようにしてあった。山門は倒壊し、本堂の瓦《かわら》屋根も雨風《あめかぜ》にさらされて、半分以上くずれ落ちている。

外からようすをうかがったが、人の気配はまったく感じられない。

（もしや、一足先に隠れ家を引き払ったか……）

落胆をおぼえたが、念には念を入れ、恵瓊は境内の草むらに身をひそめて日暮れを待つことにした。


待つこと半日——。

ようやく動きがあったのは、あたりがとっぷりと暮れ落ちてからだった。

闇につつまれていた破れ寺の本堂に、突然、明かりが灯った。

一瞬、

（鬼火《おにび》か……）

と思ったが、なかから人の話し声がする。

入り口の格子戸《こうしど》の向こうで、黒い影が揺れるのが見えた。

やはり、

（誰かいる……）

恵瓊は身をかがめ、本堂のほうへ息を殺して歩み寄った。

そのとき、背後で足音がした。

振り返ると、提灯の明かりが揺れながらこちらへ近づいてくる。ひとつではない。街道のほうから、二つ、三つと、まるで頃あいを見はからっていたかのように、明かりが集まってきた。

恵瓊はとっさに、本堂の広縁《ひろえん》の下に身を隠した。

提灯をかかげ、闇の向こうからあらわれたのは、覆面で顔を隠した武士たちであった。

その男たちを先導しているのは、被衣を頭からかぶった妙齢の女人であった。

武士のひとりが、

「小督《こごう》さま」

と、女を呼んでいるのが聞こえた。

（小督……）

恵瓊はその名に聞きおぼえがあった。

階段をのぼり、寺の本堂へ入ろうとしたとき、女の顔をおおっていた被衣が、池のおもてをわたってきた風でめくれ上がった。

（あの者は……）

明かりに照らされた女の白い顔を見て、恵瓊ははっと息をのんだ。

師の竺雲恵心とともに京から安芸へ下る途中、同じ船に乗り合わせていた女ではないか。あのとき、小督は男装していた。犬島《いぬしま》海賊の目をくらますためであったと、あとでわかった。

――将軍義輝さまが、西国《さいごく》大名につかわした使者であろう。

恵瓊は、謎めいた女の素性をそう読んだ。

ここに、ふたたび姿をあらわしたということは、小督はやはり、足利将軍家ゆかりの者であったらしい。

「お静かに」

抑えた声で、名を呼んだ武士を制すと、小督は先に立って本堂のなかへ入っていった。ほかの武士たちも、するどい目つきであたりをうかがってから、あとに従った。

恵瓊は音をたてぬように階段をのぼって広縁の上に出ると、板戸《いたど》の隙間から本堂の奥をうかがった。

「松永、三好一統の目をくらますためとはいえ、かような破れ寺の地下に身をひそめておらねばならぬとは、息苦しゅうてかなわなんだぞ」

闇の向こうで大きな声がした。

堂内にともされた短檠《たんけい》の明かりに浮かび上がった声のぬしは、朝山日乗である。

「お声が高うございます」

その日乗を、被衣を取り去った小督がかるく睨んでたしなめた。

小督といっしょに、あとから本堂に入ってきた者が三人。奥のほうに朝山日乗、さらに見知らぬ武士が二、三人と、恵瓊も顔を会わせたことがある将軍家近臣の細川藤孝がいた。

藤孝は目鼻立ちがととのった、貴族的な風貌の男である。

一説に、十二代将軍足利義晴《よしはる》の庶子《しょし》ともいわれ、和歌に長じ、のちの天正《てんしょう》二年（一五七四）には三条西実枝《さんじょうにしさねき》から古今伝受《こきんでんじゅ》をうけている。

ただし、たんなる文弱の徒ではなく、その三日月のごとき細い目は、したたかさと抜けめのなさを秘めている。

「日乗の気持ちはわかるが、われらは興福寺一乗院におわす覚慶さまをお救いするまで、敵の手に捕らえられるわけにいかぬのだ。幸い、この破れ寺に地下の隠し蔵があることを知る者はおらぬ。謀議をこらすには、またとない場所であろう」

藤孝が言った。

どうやら、藤孝ら将軍家の近臣衆は、昼のあいだこの寺の地下蔵に身を隠し、夜になると京の各所から同志が集まって、覚慶を奪還する策を練っているらしい。

「奈良のようすはどうであった、小督」

藤孝が、小督に視線を向けた。

「女の身では、幾重《いくえ》にも包囲された一乗院に近づけませぬゆえ、代わりに明智《あけち》どのがようすを探って来てくださいました」

「光秀《みつひで》か」

「はい」

「それは頼もしきことじゃ。あの者は幕府では、まだ足軽《あしがる》衆と身分は低いが、美濃《みの》の土岐《とき》氏の出。将軍家への忠義の心あつく、頭も切れる」

「そのように存じます」

「して、光秀は何と？」

「出入りの経師屋《きょうじゃ》になりすまし、一乗院の中へ入り込んだそうにございます」

「おお……」

細川藤孝のみならず、その場にいた男たちが嘆声《たんせい》を洩らした。

「覚慶さまにお会いできたのか」

「じきじきに言葉をかわすことは叶《かな》いませなんだが、寺の者どもに聞いてごようすだけは」

小督らの会話に、恵瓊は格子に身を寄せて聞き耳を立てた。

「覚慶さまは少し、お加減がすぐれぬようにございます」

「さもあろう」

細川藤孝が同情するようにうなずいた。

「一乗院での幽閉も、すでに半月を越える。どのような者でも、気が滅入《めい》ろうというもの」

「明智どのは寺の者に頼み入り、覚慶さまに伝言をお届けしたそうにございます」

「何とおつたえしたのだ」

「遠からず、よき日がまいります。なにとぞお心を強くし、ご辛抱下されまするようにと」

「覚慶さまから、ご返答はあったのか」

「いえ……」

と、小督が睫《まつげ》の長い目を伏せた。

「ただ、あふれる涙を袂《たもと》で押しぬぐわれ、何もおっしゃらずに何度もうなずかれたとか」

「されば、一乗院を脱出し、還俗して将軍位をお継ぎになる意志ありと見てよいな」

「明智どのは、そのように解釈なされております」

「そのごようすを聞き、われらも力を得た」

細川藤孝が一座の者たちを見渡した。

「おのおのがた、覚悟のほどはよろしいな」

「むろんのこと」

「われらの身を賭《と》しても、覚慶さまの身をお救いしようではないか」

口々に声を上げる男たちを、

「しばし、待たれよ」

と、肉厚の手を上げて制したのは、朝山日乗であった。

「お救いするとはいうが、松永勢の囲みを破る策はおありになりますのか」

「いまのところ、これといった妙案はない」

藤孝が表情をくもらせた。

「そうでありましょう。万にひとつ、無事に覚慶さまを一乗院の外にお連れできたとして、そのあと、いったいどこの誰を頼るおつもりじゃ。知ってのとおり、畿内一円は松永、三好の一統に押さえられておる。覚慶さまを次の将軍の座にすえるには、よほど強力な大名の支援がなくてはのう」

「和田惟政《これまさ》はいかがでしょうか」

色白の若い武士が言った。

のちに恵瓊は知ることになるが、斯波《しば》、細川、畠山《はたけやま》の三管領《かんれい》につぐ、四職《ししき》の家柄の一色藤長《いっしきふじなが》である。

「和田といえば、近江国甲賀《こうか》の武将か」

藤孝が聞き返した。

「惟政は将軍家への尊崇の念あつく、誠実な人柄。しかも、奈良と甲賀は近く、覚慶さまが身を落ち着けられるにはうってつけかと」

「和田惟政では、いかにも小物すぎるのではないか」

朝山日乗が、一色藤長に異をとなえた。

「和田の主筋の六角義賢《よしかた》を頼ったらどうであろうかのう。義賢は、名の一字を前将軍義輝さまより頂戴している。また、三好長慶を敵にまわして、義輝さまの入京をお助けしたこともある」

「いや、六角は信用できぬ」

細川藤孝が渋い顔をした。

「あの者はしたたかで、松永弾正、三好三人衆とも、かねてより交誼《こうぎ》を結んでいると聞きおよんでいる。うかつに信じれば、寝首をかかれるかもしれぬ」

「されば、細川どのはどうせよと申されます。覚慶さまを救い出したはよいが、頼るあてがなくば、路頭に迷うだけ」

日乗と藤孝の意見は、なかなか噛み合わない。

はたで見ていた武士たちが、

「越後の上杉、甲斐の武田、越前の朝倉などに使いを出し、上洛の約束を取りつけてから動きを起こしたらどうか」

「われらの力だけで、覚慶さまをお救いすることは難しい」

などと、気弱げなことを言い出した。

（腰抜けめらが……）

恵瓊は彼らの行動力のなさに、しだいに腹が立ってきた。

あれこれ考えるより先に、まず動く——それが恵瓊の生涯を通じた行動論理である。

格子のかげからすっくと立ち上がると、恵瓊はガラリと板戸をあけた。

突然、あらわれた闖入者《ちんにゅうしゃ》に、本堂に座していた男たちの表情が凍《こお》りついた。

一瞬、間があってから、

「何奴《なにやつ》ッ!」

若い一色藤長が、脇に置いていた刀を鞘《さや》ごと引っつかみ、片膝立《かたひざだ》ちになった。亡き将軍義輝とともに、剣を学んだ経験がある。

恵瓊の動きを牽制しつつ、刀を鞘から抜いた。

ほかの者たちも、遅ればせながら刀をつかみ、双眸に緊張感をみなぎらせて身構える。

「おれは敵ではない」

恵瓊は低いがよく響く声で言った。

「おのおのがたのくわだてに、力を貸したい。いや、おれの力があれば覚慶さまは必ずお救いできよう」

「きさまは何者だ」

一色藤長が恵瓊を睨んだ。

「おぬし……。毛利の使僧《しそう》ではないか」

と、声を上げたのは、朝山日乗ではなく、細川藤孝その人であった。

記憶にもとどめていないかと思ったが、意外にも細川藤孝は、師の竺雲恵心に付き従っていた恵瓊のことをよく覚えていた。

「恵瓊とやら申したか」

「お久しゅうございます、細川さま」

恵瓊は胸をそらせて威風堂々《いふうどうどう》と歩み寄ると、細川藤孝の前にどっかと腰を下ろした。

（あなどられてはならぬ……）

という思いがある。

剣の勝負ではないが、人と人の関係は少しでも臆したほうの負けである。相手は足利将軍の直臣《じきしん》だが、恵瓊も清和源氏の名門、武田家の血筋。家格において、いささかも劣るものではない。

「おぬし、なぜここに……」

藤孝は警戒心をなおもゆるめていない。

「そちらにおいでの」

と、恵瓊はあっけにとられている朝山日乗にちらりと視線を投げ、

「日乗どのと、つい先ごろまで甲斐国におりました。急を聞き、京へもどりましてから、将軍家のおんため、お役に立てることはないかと、日乗どのの消息をたずねてこちらへたどり着いた次第」

「わ、わしのあとをつけたのか……」

日乗がうめいたが、恵瓊は答えない。

「失礼ながら、先ほどより、みなさまの話をうかがっておりました」

「なにッ」

一色藤長が、いったん鞘におさめかけた刀を、ふたたび構え直した。

「毛利の使僧か何か知らぬが、話を聞いたからには生かしておけぬ」

「早まるな、一色どの」

年長の藤孝が、一色藤長を制した。

「しかし、こやつは……」

「始末はいつでもできる。まずは、言い分を聞こうではないか」

「恐れ入りましてございます」

恵瓊は平然と頭を下げた。

「されば、申し上げさせていただきます」

「うむ……」

「かような密議は、まったくの無益。先のことを案ずるより、まずは一乗院へ乗り込むが先決。おのおのがたは、火中へ飛び込む肚《はら》がないだけではござらぬか」

「細川さまに向かって、何たる無礼ッ」

武士たちが、顔を朱《しゅ》に染めていろめき立った。

細川藤孝も眉間に皺を寄せた。

「われらに肚がないというが、一乗院は松永勢に囲まれておる。どうやって乗り込めというう」

「策がございます」

恵瓊はふてぶてしい笑いを唇に浮かべた。

じつのところ、恵瓊もこれといった具体的な策があるわけではない。

だが、細川藤孝らを信用させ、彼らに新将軍擁立に向けた活力を与えるには、思い切った芝居が必要だった。

「どのような策だ」

藤孝が身を乗り出した。

「いまは申せませぬ」

「なにゆえに」

「うかつに策を申せば、拙僧がそうでありましたように、どこの何者が聞き耳を立てておるやもしれませぬ」

「調子のよいことをいって、はったりをきかせておるだけではないか」

朝山日乗がずけりと言った。

「そのようなことを申されてよろしいのか、日乗どの」

「なに……」

「拙僧の背後には、毛利家がついております。毛利家が出雲の尼子《あまご》を倒せば、京との距離がにわかに近づきましょう」

「毛利に、上洛のこころざしありと申すか」

細川藤孝がひどく興味ありげに、細い目の底を青光《あおびか》りさせた。

「諸国の大名で、京に旗を樹《た》てる日を夢見ぬ者がありましょうや」

「騙《だま》されてはなりませぬぞ、細川さま」

と、日乗が口をはさんだ。

「わたくしの存じますかぎり、毛利元就《もとなり》が上洛に積極的な姿勢をしめしたことは、ただの一度もござらん。それでなくとも、元就は嫡男隆元《ちゃくなんたかもと》を病で失ったばかり。息子を亡くし、六十九歳の老境にさしかかった元就に上洛を期待するは、絵に描いた猫にネズミを捕れというようなもの」

「ただいまのお言葉、そっくりそのまま、元就さまにお伝えしてもよろしいか」

恵瓊は冷たい表情で言った。

「日乗どのはどうやら、わが毛利家がお嫌いとみえる」

「さ、さようなことは……」

日乗が言葉に詰まった。

そのとき、重苦しい空気の流れる堂内に、凛《りん》とした女の声が響いた。

「よろしいではございませぬか、そちらの方におまかせしてご覧になれば」

「小督どの」

一座の男たちが、一輪の花のようにあでやかな女を見た。

「わたくしも、その方の申されるように、無駄な理屈をこねるのは嫌いです。まず覚慶さまをお救いし、あとのことはそれから考えればよろしゅうございましょう」

小督のひとことで、恵瓊は一乗院の覚慶救出のくわだてに加わることとなった。

それにしても、

（どのような女なのであろう……）

と、恵瓊は小督の素性が気になった。

足利幕府の直臣たちと対等に近い口をきき、しかも、彼らの心を動かすほどの影響力を持っている。

（もしや、亡き将軍義輝の愛妾《あいしょう》のひとりであったか……）

ありそうなことである。

義輝は三十歳の若さで、世継ぎの子も残さずに死んだ。女の一人や二人、そばに召し使っていたとしても不思議はない。

犬島海賊に恐れげもなく立ち向かったことからもわかるとおり、小督は男顔負けの度胸があり、知恵深さと、優艶《ゆうえん》な見かけに似合わぬ芯の強さを内に秘めていた。

しかも、足利将軍家に対する尋常ならぬ忠誠心、

（ただの上臈女房であるはずがない……）

と、恵瓊は観て取った。

だが、そう思ったとたん、わけもなく不快になった。

それが、一人の男が女に対して抱く嫉妬の情であるとは、恵瓊自身、まだ気づいてはいない。

三

三日後――。

小督は、恵瓊に覚慶救出の協力者を引き合わせた。

話にだけ聞いていた、

――明智光秀
という男である。

三十なかばを過ぎているであろう。すっきりとした二重瞼《ふたえまぶた》の奥の目が、理知的な光を放っている。ちょっとした言葉の端々《はしばし》に、育ちのよさと高い教養が感じられた。

それでいて、自分よりはるか年下の恵瓊に対してまで、ひどく丁重な態度で接するのは、

(苦労が長いせいか……)

恵瓊は思った。

光秀は、かつて美濃守護《しゅご》だった土岐氏の一族、明智氏の出である。だが、実家は、斎藤道三《どうさん》とその子義竜《よしたつ》の美濃を二分する争いに巻き込まれて滅亡。光秀は諸国流浪ののち、伝を頼って前将軍義輝に足軽衆として仕えるようになった。

その矢先、義輝が松永、三好勢に襲われて落命したのは、この男にとって不幸というしかない。ともかく、明智光秀は覚慶救出におのが命運を賭《か》けていた。

その意気込みは、

「よろしくお頼み申す」

と、恵瓊を見つめたまなざしの強さから、ひしひしと伝わってきた。

明智光秀は、一乗院の見取り図を持っていた。

経師屋に化けてもぐり込んだとき、みずからの目でたしかめ、寺の者から話を聞き出して書き上げたものらしい。

その見取り図を、光秀は奈良坂《ならざか》の博奕《ばくち》打ちの家の板敷《いたしき》にひろげた。

野犬に襲われたところを光秀が助けたことから博奕打ちと懇意になり、奈良でのねぐらを借りているという。

「一乗院の造りは、普通の寺とはおおいにちがっております」

光秀は、男の格好《なり》をした小督、一挙のために駆けつけた一色藤長、そして恵瓊の顔を順に見渡

して言った。

細川藤孝や朝山日乗らは、覚慶の救出には直接加わらず、受け入れ先の大名探しに向けて動きだしている。

「本堂、方丈《ほうじょう》、庫裡《くり》もないようだな」

恵瓊は見取り図を食い入るような視線で見た。

「いかにも」

と、光秀がうなずいた。

「藤原摂関家《せっかんけ》の子弟が、代々、門主《もんしゅ》をつとめる門跡《もんせき》寺院ゆえ、構えも公家《くげ》の屋敷を模して造られている。まわりは、高さ一丈半の築地塀《ついじべい》でかこわれ、門は南と北の二ケ所。池のある庭に面した、この大きな建物が寝殿《しんでん》にござる」

「して、覚慶さまはいずこに」

一色藤長が聞いた。

「これに」

光秀は寝殿の背後をしめしてみせ、

「書院がございます。覚慶さまは、外へお出ましになることもなく、一日中このなかに」

「書院に出入りする者はあるのですか」

小督の表情は真剣そのものである。

「朝と夕の二度、寺の喝食《かつしき》が食事を運びます。それ以外、めったに近づく者は……」

「ということは、覚慶さまが寺を抜け出しても、しばらくは人に気づかれぬな」

恵瓊は太く笑った。

その恵瓊を、藤長が懐疑心を含んだ目で見た。

「そなた、なにやら策があると申していたようだが」

「ある」

「それは、どのような」

「松永勢の見張りは、南北の門の前で寺へ出入りする者に目を光らせているであろう。その見張りの注意を、拙僧が引きつける。貴殿らは、隙をうかがって覚慶さまのおわす書院に忍び込めばよい」

「簡単に言うが、至難《しなん》の業《わざ》ぞ」

「胆《はら》がすわっておれば、いともたやすきこと」

恵瓊の双眸が、爛《らん》と光った。


奈良坂の博奕打ちの家を根城にした恵瓊は、明智光秀の導きで、松永勢に包囲されている一乗院のようすを偵察に行った。

一乗院は、興福寺の七堂伽藍《しちどうがらん》の北に位置している。

南が正門で、その前を若草山《わかくさやま》につづく道がとおっている。

正門を三十人ほどの士卒《しそつ》がかためており、北の裏門は正門側よりも、やや見張りの人数が少ない。それでも、警戒はきわめて厳重で、外から近づけそうな隙はなかなか見つからなかった。

「松永弾正と三好三人衆は、何としても覚慶さまを亡きものにし、自分たちの傀儡になる阿波の義栄さまを将軍にすえたいと思っているのだ」

密議をかさねるうちに、しだいに打ち解けてきた光秀が、義憤を込めた口調で言った。

恵瓊は網代笠を目深にかぶって、旅の僧侶という体をよそおい、光秀はその従者に身をやつしている。

物陰からようすをうかがい、松永勢の見張りの配置を頭にたたき込んだ二人は、猿沢池《さるさわのいけ》のほとりの茶店の縁台《えんだい》に腰を下ろした。

「私は、いまの下克上の世の中は間違っていると思っている」

光秀が声をひそめるようにして言った。

「人はケダモノではない。家臣が主君を弑《しい》し、子が親を、親が子を殺すようなことは、断じてあってならぬ。そうは思われぬか、恵瓊どの」

「たしかに」

と、恵瓊はうなずいた。

「しかし、為政者に世を治めるだけの力が欠けていたとき、それに取って代わる者があらわれるのは自然の摂理といえるではございませぬか」

「孟子《もうし》のいう、放伐《ほうばつ》の理《ことわり》か」

「いかにも」

恵瓊は池の水面をわたる風に、かすかに目を細めた。

唐《から》の国の孟子は、世の秩序を何より尊《たつと》んだ思想家である。だが、天下を治めるべき為政者が、それに値しない人物であったとき、その存在はむしろ、民にとって害悪となる。その害悪を取りのぞくため、暗君を滅ぼしても罪にはならないというのが、放伐の理論にほかならない。

「お若いのに、恵瓊どのは世に対する見方が冷めているのだな」

光秀が苦笑いした。

「拙僧《せっそう》の実家、安芸武田家は、毛利家によって滅ぼされました。しかし、だからといって、いまの拙僧は毛利家を恨んではおりませぬ。武田家は、滅ぶべくして滅んだのでござろう」

「それは、恵瓊どのの本音か」

明智光秀は疑わしそうな顔をした。

「まことに毛利家を恨んではおらぬのか」

「はい」

恵瓊は表情を変えずにうなずいた。

「よどんだ水は腐るものです。逆に、もし、毛利家が民を統《す》べる資格を失ったときは……」

「今度は、恵瓊どのが毛利家を滅ぼす──そう言いたいのだな」

「拙僧は、一介の使僧。さような力はござりませぬ」

「わしもいまは、ただの足軽衆に過ぎぬ。しかし、こころざしを捨てぬ者には、必ず大望を成し遂《と》げる日がめぐってくる。わしは、そう信じて今日を必死に生きている」

「…………」

短い会話であったが、苦労人の光秀の言葉は、なぜか恵瓊の胸に深く沁《し》みた。

それから一月あまり──。

慎重な下調べを重ねたのち、恵瓊は明智光秀を通じて、奈良坂の博奕打ちの仲間を集めた。

首領格は、鬼藤《おにふじ》という名の、身《み》の丈《たけ》六尺を越える大男である。もとは一乗院に仕えていた小者だったということで、寺の事情をよく知っている。

恵瓊が覚慶救出のくわだてを打ち明けると、

「そいつはおもしれぇ」

鬼藤は二つ返事で頼みを引き受けた。

そもそも彼らは、他国から入ってきて、奈良の町を我が物顔に支配する松永弾正に反感を持っている。

「で、おれたちは何をすればいいんだ」

「喧嘩をしてもらう」

「喧嘩だって……。松永の連中とか」

「いや。仲間を二手に分け、一乗院の門前でひと騒ぎしてくれればいい」

「それだけでいいのか」

「できるだけ、寺を囲んだ松永勢の注意を引きつけてくれ。あとはこちらでやる」

「わかった」

鬼藤が呼び出しをかけた博奕打ち仲間は、全部で五十人あまり。男たちには、ひとりひとりに、麻袋《あさぶくろ》に入れた銀の小粒が配られた。銀の小粒は、小督が用意したものである。

四

その夜、亥《い》ノ刻《こく》（午後十時）――。

恵瓊は鬼藤たちとともに、一乗院の南門《なんもん》へ向かった。

明智光秀、一色藤長、小督は経師屋などに化け、すでに一乗院へ潜り込んでいる。恵瓊らが見張りの目を引きつけている隙に、光秀たちが書院の覚慶を外へ連れ出す手筈である。

新月の晩で、空に星もなかった。

一乗院の南門の手前、一町《いっちょう》のところまで来たとき、恵瓊は、

「やるぞ」

と、鬼藤に声をかけた。

無言でうなずいた鬼藤が、仲間の博奕打ちに手で合図を送る。

手に竹の棒や白木の杖を持った男たちは、

――わーッ
と喊声《かんせい》を上げ、南門に向かってわらわらと駆け出していった。

あらかじめ、二組に分けられていた男たちは得物を振りまわし、門前で闘諍《とうじょう》をはじめる。むろん、本気の喧嘩ではないが、わざとおおげさな声を上げているので、闇のなかではじっさい以上に大人数の乱闘に見える。

この騒ぎに、

「すわ、敵襲か」

おどろいたのは、寺を囲んでいた松永弾正の兵たちだった。

槍をつかみ、松明《たいまつ》をかかげて声のするほうへ駆けつけてみると、

「無頼者どうしの喧嘩ではないか」

集まった兵たちは、門前の闘諍を見て拍子抜けした。

無頼者の喧嘩では、放っておくしかない。

だが、兵たちが手をこまねいているうちに、騒ぎは激しさを増し、石つぶてまで飛び交いはじめた。

首領の鬼藤が、

「それッ」

と、蛮声《ばんせい》を張り上げると、石つぶての雨は、松永の兵たちに向かっていっせいに降りそそぎはじめた。

石つぶては足軽たちの陣笠《じんがさ》や胴丸《どうまる》に当たり、運悪く、笠をはじき飛ばされた者が、頭から血を流して二、三人倒れた。

「早く、騒ぎを鎮《しず》めよッ！　鉄砲を撃ってもかまわぬぞ」

足軽頭《がしら》とおぼしき陣羽織《じんばおり》の侍が、業《ごう》を煮やしたように叫んだ。

騒ぎを聞きつけて、各所に配置されていた兵が南門に集まってきた。それこそ、恵瓊の思うつぼである。

（できるだけ、時を稼がねば……）

恵瓊はあらかじめ、鬼藤の仲間たちに牡鹿《おじか》を数頭捕らえさせていた。

その牡鹿の尻《しり》をたたき、門前に乱入させた。

天を焦《こ》がす松明の火の粉に興奮したのか、牡鹿が角を振りたてて門前で暴れだした。

火縄に火を点《つ》け、発砲の準備をしていた松永勢の動きが止まった。

「撃ってはならぬッ」

陣羽織の足軽頭が、兵たちをあわてて止めた。

古来、奈良では、鹿は春日《かすが》社の神使《かみつか》いとして尊ばれている。境内はもとより、町なかに放し飼いにされ、それを殺傷した者は石子詰《いしこづ》めの刑に処せられる定めになっていた。石子詰めは、罪をおかした者を穴のなかに入れ、上から石を投げ落として生き埋《い》《う》めにする凄惨な処刑法である。

その神使いの鹿がいては、松永勢もうかつに鉄砲を放つわけにはいかない。

手出しができず、牡鹿に追い立てられて右往左往している兵を見て、

「よいざまよ」

博奕打ちたちが腹をかかえて笑いだした。

寺を囲んだ軍勢の注意は、完全に南門へ引きつけられている。

(そろそろ、明智らが覚慶さまを救い出したころか……)

恵瓊は闇の満ちた夜空を睨んだ。あとは、運を天にまかせるだけである。

そのとき、

「くせ者じゃーッ」

一乗院の東の方角で叫び声がした。

「誰か、塀を乗り越えようとする者があるぞッ！」

脱出に手間取ったか、どうやら、こちらの動きが敵に気取られてしまったらしい。

恵瓊は、近くにいた鬼藤に、

「石つぶてで、できるかぎり松永勢の足止めをせよ。危なくなったら、すぐに逃げ出せ」

と指示を下すや、声のしたほうに向かって疾風のごとく走りだした。

松林にそって長い築地塀がつづいている。

鬼藤らの石つぶてにはばまれ、すぐにはあとを追ってくる者はない。

闇に馴れた目に、前方の塀のあたりで、もつれるように揉み合っている複数の黒い影が見えた。

「明智どのッ！」

恵瓊は叫んだ。

「恵瓊どのかッ」

声のするあたりに、白刃《はくじん》がひらめいている。

明智光秀と一色藤長が、松永の番兵を相手に闘っているらしい。

「覚慶さまは」

「こちらに、ご無事でおわします」

恵瓊の問いに、塀ぎわの暗がりから小督の声が返ってきた。

振り向くと、騒然とした草摺《くさずり》の響きとともに、松明の火の群れがこちらへ近づいてくるのが目に入った。

牡鹿や石つぶてに手こずっていた南門の勢《せい》が、遅ればせながら駆けつけてきたものとみえる。

「ここは、拙僧が食い止める。貴殿らは、覚慶さまを守って落ちのびられよ」

恵瓊は明智光秀に近づき、小声で言った。

次の瞬間、恵瓊の右手は光秀の前に突き出されていた槍の柄をとらえ、

——ぐい
とねじって、松永の兵の手から苦もなく槍を奪い取っている。そのまま、石突《いしづ》きを前へ突き出し、みぞおちをえぐって一撃で相手を眠らせる。

「相手は多勢ぞ」

光秀が言った。

「躊躇《ちゆうちよ》している暇はあるまい。覚慶さまを、そちらの松林へ」

松林を抜け、塔頭《たつちゆう》のあいだを縫って行けば、奈良坂へ出る脇道があることが、事前の入念な下調べでわかっている。奈良坂の般若寺《はんにやじ》の裏手に、逃走用の馬が用意してあり、それに乗って、近江国甲賀郡をめざす計画が練られていた。

近江国甲賀郡の和田惟政の屋形には、細川藤孝が待っている。

「されば、われらは」

駆け寄ってきた一色藤長が、恵瓊に一礼した。

光秀は一瞬、ためらったようだが、横合いから槍で突きかかってきた雑兵《ぞうひよう》を一刀のもとに斬り伏せると、

「恩に着る」

恵瓊に礼を言い、小督とともにいた、被衣をかぶった小柄な男に、

「覚慶さま、こちらへ」

と、ひざまずいて背を向けた。

暗いので表情はよく見えないが、法衣をまとった肩が小刻みにふるえている。その覚慶を、明智光秀が背中におぶい、かたわらを一色藤長が守るようにして、溶《と》け込むように松林の暗がりへ姿を消した。

そのあいだにも、鬼火のような松明の群れがせまってくる。

奪った槍を構えた恵瓊は、かたわらに男装の小督がとどまっているのに気づいた。

「何をしているッ。おまえも早く逃げぬか」

「敵の目をくらますのに、覚慶さまの身代わりが必要でございましょう」

小督が目を細めて笑った。

覚慶のそれとよく似た被衣をふわりと頭からかぶり、ふところから取り出した短刀をすらりと引き抜いた。

「逃げるぞ」

言うが早いか、恵瓊は小督の手をつかみ、一乗院の塀に沿って走りだした。

敵の目を引きつけるのが目的である。

しばらく塀ぎわを走り、東大寺《とうだいじ》の転害門《てがいもん》の前まで来ると、そこから道を西へ向かう。

かつての、平城京時代の一条大路《いちじょうおおじ》である。いまは往時の面影もなく、荒れ野のなかを道がまっすぐ延びているにすぎない。

振り返ると、松明の列が竜の背のようにつらなりながら、こちらへ迫ってくるのが見えた。

「まだ、走れるか」

「はい」

恵瓊の手に、あたたかな女の手のぬくもりがつたわってくる。

五町ほど行ったとき、突然、小督がよろめいた。

「どうした」

「石につまずいて……。足をくじいたようです」

「何……」

小督はしゃがみ込んだまま、その場から動けなくなった。

「私を捨ててお逃げください。覚慶さまをお救いするのが、足利家にお仕えしてきた私の役目。敵に捕らえられたら、この短刀で喉《のど》を突いて死にます」

「ばかを言うな、おれが女を見殺しにすると思ってか」

恵瓊はあたりを見まわした。

右手の崩れかけた築地塀のわきから小道が延びている。道の向こうに溜池があり、闇のなかに暗い水をたたえていた。

「来いッ」

恵瓊は小督を背中にせおった。

低い声に、躊躇する隙を相手に与えぬ強さがある。

女をせおったまま、小道へ飛び込み、墨染の衣をなびかせて駆けた。

「おい。こっちだーッ!」

追っ手の叫びが聞こえた。

すぐ背後まで迫っている。

恵瓊は小督を地面におろすと、溜池と築地塀にはさまれた幅半間《はんけん》ほどの狭い小道の真ん中に、背中をたわめて仁王立《におうだ》ちになった。

そこへ、追いすがってきた松永の兵が、おめきながら槍を繰り出してきた。

恵瓊は落ち着いて横に身をひらき、穂先をかわしざま、柄をつかんで横へねじる。

派手な水音がし、男が頭から溜池へ転落した。敵は多勢だが、道が狭いため、一度に大人数でかかってくることができない。

それこそ、恵瓊の思うつぼだった。

小道をすすんでくる敵を、恵瓊は武田家伝来の体術で次々と倒していった。

突き出される槍の柄を手刀《しゅとう》でたたき折り、白刃をかいくぐって相手の下腹に蹴りを入れる。ある者は苦悶のうめきを上げて地面にうずくまり、ある者は水しぶきとともに溜池へ落ちていく。

恵瓊の身のうちに籠っていた猛々《たけだけ》しい野性が、出口を見つけた奔流のように、うねり、吠え、荒れ狂った。

しかし、倒しても、倒しても、新手《あらて》が来る。

（きりがない……）

日ごろから体を鍛《きた》え上げている恵瓊だが、さすがに息が上がってきた。

そろそろ、明智光秀と一色藤長が、覚慶を松永勢の目の届かぬところまで連れ出したころであろう。

繰り出される槍の穂先をかわしながら、恵瓊は左手を法衣のふところに入れた。指先に触れたのは、かねてより用意していた目潰《めつぶ》しである。

灰に唐辛子《とうがらし》の粉と硫黄《いおう》をまぜたものを、桐油紙《とうゆがみ》でつつんであった。

恵瓊は目潰しをつかみ、追っ手の群れめがけて投げつけた。

先頭にいた兵たちが顔を押さえ、手から刀、槍を取りこぼしてうずくまる。後ろの者たちは、とっさに何が起こったかわからず、道の途中で立ち往生している。

「いまだッ」

恵瓊は小督の腕をつかんだ。

「私を置いてお行きなさい。足手まといになりたくありませぬ」

「ここまで来たら、地獄まで道連れよ」

そのとき、横の築地塀から、わらわらと石つぶてが降ってきた。

見上げると、崩れた塀の上に人影が見える。

「おい、おれたちが敵を足止めしてやっているうちに逃げろッ」

博奕打ちの鬼藤の声だった。

仲間もいるらしい。

「まだ、もらった銭《ぜに》のぶんだけ働いておらぬでな」

「お節介なやつらめ」

「いいから、行け」

博奕打ちたちの投げる石つぶてが、追っ手のかかげる松明をはじき飛ばし、あたりは闇につつまれた。

恵瓊はふたたび小督をせおった。

それきり振り返らず、息のつづくかぎり、走りつづける。

ようやく背後の喧噪《けんそう》が遠くなったとき、恵瓊と女は佐紀《さき》丘陵の上にいた。はるか遠くに、松明が鬼火のごとく揺れうごめくのが見えた。

動乱

一

山陰の空が重く垂れ込めている。

荒波の打ち寄せる海のかなたで、遠雷が鳴っていた。

遠雷は雪の到来を告げる使者である。出雲《いずも》国に、急速に冬が近づいている。

その遠雷の音が鳴り響くなか――。

月山富田《がっさんとだ》城の尼子義久《あまごよしひさ》が、毛利元就《もうりもとなり》の軍門に下った。永禄《えいろく》九年（一五六六）、十一月二十一日のことである。

尼子十旗《じっき》の支城が、櫛の歯がこぼれるように次々と敵の手に落ち、月山富田城の兵糧が欠乏するにおよび、城主尼子義久は、

「もはや、越冬《えっとう》はできぬ」

と苦渋の決断を下し、洗合《あらわい》の毛利本陣に降伏の使者を送った。

尼子義久は、弟の倫久《ともひさ》、秀久《ひでひさ》とともに、みずからは自刃《じじん》することを条件に、籠城方の将兵の助命を嘆願。

これに対し、元就は熟慮を重ねたすえ、

「尼子義久ら三兄弟を、助命してつかわそうと思う」

吉川元春《きつかわもとはる》、小早川隆景《こばやかわたかかげ》、二人の息子に自分の思いを告げた。往年の元就からは想像もつかない、情《なさ》けに満ちた判断である。

これには、長年、尼子氏を宿敵として前線で戦ってきた吉川元春が猛反発した。

「父上のお言葉とも思われませぬ。尼子一族を生き永らえさせては、のちのち、わが毛利家にどのような災いとなるやもしれませぬ。再挙などくわだてられては、これまでの苦労が水の泡。一人も残らず根絶やしにし、先々への禍根を絶つべきでございます」

「昔のわしならば、躊躇《ちゆうちよ》なくそうしていたであろう。だがな……」

「いかがなされたのでございます」

いつにない父の気弱げな表情に不審をおぼえた小早川隆景が、身を乗り出すようにして聞いた。

「隆元《たかもと》を失ってよりこの方、わしも菩提心《ぼだいしん》が強くなった。それで隆元の供養になるなら、義久らを赦《ゆる》してやってもよい」

「甘《あも》うございますぞ、父上」

元春が思わず声を高くした。

「毛利家のためにならぬことを、亡き兄上がお望みになると思われてか。敵を助けて、われらに何の利がございましょうや」

「そうとばかりも言いきれませぬぞ、兄上」

隆景が元春を見た。

「自刃を望む尼子義久らを助命すれば、毛利家は敵にも情けをかける度量の広さを持っていると評判が立ちましょう。今後、われらが領地拡大をすすめていくうえで、それは役に立ちます。みずから、すすんで味方となる者もあらわれましょう」

三男小早川隆景の賛同もあり、毛利元就は尼子義久以下の三兄弟を助命することにした。

使者として月山富田城へ差し遣《つか》わされたのは、恵瓊《えけい》である。

廻国《かいこく》の旅をおえた恵瓊が、洗合の陣へもどったのは、昨年、秋のことだった。おのが足で歩き、じかに見聞した諸国の情勢を、恵瓊は元就らにつぶさに語り、隠退した師の竺雲恵心《じくうんえしん》に代わって、毛利家使僧《しそう》の座をたしかなものにするまでになっていた。

ことに毛利家の首脳部を驚かせたのは、恵瓊が前将軍足利義輝《あしかがよしてる》の弟、覚慶《かくけい》と面識があり、細川藤孝《ふじたか》、一色藤長《いっしきふじなが》ら、幕府の重臣たちと親しく書状を交わす仲になっていることだった。

奈良一乗院《いちじょういん》から脱出した覚慶は、その後、近江《おうみの》国甲賀《こうか》郡の和田惟政《これまさ》の館《やかた》に身を寄せた。のちに、六角《ろっかく》領の矢島《やしま》へ移って、人目をしのびながら一年余り居住。

永禄九年二月、還俗《げんぞく》して、

——足利義秋《よしあき》（のち、義昭）

と名をあらため、将軍就任を後押ししてくれる大名を探しはじめた。

しかし、頼りにしていた六角承禎《じょうてい》が三好《みよし》三人衆と内通したため、八月には、妹の嫁《とつ》ぎ先である若狭《わかさ》の武田義統《よしずみ》のもとへ逃れた。

その武田家も内紛が相次ぎ、家運衰退して上洛《じょうらく》の見込みが立たないことから、義秋は越前一乗谷《えちぜんいちじょうだに》で強勢をほこる朝倉義景《よしかげ》に、将軍家再興の協力を要請した。この年、九月のことである。

これら一連の動きは、義秋と行動をともにしている細川藤孝、一色藤長、明智光秀《あけちみつひで》から、逐一、書状をもって恵瓊のもとへもたらされている。

いまのところ、毛利家は出雲攻略に忙しく、上洛にはまったく関心がないが、

（いずれ、そのような志を抱くことがあるやもしれぬ……）

細川藤孝らは、期待をもって恵瓊との連絡をつづけていた。

恵瓊もまた、彼らとのつながりをあますところなく利用した。

「もし、義秋さまが時節を得て将軍におなりになれば、拙僧《せっそう》がご当家との仲を取り持つでありましょう」

その人脈がじっさいに役に立つかどうかはわからぬが、上方《かみがた》方面の情報を精緻に握っている恵瓊の存在は、毛利家にとって、いまや欠かせぬものとなっていた。

毛利元就の意を受けた恵瓊は、月山富田城に入った。

五年の長きにわたって籠城をつづけた城内の将士たちは、さすがに疲弊しきっている。

恵瓊は尼子義久に対面し、元就の意をつたえた。

「義久どの、ならびに倫久どの、秀久どのは、自刃なさるにおよばず。城を明け渡して、すみやかに安芸《あき》へ退去し、同地で余生を送られたし」

恵瓊の言葉を聞き、尼子義久がはらはらと涙を流した。

「城主として、死はまぬがれぬものと肚《はら》をくくっていたが……。わが身ばかりか、弟たちまでお

助けくださるとは、毛利どのは情けを知るまことのもののふよの」
「されば、降伏をお受け入れなされるか」
「むろんのこと。この恩義、孫子《まご》の代まで忘れまい」
尼子義久は、誓紙《せいし》に名をしたため、血判を押して使者の恵瓊に差し出した。
折り返し、毛利元就も、嫡孫《ちゃくそん》の輝元《てるもと》、息子の吉川元春、小早川隆景と連署《れんしょ》した誓紙を取りかわし、義久らの身柄の保護と、城内の将士の助命を確約した。
尼子義久と、その弟倫久、秀久は、
立原久綱《たちはらひさつな》
山中鹿介《やまなかしかのすけ》
三刀屋蔵人《みとやくろうど》
里田右京亮《さとだうきょうのすけ》
秋上三郎左衛門《あきあげさぶろうざえもん》
高尾縫殿助《ぬいのすけ》
河副美作守《かわぞえみまさかのかみ》
など六十九人の譜代の家臣を従え、初雪で白く雪化粧した月山富田城をあとにした。十一月二十八日のことである。
代わって、毛利の将福原貞俊《さだとし》、口羽通良《くちばみちよし》が二千の兵をひきいて入城し、月山富田城は毛利方に接収された。
城を出た尼子義久とその臣下は、毛利の兵の警護を受けながら、同日夕刻、出雲大社《たいしゃ》のある杵《き》築《づき》に至った。

供をしてきた六十九人の尼子家臣は、主君とともに毛利家の饗応《きようおう》を受けている。ここから先、家臣たちが義久に従うことは許されない。すなわち、主従の最後の宴《うたげ》であった。

酒が入ると、あるじの義久も、家臣たちも惜別《せきべつ》の涙にくれた。なかには声を上げて号泣《ごうきゆう》する者もいた。

（家が滅びるとは、何と哀しいことだ……）

使僧として、一行を見守ってきた恵瓊は胸の内で思った。

恵瓊自身、幼いころに滅びを経験している。

男たちの慟哭《どうこく》は、けっして他人事《ひとごと》ではない。誰の身にも起こり得る、乱世のありふれた風景であった。

家臣たちと別れた尼子義久と二人の弟は、わずかな近習《きんじゆう》だけを連れ、安芸国長田《ながた》の地へおもむいた。

尼子三兄弟は、長田の円明寺《えんみようじ》に幽閉された。

寺の周囲には二重の柵がもうけられ、新たに櫓門《やぐらもん》を築いて監視にあたるというものものしさであった。

というのも、

「尼子の遺臣に義久奪還のくわだてあり」

という情報が流れ、毛利方に一時、緊張が走ったためである。

のち、尼子義久は毛利家から百五十貫《かん》の知行《ちぎよう》を与えられ、晩年には広島城下北郊《ほつこう》の志路《しじ》の居館に移って、ひっそりと生涯を終えている。

宿願の出雲平定を果たした毛利元就は、翌永禄十年（一五六七）二月に洗合の陣を引き払い、石見路《いわみじ》を通って吉田郡山《よしだこおりやま》城に凱旋した。

吉川元春は出雲に残り、引きつづき山陰路の攻略をすすめることになった。

このころ、恵瓊は小早川隆景のそばに呼ばれることが多くなっている。父元就から山陽方面の経略をまかされた隆景は、瀬戸内海をへだてた阿波《あわ》を本貫《ほんがん》の地とする三好三人衆の動きに多大な関心を抱いていた。

二

「次の将軍は、三好三人衆が擁《よう》する阿波公方《くぼう》で定まりそうか」

城下の興禅寺《こうぜんじ》でおこなわれた花見の宴のあと、隆景が恵瓊を招いて聞いた。

——阿波公方
とは、十一代将軍足利義澄《よしずみ》の二男義冬《よしふゆ》の子、義栄《よしひで》のことである。阿波国の平島《ひらしま》庄で生まれたため、その名で呼ばれている。

前将軍義輝亡きあと、三好三人衆は義栄の身柄を阿波から京畿《けいき》へ移し、自分たちの傀儡《かいらい》として利用していた。

「いえ……。それは、何とも申せませぬ」

恵瓊は東福寺《とうふくじ》の兄弟士英《ひんでいしえい》や、納所《のうそ》のお吟《ぎん》から送られてくる文で、つねに畿内《きない》の最新の情勢を把握している。

「三好三人衆は、義栄さまを将軍位に据えようとやっきになっておるようですが、かの者どもに将軍を擁立するだけの力はございませぬ。松永弾正《まつながだんじょう》とも仲たがいをし、いまでは犬猿の仲。次の将軍は、やはり、前将軍義輝さまの弟義秋さまと見るのが妥当でございましょう」

「義秋さまは、たしか昨年から、越前の一乗谷におられたか」

「さようにございます。朝倉義景の庇護《ひご》を受けながら、上洛の秋《とき》を待ちわびておいでとのよし」

「越前は京にも近い。朝倉義景にその気があれば、とうの昔に義秋さまを奉じて上洛し、三好、松永の輩《やから》を蹴散らしているのではないか」

「そのことにございます」

恵瓊は声をひそめた。

「朝倉義景に、上洛の目はございませぬ。義景は小少将《こしょうしょう》なる美女にうつつをぬかし、幕府再興を望む義秋さまの督促にも、生返事《なまへんじ》をするだけで、本気では耳を傾けぬとのよし。細川藤孝どのら近臣衆も、業《ごう》を煮やしておられます」

恵瓊は、小早川隆景に越前の情勢を伝えた。

「なるほど……。されば、義秋さまは一乗谷でいたずらに朽《く》ち果《は》てていくだけか」

隆景はもとより、いまの毛利家に流浪の義秋を助けようという積極的な意思はない。

毛利家だけではなく、諸国の戦国大名の多くが、みずからの勢力拡大と領国経営に手一杯で、足利将軍家に義を尽くしたいなどという奇特なこころざしの持ち主は、越後《えちご》の上杉謙信《けんしん》くらいのものであった。しかし、その謙信とて、身近に強敵武田信玄《しんげん》を抱えており、動くに動けぬ状況にいる。

畿内はいま、空洞《くうどう》状態であり、この閉塞感を破るだけの力を持った新しい勢力は見当たらなかった。

しかし、恵瓊には、ある直感があった。

「小早川さまは、尾張《おわり》の織田信長《おだのぶなが》をどのように御覧でございますか」

「尾張の信長……。いま、美濃《みの》をやっきになって攻めているという、あの男か」

「さようにございます」

恵瓊はうなずいた。

「信長が美濃を攻め取ったあかつきには、上洛への道が一気にひらけます。かの者こそ、遠からず、毛利家と天下の覇を競う存在になるのではあるまいかと、拙僧はそのように考えております」

「信長は美濃一国にさえ手を焼いている。深読みのしすぎだぞ、恵瓊」

「さようでございましょうか」

「あり得ぬ話だ」

隆景が、かるく笑い飛ばした。

だが――。

恵瓊の予感は、間もなく現実のものとなる。

この年八月、斎藤竜興《たつおき》の重臣、稲葉良通《いなばよしみち》、氏家卜全《うじいえぼくぜん》、安藤守就《あんどうもりなり》の三人が、織田方に内応。この者たちを先鋒にして、信長は美濃に侵入した。

同月十五日、織田軍の猛攻により、難攻不落をうたわれた稲葉山城はついに落城。斎藤竜興は美濃を追われ、伊勢長島《いせながしま》へ逃れた。

稲葉山城へ移った信長は、周《しゅう》の文王《ぶんおう》が渭水《いすい》のほとりの岐山《きざん》から興って、その子の武王《ぶおう》の代に天下を平定したという故事《こじ》にちなみ、城の名を、

——岐阜《ぎふ》城
とあらためた。同時に、師僧《しそう》の沢彦宗恩《たくげんそうおん》のすすめで、

「天下布武《てんかふぶ》」

の印を用いるようになり、ここに天下統一の意思をあきらかにした。

三

山陰の雄、尼子氏を滅ぼして以来、一年間の休息をとっていた毛利元就は、永禄十一年（一五六八）になってふたたび活発な動きをみせはじめた。

最初に手をつけたのは、四国の伊予《いよ》攻めである。

伊予は古くから、河野《こうの》氏が勢力を伸ばしていた。

——湯月《ゆづき》城（現、松山市）

を本拠とする河野氏は、伝統的な権威を維持しつつ、おもに北伊予に支配権を確立した。

これに対し、中伊予は地蔵嶽《じぞうだけ》城（現、大洲《おおず》市）の宇都宮《うつのみや》氏が、南伊予は黒瀬《くろせ》城（現、西予《せいよ》市）

の西園寺《さいおんじ》氏が、それぞれ拠《よ》っていた。

去る永禄十年、河野通宣《みちのぶ》と宇都宮豊綱《とよつな》のあいだで争いが起き、宇都宮方は西園寺公広《きんひろ》と連合して、河野方に対抗。さらに隣国土佐《とさ》の一条兼定《かねさだ》も、宇都宮を援護したため、河野氏は劣勢に立たされた。

そうしたなか、病がちになった河野通宣が引退。嗣子《しし》の通直《みちなお》が家督を継いだものの、宇都宮方の攻勢をはね返すだけの力がなく、

「なにとぞ、ご加勢《かせい》いただきたい」

と、毛利家に援助をもとめてきた。

かねてより、瀬戸内海をへだてた伊予に野心を抱いていた元就は、その要請を即座に受け入れ、このたびの出兵の運びとなった。

元就自身は出陣せず、重臣の福原貞俊をみずからの名代《みようだい》とし、吉川元春、小早川隆景、毛利両川《りようせん》の軍勢を合わせ、総勢二万五千の大軍を派遣することにした。

三月末——。

毛利勢は船で瀬戸内海を渡り、次々と伊予に上陸。湯月城に入った。

「よくぞお出で下された」

河野通直は先鋒の小早川隆景の手を取り、涙を流さんばかりに喜んだ。

しかし、毛利元就の真の目的は、河野氏の支援ではなく、それを口実にした伊予平定にあることを、この人生経験の浅い若当主は知らない。

毛利、河野軍は宇都宮領に向かって南下。出撃してきた宇都宮勢を、伽《とぎ》の森の戦いで撃破した。

毛利軍は、地蔵嶽城に籠った宇都宮勢と、これを援護に北上してくる西園寺、一条勢を分断するため、地蔵嶽城南方の鳥坂峠《とりさか》に砦《とりで》を築いた。西園寺、一条勢は、この砦を突破できず、撤退を余儀なくされる。

孤立した宇都宮豊綱は、五月になって降伏。つづいて、南伊予の西園寺公広も、毛利方に和議を申し入れた。河野氏は毛利家の被官《ひかん》となり、伊予一国はわずか一月あまりのうちに、毛利領に組み入れられた。

そのころ、恵瓊の姿は四国にはない。九州にあった。

恵瓊は毛利家の使いとして、筑前《ちくぜん》の、

——立花城《たちばな》

にいた。

立花城は、商都博多《しょうとはかた》の北東に突兀《とっこつ》とそびえる立花山に築かれた山城である。

多々良浜《たたらはま》を眼下に見下ろし、北には、はるか大陸へとつづく玄界灘《げんかいなだ》が広がっている。舟運で瀬戸内はもとより、朝鮮、明国《みんこく》とも通じ、北九州のかなめとも言うべき枢要の地にあった。

城主は、立花鑑載《あきとし》。

大友氏麾下《きか》の武将である。

このころ、九州で富強を誇っているのは、

——大友宗麟《そうりん》（義鎮《よししげ》）

である。

豊後《ぶんご》大分を本拠とするキリシタン大名の大友宗麟は、豊後のほか、豊前《ぶぜん》、筑前、筑後《ちくご》、肥前《ひぜん》、肥《ひ》後《ご》の六ケ国に兵を送り、九州中部から北部一帯の支配権を確立しつつあった。
大友氏に対抗しているのは、肥前の竜造寺《りゆうぞうじ》氏、肥後の菊池《きくち》氏、薩摩《さつま》の島津《しまづ》氏などである。
ところが――。
毛利元就が出雲の尼子氏を滅ぼして以来、
「毛利は、次なる野心の矛先を九州に向けようとしている。遠からず、毛利の大軍が攻め寄せてくるだろう」
という風聞が流れた。
これは、大友氏に従っている北九州の諸将を攪乱《かくらん》するため、元就が諜者《ちようじや》を使って意図的に流したものである。
その狙いはみごと図に当たり、豊前、筑前の武将たちのなかで、毛利方に誼《よし》みを通じる者が続出した。
宗像氏貞《むなかたうじさだ》
秋月種実《あきづきたねざね》
麻生家氏《あそういえうじ》
杉《すぎ》 連並《つれなみ》
高橋鑑種《たかはしあきたね》
らが、大友氏に叛《そむ》いて元就に従うことを明らかにした。
そうしたなか、立花城主の立花鑑載は去就に迷っていたが、毛利方についた宝満山《ほうまんざん》城主の高橋鑑種の熱心な勧誘を受け、大友氏と手を切ることを決意した。

立花鑑載は立花城と峰つづきにある大友方の西城を攻撃し、守将の怒留湯融泉《ぬるゆゆうせん》らを追い落とした。

大友領に逃げもどった怒留湯らは、

「立花鑑載謀叛《むはん》ッ！」

と、宗麟に注進した。

これを聞いた大友宗麟は激怒し、筑前へ大軍を派遣することを決めた。

大友方の動きを知った立花鑑載は、安芸吉田郡山城の毛利元就に、

「お助け下されたし」

と、援軍を要請した。

商都博多を扼《やく》する立花城は、九州に野心を抱く元就にとっても、侵攻の足がかりとなる重要な拠点であった。

元就は即座に出兵を決断。重臣の清水左近将監《さこんのしょうげん》に兵八千をつけ、百余艘の兵船を仕立てて立花城へ急行させた。

吉川、小早川勢をはじめとする毛利軍の主力は、四国伊予への遠征を予定しており、それが動員可能なぎりぎりの人数であった。

四月六日、毛利の援軍は立花城へ入った。

高橋鑑種の家臣衛藤尾張守《えとうおわりのかみ》、糸島《いとしま》郡の土豪原田親種《ちかたね》らも応援に駆けつけ、大友軍を迎え撃つ立花城の将兵は総勢一万を越えた。

恵瓊が、清水左近将監の勢とともに立花城へ乗り込んだのは、

「立花鑑載の心が揺らがぬよう、しかと目を光らせておけ」

と、元就から命を受けたためである。

同時に、肥前の竜造寺隆信《たかのぶ》、肥後の菊池則直《のりなお》と外交交渉をおこない、対大友包囲網を形成するという重要な任務も課せられていた。

立花城内では、自由な動きが制約されるため、恵瓊は博多にある東福寺末寺《まつじ》の、

——承天寺《じょうてんじ》
に腰をすえた。

承天寺は、鎌倉時代に宋へ留学した円爾弁円《えんにべんえん》が帰国後、博多の渡来系商人謝国明《しゃこくめい》の援助を受けて建立《こんりゅう》した寺である。

博多きっての名刹《めいさつ》として知られ、商人たちの尊崇《そんすう》も篤かった。

伝統的に博多は町衆の力が強い。

古くより、大陸との貿易で財をたくわえてきたためで、将来、毛利氏が北九州を支配下に治めようとするなら、彼ら町衆の協力は不可欠と思われた。

恵瓊は、博多商人神屋紹策《かみやしょうさく》に会った。

紹策は石見銀山《いわみぎんざん》の経営にあたった神屋寿貞《じゅてい》の孫にあたり、代々、毛利家とは浅からぬ縁がある。

また、紹策は博多文琳茶入《ぶんりんちゃいれ》、瀟湘夜雨《しょうそうやう》の軸《じく》など、名物茶道具を多く所持する数奇者《すきしゃ》でもあった。

「大友宗麟の力をあなどってはなりませぬな」

胴服《どうふく》をまとった紹策は、恵瓊を茶室にまねき、みずから茶を点《た》てながら言った。

茶碗は油滴天目《ゆてきてんもく》である。値《あたい》二千貫文《かんもん》はしようかという高価な道具だった。

神屋紹策は、油滴天目を天目台に乗せ、恵瓊にすすめた。

京の東福寺にいたころ、恵瓊はひととおりの茶の作法を学んでいる。押しいただくように茶碗を受け取り、正面をはずして茶を喫《きっ》した。

爽涼《そうりょう》の気が、口中を吹き抜けてゆく。

「大友宗麟は、この鎮西《ちんぜい》（九州）でどれほどの力を持っておるのです」

茶碗を裏返して高台《こうだい》の造りを眺めたのち、恵瓊は亭主の紹策に油滴天目をもどしつつ聞いた。

「いま一服、いかがか」

「十分に堪能いたしました」

恵瓊は頭を下げた。

神屋家の茶室は、明るく開放的で、贅沢《ぜいたく》な唐物《からもの》趣味に満ちている。馬麟筆猿《ばりんひっさる》の図が床の間に掛けられ、釣舟《つりふね》の花入《はないれ》、芋頭《いもがしら》の水指《みずさし》など、大陸からの渡来品が使われていた。

この時期、泉州堺《せんしゅうさかい》の豪商などもそうだが、財をなした商人たちは、並の大名、公卿《くぎょう》よりもよほどいい暮らしをしている。

「大友さまは、明、朝鮮、南蛮《なんばん》との貿易により、富強となられたお方。豊前、筑前など六ケ国の守護職を拝命したのも、幕府への多額の献金あったればこそ。財はすなわち、力でございますな」

「博多商人のなかにも、大友宗麟と手を結んでいる者が多いのではござらぬか」

「さよう」

神屋紹策は目の奥にかすかな翳をくゆらせ、

「島井宗室《しまいそうしつ》などは、ことのほか大友さまとのつながりが深うございますな」

と、低い声で言った。

もともと、貿易港博多を支配していたのは、周防《すおう》の大内氏であった。大内氏は、明国とのあいだで勘合《かんごう》貿易をおこない、山口の城下は繁栄をきわめた。だが、重臣陶晴賢《すえはるかた》の下克上によって滅亡すると、博多は豊後から勢力をのばした大友氏の管理下に置かれるようになっていた。

博多商人の多くは、大友氏への接近をはかり、なかでも、土倉《どそう》（金貸し）から海外貿易へ手を広げて、一代で成り上がった新興商人の島井宗室は、大友宗麟の御用商人ともいえる存在だった。

宗室は、大友領の関所通行の自由をはじめ、博多の町の諸役《しょやく》も免《めん》じられるなど、多くの特権を与えられている。

成り上がり者らしく、その商売も強引で、神屋紹策ら博多の古参商人たちの反感を買っていた。

紹策が、毛利氏の九州出兵を歓迎しているのは、大友氏と結んだ島井宗室に対抗するという意味もある。

（これを利用せぬ手はない……）

恵瓊はひそかに思った。

毛利氏の援軍を得て、意を強くした立花鑑載であったが、この動きを大友宗麟が黙って見過ごすはずがない。

博多湊《みなと》を掌握するうえでも、立花城を毛利方に渡すわけにはいかなかった。

宗麟は、傘下にある、

戸次鑑連《べつぎあきつら》
臼杵鑑速《うすきあきすみ》
志賀道輝《しがどうき》
吉弘鑑理《よしひろあきまさ》
に動員をかけ、立花城攻略に向かわせた。二万三千の大軍である。

使僧の恵瓊は、すぐさま肥前の竜造寺隆信のもとへ援軍要請に飛んだ。

竜造寺隆信は顔の大きな男である。眉と目尻が垂れ下がり、一見、笑っているような細い目の奥の表情が読み取りにくい。

「立花城の後詰《ごづ》めをお願い申し上げます。伊予のいくさが片づけば、わが毛利家の主力軍も大挙《たいきょ》して筑前へ駆けつける手筈《てはず》となっております。なにとぞ、力をお貸し下さいますように」

「そなた、若いのう」

竜造寺隆信が、めずらしいものでも眺めるようにしげしげと恵瓊を見た。

「毛利どのは、そなたのような経験の浅い者をわがもとへお遣《つか》わしになられたのか」

元就が自分を軽《かろ》んじている——とでも言いたいのであろう。口調に、皮肉な響きがある。

「拙僧は元就さまの使僧にございます。年の若い、若くないは、使僧のお役目にかかわりのないことでござろう」

恵瓊は背筋をのばして言った。

「では、あろうがのう……。伊予攻めがおわれば、毛利軍が大挙して鎮西へ乗り込むというのはまことか」

「はい」

「しかし、伊予攻めが長引かぬという保証はどこにもあるまい。気安く兵を出したはいいが、毛利どのの主力が鎮西入りせず、われらが戦いの矢おもてに立たされるということはあるまいな」

「さようなことは……」

「ないと言えるか」

どうやら竜造寺隆信は、いまのところ大友宗麟と正面から対決したくないと思っているらしい。腰が引けているようすが、言葉の端々《はしばし》からうかがえる。

「いま少し、ようすを見たい」

「それでは、立花城が苦境に立たされます。竜造寺どのの加勢《かせい》あると思えばこそ、城兵の士気も高まるのではござらぬか」

恵瓊は必死に訴えたが、竜造寺隆信の心を動かすことはできなかった。

恵瓊が調略《ちょうりゃく》に奔走しているあいだに、大友勢二万三千は北上をつづけ、四月二十四日、一万余の兵が立てこもる立花城を囲んだ。

大友軍には、南蛮貿易で入手した鉄砲、火薬が豊富にある。

圧倒的な火器の力は、

——鉄砲の音、震雷《しんらい》の山を崩《くず》すが如《ごと》し。

と、『鎮西要略《ようりやく》』にしるされるほど、凄まじいものだった。

一方、城方も必死の防戦をこころみる。

山道をのぼってくる敵に、矢の雨を降らせ足止めし、それでも塀《へい》ぎわまで近づく者には石つぶてを投げ、侵入をはばんだ。
いったん、寄せ手が下がろうとしたところへ、城方は城門をどっとひらいて兵を繰《く》り出し、すかさず攻めかかってゆく。
双方、入り乱れての白兵戦となった。
このとき、立花鑑載の麾下《きか》で剛弓《ごうきゅう》の使い手として知られる男が、敵の大将格の戸次鑑連に、混乱に乗じてひそかに近づいた。
喊声《かんせい》と怒号が入り乱れるなか、戸次にわずか三間《さんけん》の近さまで迫り、
——ヒョッ
と矢を放った。
狙いは正確だったが、戸次の近習《きんじゅう》内田某がこれに気づき、あるじをかばって矢を受けた。すんでのところで難を逃れた戸次鑑連は、ほかの近習たちに守られて後方へ退いた。
城方はよく戦ったが、竜造寺が動かず、伊予にいる毛利軍主力の増援もすぐには期待できないとあっては、戦況は日増しに悪化していく。
やがて、
出丸《でまる》
三《さん》ノ曲輪《くるわ》
が落とされ、大友方に内通した家臣の野田右衛門大夫《うえもんのだゆう》が、二ノ曲輪の城門から敵を手引きして導き入れるにおよび、立花鑑載はついに進退きわまった。

立花城が陥落《かんらく》したのは、七月二十三日のことである。

城主鑑載は城を捨てて逃れたが、落ちのびる途中、伏兵に襲われ、自刃して果てる。

また、毛利の援軍をひきいていた清水左近将監は、筑前粕屋《かすや》郡の新宮《しんぐう》ノ湊から船に乗って毛利領の長門《ながと》へ逃げもどった。

恵瓊はひとり、博多承天寺にとどまっている。

（おれが竜造寺を動かせなかったばかりに……）

痛恨の思いがある。

立花城の陥落は、恵瓊に使僧としてのおのれの力不足を痛感させた。と同時に、

（調略こそが、いくさの勝敗を左右する）

恵瓊はそのことを学んだ。

四

その年、九月――。

上方で動きがあった。

織田信長の上洛である。

美濃斎藤氏を滅ぼしてからの一年、信長の活動は上洛の基盤づくりのただ一点に絞られていた。

妹（一説ではいとこ）のお市《いち》を、北近江の小谷《おだに》城主浅井長政《あざいながまさ》に嫁《とつ》がせ、同盟を結んで近江への道を切り拓いた。その後、北伊勢を攻略し、上洛の背後固めをおこなった。

着々と布石を打つ一方で、信長は越前一乗谷にいた足利義昭（義秋から改名）を美濃の立政寺《りっしょうじ》に迎え、上洛の大義名分をととのえている。

三河《みかわ》の徳川家康の援軍を加えた織田勢四万は、岐阜を出陣。近江路に入るや、南近江の観音寺《かんのんじ》山《やま》城を攻略し、六角承禎《ろっかくじょうてい》を伊賀《いが》へ敗走させた。

岐阜出陣からわずか二十日足らずの九月二十六日、信長は足利義昭を奉じて入京を果たした。

電光石火の織田軍の上洛劇に、京の町衆のあいだには大きな動揺が広がった。

「信長とは、どないな男やろ」

「父親の葬式で位牌《いはい》に抹香《まっこう》を投げつけた、大うつけいう噂や。無体《むたい》なこと言い出すんやないやろか」

人々は不安におののいたが、大方の予想に反して、信長は入京軍に厳しい規律を徹底したため、大きな混乱は起きず、かえって三好、松永軍の跳梁《ちょうりょう》で治安が乱れきっていた京の町に、ひさびさの平穏がおとずれた。

この時点で、京周辺にはまだ、三好三人衆が将軍足利義栄（この年、二月に第十四代将軍に就任）を擁して抵抗の構えをみせていた。

しかし、信長は摂津《せっつ》、河内《かわち》へ軍勢をすすめて三好三人衆を阿波へ敗走させ、畿内からの反織田勢力の一掃に成功した。

機を見るに敏な松永弾正久秀《ひさひで》は、天下無双の大名物《おおめいぶつ》とされる、

――九十九髪茄子《つくもなす》茶入
をいち早く信長に献上《けんじょう》し、臣従を誓って本領を安堵されている。

山城《やましろ》、大和《やまと》、摂津、河内、南近江のほとんどが、またたくまに信長の支配下に置かれた。
信長は畿内の領国割りをおこなった。
摂津国　和田惟政《わだこれまさ》（芥川城《あくたがわ》）
　　　　伊丹親興《いたみちかおき》（伊丹城）
　　　　池田勝正《かつまさ》（池田城）
河内国　三好義継《よしつぐ》（若江城《わかえ》）
　　　　畠山高政《はたけやまたかまさ》（高屋城《たかや》）
大和国　松永久秀（多聞城《たもん》）
山城国　細川藤孝（勝竜寺城《しようりゆうじ》）
また、京奉行には重臣の佐久間信盛《さくまのぶもり》、丹羽長秀《にわながひで》、および近ごろ織田家でめきめきと頭角をあらわしている木下藤吉郎《きのしたとうきちろう》が抜擢《ばつてき》された。

永禄十一年（一五六八）十月十八日——。

足利義昭は征夷《せいい》大将軍に補任《ほにん》され、室町幕府の第十五代将軍となった。

この報を受け、恵瓊も博多から安芸吉田郡山城へ呼びもどされた。

毛利家首脳部にも動揺が走っている。

「一気に上洛とはな」

吉川元春が苛立ったように袴《はかま》の膝を扇《おうぎ》でたたいた。

「まさかとは思うておりました。かくも大胆に京に旗を樹《た》てようとは、天下の諸将のうち、誰が予想し得たでしょうか」

日ごろ冷静沈着な小早川隆景も、さすがに表情を険《けわ》しくしている。

老いた元就のみが泰然とし、

「うろたえるな」

と、二人の息子を深い皺の奥の炯々《けいけい》と光る目で見すえた。

「将軍を奉じ上洛したからといって、天下が信長のものになったわけではない」

「しかし、父上……」

元春が眉間に皺を寄せた。

「よいか。このたびのことは、尾張の若造めに、いささか地の利があっただけよ。群雄のなかで、もっとも京に近かったのが信長だったというにすぎぬ。道さえあれば、誰でも京へは行ける。難しいのは、そこから先じゃ」

「たしかに、父上の言われるとおりです」

隆景が深くうなずいた。

「よくよく考えてみれば、織田家の基盤はいまだ脆弱。畿内を勢力下におさめたとはいえ、越前朝倉、越後の上杉、甲斐の武田が、このまま黙っているとは思えませぬな」

「そのとおりだ」

毛利元就は冷たく言った。

「恵瓊」

末席《まつせき》に控えた恵瓊に、元就が鷲《わし》のような目を向けた。

「そなた、尾張で信長を見てきたと申しておったな」

「はい」

「どうであった。そなたの見たところ、信長は京の地を実力で持ちこたえられるほどの器量の持ち主であったか」

「大胆さと用心深さを兼ねそなえた人物と見ました」

「ほう」

「しかし、器量のあるなしにかかわらず、いかな猛将、勇将、知将であっても、京を守るは至難の業《わざ》かと存じます」

恵瓊は言葉を選びながら慎重に答えた。

「いにしえより、京の都は攻めるに易《やす》く、守るに難《かた》い地とされております」

恵瓊は、毛利家の人々を見渡した。

「平安京をひらいた桓武《かんむ》天皇は、北に洛北《らくほく》の峰々、東に鴨《かも》川、南に巨椋《おぐら》池、西に山陽道が通るこの地を、都がさかえる四つの条件をととのえた四神相応《ししんそうおう》の地とし、王都に定めました。さりながら、風水では理想の地であっても、軍略の面から見れば、京の都はあまりに無防備。ゆえに、源《げん》平《ぺい》合戦のおり、平家は京を捨てて摂津福原《ふくはら》に遷都《せんと》し、室町幕府をひらいた足利尊氏《たかうじ》も、南朝方《なんちょうがた》に京を奪われ、鎮西（九州）へ逃れたことがございます。その地勢の悪さに加え、いまは織田軍入京に恐れをなして従っている大和の松永弾正なども、いつ本性をあらわすか知れず。また、阿波へ敗走したとはいえ、三好三人衆も虎視眈々《こしたんたん》と京奪還を狙っておりまする」

「すなわち、遠からず、信長は京を逐《お》われるということだな」

吉川元春が性急な口調で言った。

「まず、常識で考えますれば……。しかし、定石どおりいかぬのが、この世の中でございます」

「きいたふうなことを言う」

元春が恵瓊を睨み、

「えらそうな口をきくわりには、竜造寺の調略に失敗したようじゃな。立花城が陥《お》ちたのは、誰のせいだと思うておる」

と、さきの九州での不手際を皮肉まじりに責め立てた。恵瓊は黙るしかない。

「それとこれとは話が別ではござらぬか、兄上」

横から小早川隆景が口をはさんだ。

「とにかく、ひとつだけ明白なのは、当面、織田は捨ておいても、わが毛利家の大勢には影響がないということ。上方で諸将が潰《つぶ》し合いをしているあいだに、われらは着実に足元を固めるのが得策にございますな」

「よくぞ申した、隆景」

毛利元就が満足げにうなずいた。

「大友にしてやられたまま、おとなしく手を引くわけにはいかぬ。年が明けたら、全軍を鎮西へ向ける」

「はッ」

父の一声に、元春、隆景が同時に頭を下げた。

「恵瓊、そなたは京へゆけ」

「京でございますか」

「将軍義昭さまに、つてがあると申したであろう。そなたの申すとおり、定石どおりゆかぬのが世の中。義昭さまに近づき、それとのう、信長との仲に水を差しておくのじゃ」

「は……」

乱世の荒波を抜きん出た知略で渡ってきただけあって、やはり、元就という男はただ者ではない。

五

恵瓊はすぐさま、京へ向かった。

のちに恵瓊が使僧として大成した最大の要因は、その行動力にこそある。

墨染《すみぞめ》の衣《ころも》をなびかせて馬を飛ばしに飛ばし、安芸の吉田郡山城下を出てからわずか五日目には、京の都に着いている。

噂には聞いていたが、恵瓊は京の治安が以前とは比較にならぬほど良くなっているのに驚いた。

——一銭斬《いっせんぎ》り
という耳慣れぬ言葉を聞いた。

上洛した信長は、民からの一銭の略奪もゆるさず、違反した者の首を即座に斬った。それを、一銭斬りというらしい。この果断な処置を、京の町衆は恐れるどころか、もろ手を挙《あ》げて大歓迎していた。

恵瓊は古巣の東福寺には立ち寄らず、その足で、十五代将軍となった足利義昭のもとへおもむいた。

義昭の仮御所《かりごしょ》は、

――本国寺《ほんこくじ》（江戸時代、本圀寺に改める）

に置かれている。

本国寺は法華《ほっけ》宗の総本山のひとつである。

このころ、京の豪商の多くは法華宗の信者であった。そのため、本国寺は多額の寄進によって壮麗《そうれい》な伽藍《がらん》を構え、寺域《じいき》も広大であった。

義昭は本国寺の書院を仮の居所にしていた。

いずれ、信長が本格的な御所を造営する約束になっているという。

名乗りを上げて取り次ぎを頼むと、半刻《はんとき》ほど待ったのち、控えの間に見知った顔があらわれた。

明智光秀《あけちみつひで》だった。不遇の放浪をつづけていたこの男も、義昭の将軍就任とともに、ようやくおのれの居場所を見つけている。

細川藤孝は信長から山城国に領地を与えられ、勝竜寺城主になっていた。

「あの折りは、世話になり申した」

桔梗紋《ききょうもん》を染め抜いた、鶯《うぐいす》色の真新しい肩衣袴《かたぎぬばかま》をまとっている。立場や服装が変わっただけで、まるで別人のごとく自信に満ちて見えるから、男というのは不思議なものである。

「恵瓊どのの助けがなくば、われらの幕府再興の夢も叶《かな》ってはおらなんだ」

「いや、拙僧のしたことなど、大池に小石を投げ込んだようなもの。まさか、これほど早く、義昭さまが京へお入りになられようとは……」

「正直、それがしも驚いている」

光秀が言った。

「恵瓊どのの前で言うのも何だが、まっしぐらに上洛を成し遂げた織田さまの勇気はたいしたものだ。あのような人物こそ、この乱世を終息に導くのかもしれぬ」

光秀は、信長に大いなる可能性を感じはじめているようであった。

「じつは、織田さまに、わが家中《かちゅう》へ仕えぬかと誘われている」

声をひそめるようにして明智光秀が言った。

「明智どのが、織田家に」

恵瓊は相手の目を見つめた。

「意外かな」

「いや……」

「義昭さまの使いとして、織田家とのあいだを往復しているうちに、それがしをお目に留《と》められたらしい。考えてみれば、織田家に嫁いだ濃姫《のうひめ》さまの母は明智の一族。それがしとは、まんざら無縁でもない」

「それでは、仕官の話、お受けになるおつもりか」

「まだ迷っている」

光秀は揺れる心を恵瓊に打ち明けた。

「将軍家に仕えているといっても、それがしなどは足軽衆《あしがるしゅう》のひとりにすぎぬ。それに引きかえ、織田家は風通しがよく、累代の家臣の家柄でなくとも、働き次第でいくらでも出世の道がひらけると聞く。将軍をお支えして、幕府を再興するのが長年の夢だったが、いざそれが叶ってみると……」

「新天地で、おのれにしかできぬ仕事がしてみたい。明智どのはそのように思われたのだな」

「うむ」

光秀はうなずき、

「とはいえ、いささか困ったこともある」

と、かすかに眉をひそめた。

「困ったこととは？」

「ここだけの話だが、織田さまと義昭さまのお仲が、あまりうまくいっておらぬのだ」

「なんと……」

恵瓊はおおげさに驚いてみせた。

「上洛を果たしたばかりというのに、なにゆえそのような」

「理由はいろいろある。まずは、織田さまが、義昭さまからの副将軍就任の要請をにべもなく断ったことであろう」

光秀は言った。

信長と足利義昭の関係は、上洛するまで表面上、良好にいっていた。

しかし、いざ入京してみると、将軍になった義昭と信長のあいだで主導権争いが発生した。義昭にすれば、

（おのれは天下の将軍だ……）

という思いがある。

一方、信長の側も、

「誰のお陰で将軍になったのか」

と、義昭の思い上がりを不満に感じるようになっていた。

信長が副将軍就任の要請を断ったのは、自分は義昭の臣下ではないという、明確な意思表示である。


恵瓊は本国寺の対面所で足利義昭に拝謁《はいえつ》した。

側近の一色藤長も、その場に同席する。明智光秀は身分が足軽衆であるため、正式な席には顔を出すことができない。

毛利元就、および当主輝元の使いとして、恵瓊は将軍就任の賀詞《がし》をのべた。さらに、毛利家からの祝いの品々をしるした目録を、一色藤長を介《かい》して差し出す。

目録に目を通した義昭は、いたって満足げである。

石見銀山産出の延《の》べ銀五十本、綾《あや》百疋《ひき》、綿《わた》百把《ぱ》などが目録にしるされてあった。

「一乗院から抜け出すときは、そのほうの世話になった。今後も、毛利家とのつなぎ役として働いてもらうことになろう。頼りにしておるぞ」

「恐悦至極《きようえつしごく》に存じます」

「細川藤孝より聞いた。そなた、安芸武田家の血筋であるそうな」

「は……」

「武田家といえば、清和源氏の名門。わが足利家とは、兄弟の血筋と申してもよい。盃を取らせようぞ」

一色藤長が人を呼び、三方《さんぽう》にのせた銀の盃を対面所へ運ばせた。

義昭は銚子《ちようし》を取り、うやうやしく盃を押しいただいた恵瓊にみずから酌《しやく》をした。恵瓊は典雅な所作《しよさ》で盃の酒を呑み干した。

「これで、そなたはわが腹心と申してもよい。織田弾正忠《だんじようのちゆう》のごとき男は頼りにならぬ。最後にまことの忠を尽くしてくれるのは、やはり由緒《ゆいしよ》正しき血筋の者よのう」

「織田どのは、公方さまからの副将軍の号を授けるとの仰せを、無礼にも断ったとうかがっております」

「そのことじゃ」

よほど腹に据《す》えかねているのか、義昭は手にした扇で脇息《きようそく》をピシリと打った。

「かの者、身のほどもわきまえず増上慢《ぞうじようまん》になっておる。のう、藤長」

「仰せのとおりにございます」

色の白い秀麗な容貌の一色藤長が、深くうなずいた。

「このたびの格別の働きに報《むく》いんがため、公方さまは当初、かの者を管領《かんれい》に任じようと仰せになられたのです」

「ほう」

「しかし、何が不足か、首を縦に振らぬゆえ、副将軍ではどうかと打診したところ……」

「思い上がりおってッ」

吐き捨てるように言うと、義昭が下唇を噛んだ。

足利義昭の信長への不満の種は、まだまだあった。

将軍宣下《せんげ》に気をよくした義昭が、足利家代々の古例に則《のっと》って祝いの宴をひらこうとしたところ、これを聞いた信長が、

「何を浮かれておられる。上洛したとはいえ、京の周囲はまだ敵ばかりではないか。このような危急のときに、悠長にも祝いの宴とは、思い違いもはなはだしい」

と、不快の念をあらわにした。

それぱかりではない。

将軍を護るため、織田軍は京にとどまるものとばかり思っていた義昭側の期待に反し、信長はわずか五千ばかりの軍勢を京に残しただけで、さっさと岐阜へ引き揚げてしまったのである。

「かの者は、将軍を何と心得ておるのか」

義昭は憤懣《ふんまん》やるかたない。

しかし、

（信長は、将軍などたんなる道具に過ぎぬと思っているだけのことだ……）

義昭の愚痴を聞きながら、恵瓊は胸の底でつぶやいていた。

自分が同じ立場であったなら、信長と同じ行動をとっていたにちがいない。愚にもつかぬ、形

ばかりの宴や儀式に付き合っている暇はない。上洛に浮かれず、すぐさま本拠の岐阜へもどって足元を固めるとは、

（やはり、大胆なようで抜け目がない……）

恵瓊は信長をあらためて評価した。

ともかく、恵瓊が行動を起こすまでもなく、信長と将軍義昭の仲にはすでに亀裂が入りはじめているようであった。

「いまひとつ、どうにも我慢のならぬことがある」

義昭が美しい髭をたくわえた貴族的な顔をゆがめて言った。

「何でございましょうや」

「猿じゃ」

「猿……」

「信長めのつかわした猿面《づら》の男、名を木下藤吉郎と申したか」

「木下藤吉郎とは……。織田家の京奉行にございますな」

その名を、恵瓊は嚙むようにつぶやいた。

木下藤吉郎――。

もとは、尾張中村の農民の小伜《こせがれ》であったという。信長の草履《ぞうり》取りをつとめていたが、その才覚がみとめられ、台所奉行、足軽百人頭と、異例の出世を果たし、いまでは織田家重臣のひとりに名をつらねている。

門閥にかかわらず実力者を抜擢する信長の人事の典型だが、素性の知れぬ成り上がり者を京に

置いたことが、義昭には気に食わないらしい。

将軍足利義昭への賀使のつとめを果たした恵瓊は、すぐに安芸へもどることにした。

安芸の吉田郡山城では、本格的な大友攻めの準備がすすんでいる。

東福寺で士英にも会い、納所のお吟と密会して若い情欲を満たした恵瓊であったが、ただひとつだけ心残りがあった。

小督《こごう》の姿が京になかったことである。

義昭救出のあと、大和、河内の国境の暗峠《くらがり》で一別して以来、小督とは一度も会っていなかった。新将軍となった義昭に仕えて、本国寺の仮御所にいるものとばかり思っていたが、

「はて……。越前朝倉氏の一乗谷を去るころまでは、われらと行動をともにしておったが、その後、杳《よう》として行方が知れぬ」

明智光秀が言った。

小督の素性については、光秀もよく知らぬという。

「小督どのは前将軍義輝さまに早くからお仕えし、内々《ないない》の御用を申しつけられ、たいそう重用されていたらしい。足利幕府再興も成ったゆえ、どこぞで心静かに義輝さまの菩提を弔《とむら》っているのではないか」

あるいは、光秀の言うとおりであるかもしれない。しかし、恵瓊には、あの勁《つよ》い光を目に宿した小督が、寺に籠ってじっとしているようには思われなかった。

ともかく、恵瓊にとって小督はいつまでも謎の女人である。

六

安芸へもどり、毛利元就に京の情勢の報告をすると、恵瓊は休む間もなく九州へ渡った。毛利軍にさきがけて博多入りし、大友攻めの地ならしをするのが恵瓊に課《か》せられた役目である。さきの立花城の攻防では、竜造寺隆信の調略に失敗しているだけに、今回は何としても結果を残さなければならなかった。

恵瓊は、高橋鑑種をはじめとする、豊前、筑前の武将たちのもとをたずね歩き、年明け早々の毛利軍の出陣を告げると同時に、

「九州上陸のあかつきには、必ずご先導あるべし」

と、説いてまわった。

主力が伊予攻めに投入されていた前回の遠征とはちがい、今度は、毛利領のほとんどの武将が九州へ動員される。総勢四万を越える大遠征軍は、大友との決戦に賭ける元就の意気込みのあらわれである。

豊前、筑前の諸将は毛利軍の遠征の規模を聞き、

「喜んでご先導つかまつりたい」

と、次々と協力を誓った。

肥前の竜造寺隆信も、このたびは毛利軍の大編成に意を強くしたか、恵瓊の調略に応じた。

竜造寺隆信が毛利方に通じたことは、やがて大友宗麟の知るところとなった。

翌永禄十二年（一五六九）の正月、宗麟は戸次鑑連、吉弘鑑理、臼杵鑑速の三老臣の軍勢を肥前村中《むらなか》（佐賀）城へ差し向け、みずからも筑後の高良山《たからさん》に本陣をかまえて、竜造寺攻めの指揮にあたった。

宗麟自身が本拠の豊後大分を動くことは、きわめて異例のことである。毛利勢の九州侵攻を控え、宗麟は危機感をつのらせていた。

大友軍の先鋒が肥前入りすると、これに築紫《つくし》、江上《えがみ》、犬塚《いぬづか》らの国人衆《こくじん》が加わり、攻城方は五万の大軍に膨《ふく》らんだ。

村中城の竜造寺隆信は、毛利方に援軍をもとめた。村中城の城兵は、わずか五千足らず。五万の敵を相手に、城を守りきれるものではない。

竜造寺からの要請を受けた恵瓊は、毛利軍の先鋒として豊前三岳《みつがたけ》城に入っていた小早川隆景に相談した。

「大友宗麟が筑後まで出張っているとなると、ことは容易ではない。われらが独断では、決められぬ。急ぎ安芸へもどり、父上のおさしずを仰ぐように」

「はッ」

恵瓊はその足で、吉田郡山城の毛利元就のもとへ飛んだ。

竜造寺の援軍要請に対する元就の返事は、意外なものであった。

「しばらく、ようすを見る」

「さりながら、村中城は五万の大友軍に囲まれておりまする。毛利の加勢がなくば、城は落ちましょう」

「そのほう、忘れたか」

元就が年輪を刻んだ瞼の奥の鳶色の目を、冷たく光らせた。

「立花城が危機に陥ったおり、竜造寺は大友との正面衝突を恐れ、ついに動かなんだ。竜造寺は信用がならぬ」

元就が突き放すように言った。

「あの者は、風向き次第で、どちらにも寝返る男。そのような者のために、危険をおかして肥前まで兵を送ってやる必要はない」

「しかし、それでは同盟の約束が……」

「われらの当面の目標は、豊前、筑前の平定にある。肥前へ兵をすすめるのは、それを成し遂げてからじゃ」

元就の決意は変わらなかった。

村中城の竜造寺隆信は、毛利方に見捨てられる形となった。

大友軍の包囲に耐えること、三月――。

竜造寺隆信は、肥後の住人城親冬《じようちかふゆ》の和平のすすめに従い、大友方に人質を差し出して降伏した。


その年、四月――。

毛利勢四万は、海陸両面から、戸次鑑連、吉弘鑑理の配下が籠る筑前立花城へせまった。

立花城攻めの主力は、吉川元春、小早川隆景の両川軍である。毛利元就は、孫の輝元とともに、長門国府中（長府《ちようふ》）の本陣に腰を据え、関門《かんもん》海峡をへだて遠征軍に指令を送った。

毛利軍は、立花城のふもとの多々良浜の沖に兵船を浮かべて海を封鎖。海上からの物資の運び入れを遮断した。

吉川元春と小早川隆景は、立花城周辺の地勢をくまなく観察し、攻め手の配置を決めた。

北の水の手口は、吉川元春、元長《もとなが》父子。

南の山田口は、小早川隆景。

西の下原口は、宍戸隆家《ししどたかいえ》。

東の尾崎口は、福原貞俊。

北西の原上口は、吉見正頼《よしみまさより》。

三千の城兵が籠る立花城を、蟻《あり》の這い出る隙もなく包囲し、敵の兵糧が尽きるのをじっくりと待つ策である。

立花城を包囲する一方、毛利軍は自陣の外側に堀を掻《か》き上げて土塁《どるい》を築き、幾重《いくえ》にも柵《さく》を結って警戒の目を光らせた。後詰めにやって来るであろう大友軍本隊への備《そな》えである。ことに、来襲が予想される西の下原口の防備は土塀《どべい》を築き、木戸《きど》を設けるなど厳重をきわめた。

しかし、ここでひとつ問題が起きた。

土塀の築造は、武将たちにそれぞれ割り当てられていたのだが、遠国伯耆《おんごくほうき》の南条《なんじょう》氏らの参陣が遅れたため、七十間《けん》（約七十六メートル）近くが手つかずのまま、取り残されてしまった。

南条氏の到着を待っていたのでは、大友軍の来襲には間に合わない。

「いかにすればよいか」

吉川元春、小早川隆景の両将も、困惑を隠しきれなかった。

そのとき、意見をのべたのが恵瓊である。

「拙僧に思案がございます」

「使僧の分際で、いくさのことに差し出た口を挟むな。軍師のつもりか」

吉川元春が恵瓊を睨んだ。

「よいではございませぬか、兄上。妙案があるというなら、申してみよ」

兄の元春を制し、小早川隆景が恵瓊をうながした。

「塀の作事《さくじ》を、博多の町衆にまかせてはいかがでございましょう」

「町衆にか」

「はい」

恵瓊はうなずいた。

「町衆どもから矢銭《やせん》を取り立てる代わりに、土塀づくりに協力させるのです」

毛利の使僧として博多湊に滞在するうちに、恵瓊は神屋紹策をはじめとする博多商人たちと親しくなっている。

この時代、商人たちは大名の軍事的保護を受けるのと引き換えに、矢銭——すなわち軍用金を差し出す習《なら》いになっていた。

畿内第一の繁栄をほこる泉州堺では、上洛した信長に二万貫もの法外な矢銭を要求され、商人たちは強い反発をおぼえながらも、圧力に屈した経緯がある。

その噂を伝え聞いた博多商人たちは、

——毛利さまに、どれほど吹きかけられるやら……。

と、戦々恐々《せんせんきょうきょう》としていた。

「矢銭の負担を覚悟していた町衆どもは、土塀づくりですむなら安いものと、喜んで命に従うでありましょう。同時に、毛利家は苛酷な要求をしない寛容な家だと、商人たちに安心感を抱かせることもできます」

「嘗《な》められるだけではないのか」

吉川元春の皮肉に、

「そのようなことはございませぬ」

恵瓊は首を横に振った。

「この博多では、金を握っている商人たちの協力を取りつけることが、何より肝要です。彼らを大友宗麟から切り離し、こちらの味方につけるのが得策かと」

「たしかに恵瓊の言うとおりだ」

小早川隆景が言った。

「博多の商人は、長く大友と結んであきないをしてきた。いま、われらが無理に多額の矢銭を徴収すれば、やはり毛利は頼みとするに足らぬと、大友方に協力する者があらわれよう。逆に、わが軍の土塀づくりに参加させれば、大友と距離を置くあかしにもなる」

「さようにございます」

恵瓊はうなずいた。

「兄上、土塀づくりは急務にござる。作事を博多の町衆にまかせてよろしゅうございますな」

「好きにせよ」

吉川元春も渋々、小早川隆景と恵瓊の意見に同調した。

さっそく恵瓊は博多の町へおもむき、神屋紹策に事情を説明した。

彼らにとっても、矢銭の代わりの土塀づくりは悪い話ではない。たちどころに相談がまとまり、作事がはじまった。

大友軍に備える土塀が完成したのは、それからわずか三日後のことである。

七

四月末――。

戸次鑑連、吉弘鑑理、臼杵鑑速らの手勢によって編成された大友軍が、立花城の救援にあらわれた。

その数、四万。

城を包囲する毛利軍に、ほぼ拮抗《きっこう》する兵力である。

毛利軍をたばねる元就は、後方の長門国府中（長府）に本陣を置き、対する大友宗麟も隣国筑後の高良山に腰を据《す》えている。

前線にある吉川元春、小早川隆景軍と、戸次、吉弘、臼杵の大友軍が、立花城の西方で対峙する形となった。

大友方は、博多から箱崎《はこざき》の松原にかけて展開したが、主将の戸次鑑連のみは、さらにすすんで多々良川を越えたところに陣を構えた。

戦闘は、五月一日、大友軍が小早川隊に属する椋梨景良《むくなしかげよし》の陣に襲撃をかけたのを皮切りにはじまった。

双方、力は互角である。

毛利方が築いた土塁をはさんで、一進一退の激しい攻防が展開された。

最大の激戦が起こったのは、同月十八日であった。大友方が総攻撃をかけ、立花城内へ兵糧入れを敢行《かんこう》しようとはかったのである。

戸次鑑連らの猛攻に押され、毛利軍は苦戦を余儀なくされた。ことに、最前線を守る楢崎信景《ならざきのぶかげ》、多賀山久意《たかのやまひさおき》の陣がおびやかされ、総崩れの危機におちいった。

陣所からこれを見ていた小早川隆景は、

「援護にゆけッ」

と、配下の磯兼景通《いそがねかげみち》と兼久内蔵允《かねひさくらのすけ》の手勢を前線へ急行させた。

吉川元春も、石春盛《いしはるもり》、井上光時《いのうえみつとき》らの兵を派遣したため、戦いはしだいに毛利方が盛り返していった。

この間、大友軍は大混乱の隙を狙って、城内へひそかに物資を運び入れようとした。

これに気づいたのが、毛利方の天野元明《あまのもとあき》である。

天野元明が進路をふさぐように一束山に陣したため、兵糧入れ部隊は行き場を失って立ち往生した。

そこへ、

「いまだッ！」

とばかり、近くの松尾に陣していた天野民部少輔《みんぶしょうゆう》の部隊が襲いかかったからたまらない。大友軍は潰走《かいそう》し、立花城への兵糧入れは失敗に終わった。

毛利軍は石見銀山の金掘人夫《かなほりにんぶ》を大動員して、立花城の北側から横穴を掘る作業をはじめた。目的は、城の水の手を断つことにある。

この作戦は、みごとに功を奏した。

城内の井戸は涸れ、籠城方はたちまち深刻な水不足に追い込まれた。

これを見た毛利方は包囲をますます厳重にし、外部からの食糧の補給を遮断したため、立花城の兵たちは、一杯の水、一粒の米にもこと欠くありさまとなった。

攻城戦の開始から、一ケ月あまり——。

恵瓊は、小早川隆景に呼ばれた。

「そろそろ、敵が音を上げるころであろう。そのほう立花城へおもむき、城将の津留原《つるはら》、田北《たきた》らに開城をすすめよ」

「条件は、いかがいたしましょうや」

恵瓊は陣屋の外に降りしきる雨の音に耳をかたむけながら聞いた。

「開城に応じるならば、すべての将兵《しょうへい》の命を助ける。このことは、長府の父上もご承知だ」

「寛大な処置を取ることで、鎮西（九州）での毛利家の評判を高めようというのでございますな」

「そのとおりだ。いくさなくして鎮西の土豪どもが従ってくるなら、これほどよいことはない」

「は……」

「委細《いさい》はそなたにまかせる」

「されば、さっそく城中へ入り、話をまとめてまいります」

翌日――。

恵瓊は前夜からつづく雨のなか、講和の使者として立花城へ入った。

籠城方は、雨水を溜《た》めて当座の水不足をしのいでいるようだったが、それでも城兵たちの飢えと士気の低下は、外からやって来た恵瓊の目にもあきらかだった。

小早川隆景からしめされた開城の条件を告げると、城将の津留原、田北らは、

「われらの独断では決められぬ。御大将《おんたいしよう》の宗麟さまに、おうかがいを立てねば」

として、高良山の本陣にいる大友宗麟に急使を送った。

宗麟からの返事はすぐに来た。

「ここまで、毛利の大軍を相手によく耐え抜いてきた。兵の損失を防ぐため、ひとまず城を開け渡すこともやむなし」

これにより、立花城は開城。

毛利方は講和の条件を守り、城将の津留原、田北以下、城兵三千を浦宗勝《うらむねかつ》の勢に護衛させて、豊後国に帰還させた。

立花城は陥落《かんらく》したものの、後詰めにやって来た大友勢四万は、なかなか筑前から去る気配を見せない。

「大友め、何を考えておる」

多々良川の向こうにたなびく杏葉《ぎようよう》の軍旗を眺めながら、吉川元春が苛立《だ》ったように舌打ちした。

「たしかに、おかしゅうございますな」

弟の小早川隆景も、大友軍の動きに不審を感じている。

城が落ちた以上、後詰めの軍勢が前線にとどまる意味はない。だが、戸次鑑連らの大友勢は、博多から箱崎に陣取ったまま、いっこうに豊後国へ引き揚げようとしなかった。

「兄上」

と、隆景が吉川元春に父ゆずりの鳶色がかった目を向けた。

「大友宗麟のことでございます。もしや、裏で何か、はかりごとをめぐらしておるのでは」

「どのようなはかりごとだ」

「それは、まだわかりませぬ」

「たんなるこけ脅《おど》しやもしれぬ。いまの大友に、われらを鎮西から追い落とすだけの力があるとは思えぬ」

「恵瓊、そなたはどう思う」

小早川隆景が、背後に侍していた恵瓊を振り返った。

博多商人を動員して土塀づくりを成功させて以来、隆景は恵瓊にひとかたならぬ信頼を置くようになっている。

恵瓊は控えめに目を伏せつつ、

「もしや、背後で尼子の遺臣と手を結んでおるのではございますまいか」

と、みずからの見解を口にした。

「尼子だと」

吉川元春が目を剝いた。

「はい」

恵瓊は深くうなずいた。

「月山富田城落城のおり、尼子の遺臣は城を落ちのびて離散いたしました。このなかには、山中鹿介、立原久綱ら、尼子氏再興をあきらめておらぬ者が多く、京畿で不気味な動きをみせておるとのよし」

「その尼子の遺臣どもが、大友と相はかっていると申すか」

元春の表情がけわしくなった。

「何を根拠に、そのような」

「京より、知らせが入ったのでございます。かねてより、東福寺で仏道修行をしておりました尼子一門の孫四郎《まごしろう》（勝久《かつひさ》）が、寺を抜け出て、いずこともなく行方をくらましたと」

恵瓊は言った。

尼子孫四郎（勝久）は、出雲尼子氏の一門である。ただし、本宗家《ほんそうけ》ではない。

尼子氏に隆盛をもたらした経久《つねひさ》の次男国久《くにひさ》が、月山富田城の北麓、新宮谷《しんぐうだに》に居を構えたのにはじまる、いわゆる、

——新宮党
の一族である。

新宮党は、尼子軍団のなかでも精強をもって知られていたが、国久とその子誠久《さねひさ》は本宗家の晴《はる》久《ひさ》との確執が絶えなかった。

天文二十三年（一五五四）十一月、尼子晴久は家中の統一をはかるため、国久、誠久父子を誅《ちゅう》殺《さつ》する。誠久の子で、当時わずか二歳であった孫四郎は、家臣の小川重遠《しげとう》に助けられ、京へ逃れて五山派の東福寺に入った。

色白の美童《びどう》で、いるかいないかわからないように大人しく、いつも脅《おび》えた目をしていたのを恵瓊もよくおぼえている。たしか、当年とって十七歳になるはずである。

尼子孫四郎の失跡を、恵瓊に書状で知らせてきたのは、東福寺で副司をつとめる士英であった。

「少し前から、浪人風の者どもが寺に出入りしていたようだ。あれはもしや、尼子氏の残党だったのではないか」

おそらく士英の睨んだとおりであろうと、恵瓊は思う。

尼子氏再興の兵を挙げるためには、

——旗印《はたじるし》

がいる。

その旗印として、尼子残党の山中鹿介、立原久綱らが選んだのが、世間から忘れ去られたように東福寺で成長していた新宮党の尼子孫四郎だったにちがいない。

「尼子孫四郎という旗印をいただき、山中鹿介らは動きを活発にしていると思われます。そして、こたびの大友軍の不可解な行動……。おおいに警戒する必要があるものと思われます」

「恵瓊の申すこと、いかにも道理。長府の父上に、お知らせすべきではござらぬか」

小早川隆景が、兄の吉川元春を見た。

「たしかに……。背後で尼子の残党が挙兵いたせば、われらは敵に囲まれることになる」

吉川元春、小早川隆景兄弟は、すぐさま長府の父元就に使いを送り、今後の方策について指示をあおいだ。

折り返し、元就から返答がきた。

「何があろうと、豊前、筑前の平定を成し遂げるまで、帰国してはならぬ。尼子の残党など、恐れるに足りず」

として、元就はあくまで九州への勢力拡大に老いの執念を燃やした。

安国寺《あんこくじ》

一

山中鹿介《やまなかしかのすけ》という男がいる。
いわずと知れた、出雲尼子《いずもあまご》氏の遺臣である。
生まれは天文《てんもん》十四年（一五四五）。山中家の宗家《そうけ》にあたる尼子義久《よしひさ》に仕えたが、二十二歳のとき、主家滅亡という非運に遭《あ》った。以来、この男は主家再興におのが情熱のすべてを賭けることになる。
鹿介は、京の東福寺《とうふくじ》に入っていた新宮党《しんぐうとう》の尼子孫四郎《まごしろう》の救出に成功。還俗《げんぞく》して勝久《かつひさ》と名乗り変えた尼子の御曹司《おんぞうし》を担ぎ、毛利氏との戦いに立ち上がった。
挙兵の中心となったのは、鹿介以下、
立原久綱《たちはらひさつな》
横道兵庫助《よこじひょうごのすけ》

ら、二百余名。

尼子勝久を擁《よう》する遺臣団は、但馬《たじま》海賊の奈佐日本之介《なさやまとのすけ》の協力のもと、いったん隠岐島《おきのしま》へ潜伏、毛利と敵対する大友宗麟《おおともそうりん》などと連絡を取りながら、出雲入りの機会をうかがった。

永禄《えいろく》十二年（一五六九）六月――。

毛利軍先鋒の吉川元春《きつかわもとはる》、小早川隆景《こばやかわたかかげ》が、九州で大友勢と対峙している間隙を衝《つ》き、尼子残党は海を渡り、島根《しまね》半島の千酌湾《ちくみわん》に上陸。同地で毛利方の守備兵と交戦し、これを撃破して海べりの忠山《ちゅうざん》に陣を構えた。

この報は、近隣諸国に伝わり、噂を聞きつけた尼子旧臣三千人が勝久のまわりに集まってきた。意気あがる山中鹿介らは、さらに内陸部の新山《しんやま》城に拠点を移し、毛利氏に奪われたかつての本拠地、月山富田《がっさんとだ》城を奪還《だっかん》すべく、攻撃を開始した。

（山中鹿介か……）

尼子残党の挙兵を博多《はかた》で聞いた恵瓊《えけい》は、やや複雑な思いを抱いた。

毛利に滅ぼされたという点では、恵瓊の安芸《あき》武田氏も、出雲の尼子氏と同じである。また、尼子勝久が京の東福寺で育ったように、恵瓊も東福寺退耕庵《たいこうあん》の竺雲恵心《じくうんえしん》のもとで修行を積んだ。

異なっているのは、尼子勝久には山中鹿介らのような、壮気と実行力を持った若い家臣たちがおり、恵瓊にはそれがいなかったことであろう。また、恵瓊自身、かつての武田遺臣たちとの接触を避けてきたようなところがある。

（人は独《ひと》りだ……）

と、恵瓊は思う。尼子勝久のごとく、誰かに担がれ、みずからの意志とかかわりなく流れに身をまかせるのは嫌だった。おのが力で道を切り拓《ひら》き、おのれが巻き起こした渦のなかに、時代そのものを巻き込んでいく——。

（そのためにこそ、おれは生きている……）

しかし、山中鹿介の動きには、おおいに興味がある。どこか、自分と似た匂いを、その男に感じるせいかもしれない。

尼子残党の挙兵を聞いた吉川元春は、

「こうしてはおられませぬ。ただちに鎮西《ちんぜい》（九州）を引き揚げ、急ぎ出雲へ参りとう存じます。なにとぞ、お許しのほどを」

と、長府《ちょうふ》の父元就《もとなり》へ使いを送った。

毛利家では、山陰方面は吉川元春、山陽方面は小早川隆景と分担が決まっている。その山陰に騒乱が起きたとあっては、のうのうと九州にとどまっているわけにはいかない。

しかし、元就は息子元春の願いを聞き入れようとはしなかった。あくまでも、九州進出にこだわり、

「そなたらが、おおげさに騒ぐほどのことではない。たかだか、負け犬が群れ集まって遠吠《とおぼ》えしているだけではないか。国元の兵だけで、苦もなく蹴散らすことができよう。それよりも、そなたらは目の前の戦いに専念し、一日も早く、豊前《ぶぜん》、筑前《ちくぜん》の平定を成し遂げよ」

として、事態を楽観視した。

かつてのキツネのように慎重な元就からは想像もできない、状況認識の甘さである。忍び寄る老いが、元就ほどの名将をも焦燥に駆り立てていたのであろう。

秋が深まった。日増しに海を渡る風が強まり、玄界灘《げんかいなだ》に白波《しらなみ》が立つことが多くなった。筑前では、これといった大きな衝突も起きないまま、毛利軍と大友軍がたがいの意地をかけた睨み合いをつづけている。

情勢に変化があったのは、十月に入ってからである。

毛利領になっている周防《すおう》山口を、かつて陶氏《すえ》に滅ぼされた大内氏《おおうち》の残党が急襲した。一党の首領は大内一門の輝弘《てるひろ》である。

大内輝弘は若くして仏門に入り、山口の氷上山興隆寺《ひかみさんこうりゆうじ》の別当《べっとう》となったが、大内家を継いだ甥《おい》の義隆《よしたか》と仲たがいして出奔《しゆっぽん》。豊後《ぶんご》国の大友宗麟を頼り、還俗してその娘婿《むすめむこ》になっていた。

輝弘の山口襲撃は、舅《しゆうと》宗麟の差し金《がね》によるものである。

「毛利の目が鎮西へ向いているいまこそ、山口を奪い取る千載一遇《せんざいいちぐう》の好機。大内家の再興をはかるなら、この機を逃す手はござらぬぞ」

「挙兵しても、すぐに毛利軍に蹴散らされるのではないか」

不安を口にする輝弘を、

「何を申される。出雲では尼子の残党が兵を挙げ、毛利は浮足立っている。いざとなれば、わが大友軍も加勢に駆けつけようほどに」

と、宗麟は励ました。

意を強くした大内輝弘は、二千の手勢をかき集め、海路、周防の秋穂浦《あいおうら》に上陸。山口の城下へ乱入したのである。

「大内の残党が蜂起《ほうき》しただとッ」

駆けつけた使者から急を知らされた毛利元就は、こめかみに青筋を立てた。

「人数はどれほどじゃ」

「挙兵を聞いた大内の旧臣が、各地から続々と集まっておりまするッ。いまは、六千ほどに膨《ふく》れ上がっておるかと」

「おのれ、小癪《こしやく》な……」

元就は采配《さいはい》を床几《しようぎ》にたたきつけた。

「敵の首領は誰じゃ」

「大内輝弘にございます」

「輝弘か」

「はッ」

「となると、陰で動いておるのは舅の宗麟じゃな。わしとしたことが……。してやられたわ」

悔しさを奥歯で嚙み殺すと、元就はすぐにいつもの冷静な表情を取りもどした。

「して、情勢は？」

元就は、使者の口から周防山口のようすを聞いた。

城番《じようばん》の市川経好《つねよし》は、折悪しく九州へ出陣中であった。留守居をつとめていた経好の妻女と、家臣の粟屋元種《あわやもとたね》、内藤就藤《ないとうなりふじ》、信常太郎兵衛《のぶつねたろうひようえ》らが、山口西郊の詰《つ》めの城、

——高峰城《たかみねじよう》
に籠り、必死の防戦中であるという。

ただちに援軍を差し向けねばならないが、国元の軍勢は出雲で蜂起した尼子残党との戦いに手一杯であり、山口へ兵を割く余裕はなかった。

ことここに至り、元就も九州からの即時撤退を決意。筑前に陣していた吉川元春、小早川隆景を長府の本陣へ呼びもどした。

元就は、

「山口の騒乱を鎮《しず》めよ」

と、元春に再度の出陣を命令。

吉川元春は休む間もなく、福原貞俊《ふくはらさだとし》、熊谷信直《くまがいのぶなお》以下一万の兵をひきいて山口へ出撃した。

これに驚いたのは、大内輝弘である。

舅の大友宗麟からは、

「鎮西（九州）の毛利軍は動きがつかぬ。多少の軍勢は山口へ向かうであろうが、全軍撤退などするはずがない」

と、言われていた。

毛利方の予想外の動きに、

（話がちがう……）

輝弘が慌てたときには、吉川元春の軍勢はすでに山口近くの厚狭《あさ》郡船木《ふなき》の山中に着陣していた。

吉川勢があらわれたと聞き、山口城下の竜福寺《りゆうふくじ》に陣していた大内一党に動揺が走った。

大内一党は、寄せ集めの兵たちである。

「毛利の主力が後詰めに来たのでは、われらに勝ち目はなし」

と、櫛の歯がこぼれるように逃亡者が続出し、六千に膨れ上がっていた軍勢は、たちまち八百にまで減った。

大将の大内輝弘自身も、臆病風に吹かれ、豊後へ引き揚げるために上陸地の秋穂浦へ逃げもどった。しかし、兵船はすでに、小早川配下の水軍に焼かれたあとであった。輝弘は周防の山中をさまよったあげく、毛利勢に追い詰められて自刃《じじん》して果てる。

大内残党の挙兵は鎮圧したものの、この騒動により、毛利氏は九州進出の足掛かりを失うこととなった。

立花城《たちばな》にはなお、浦宗勝《うらむねかつ》ら数百人が留まっていたが、戸次鑑連《べっきあきつら》ら大友老臣の開城勧告を受け、主君元就の許しを得て帰国の途についた。

博多承天寺《はかたじようてんじ》で情報収集にあたっていた恵瓊も、九州を去ることになった。

「間《ま》が悪うございましたな」

恵瓊の仲介で毛利方に肩入れしてきた博多商人の神屋紹策《かみやしようさく》が、別れを惜しんだ。博多でも、今後は大友氏の影響力がふたたび強まるだけに、紹策の言葉には無念の思いが滲《にじ》んでいる。

「しかし、時勢はいつ、どのように変わるかわからぬもの。われら、毛利さまが尼子残党を掃討して、ふたたび鎮西へ兵をすすめられる日を信じ、ひたすらお待ち申しておりましょう」

「紹策どのには世話になった」

「何の」

と、神屋紹策は笑った。

「これは商人《あきうど》の勘でございますが、あなたさまとは何やら、深いご縁があるような気がいたしますな」

「縁となｊ」

「手前の目利《めき》きでは、あなたさまは一介の使僧《しそう》でおわるようなお方ではない。世俗にあれば、万軍をひきい、天下を狙うほどの器がおありだ。いつかまた、もう一回り大きゅうなった恵瓊どのにお会いできることを、楽しみにしておりますぞ」

「商人は口がうまい」

「この紹策、世辞とまがいものは売ったことがございませぬ」

「おれも、大陸へ向かってひらけたこの湊《みなと》とは縁があるように思う」

「それは……」

「坊主の勘だな」

玄界灘に雪まじりの北風が吹きつけるころ、恵瓊は博多の地に別れを告げ、船に乗って安芸国へ引き揚げた。

二

吉田郡山城《よしだこおりやま》へもどった恵瓊は、長府の陣から帰還したばかりの毛利元就のもとへ呼ばれた。

豊前、筑前の平定は失敗におわったが、元就に意気消沈しているようすはない。むしろ逆に、老いの闘志をかき立てられているように恵瓊の目には見えた。

「隆景より聞いた。鎮西（九州）では、諸豪族の調略、博多の町衆との交渉に骨を折ってくれたそうだな」

「たいしたお役にも立てませなんだ。いま少し、拙僧《せっそう》に力があれば……」

「こたびの鎮西撤退の原因は、そのような瑣末なことにあるのではない。憎きは尼子の残党どもと、大友宗麟めよ」

「備前《びぜん》では、宇喜多直家《うきたなおいえ》も反毛利の色を鮮明にしたやに聞きおよびました」

「ふん……」

元就は脇息《きょうそく》を扇でたたいた。

恵瓊の言うとおり、このころ、中国地方から北九州にかけては、

——反毛利同盟
といっていい、包囲網が形成されている。

十ケ国を支配下に置き、さらにじわじわと領土拡大をすすめる毛利氏に対し、周辺の諸大名が警戒を強めた結果であった。

「いつまでも、鎮西にばかり目を向けているわけにもいかぬ。そのほう、京におわす将軍義昭《よしあき》さまと面識があったな」

「それが、何か」

「まわりを敵にばかり囲まれていては、さすがのわしも動きがつかぬ。大友と講和を結びたい。そなた、京へおもむき、公方さまに和議の仲立ちを願いたてまつれ」

「されば、大友と和睦したうえで……」

「まずは尼子の残党どもをたたく。宇喜多直家、大友宗麟と決着をつけるのは、それからじゃ」

「はっ」

恵瓊は平伏した。

そのまま、元就の前から引き下がろうとすると、

「待て。そなたに博多での働きの褒美《ほうび》をくれてやらねばならぬ。何か、望みはあるか」

思いもかけぬ言葉が降ってきた。

「望みと申されましても」

「金か、それとも領地が欲しいか」

「いえ……」

一瞬、考えたのち、恵瓊は顔を上げた。

「ひとつだけ、所望《しょもう》してもよろしゅうございましょうか」

「何なりと申せ」

「安芸安国寺《あんこくじ》を、お与え願いとう存じます」

恵瓊は元就の目を強く見つめて言った。

毛利元就は恵瓊が安芸安国寺の住職となることをみとめ、寺領《じりょう》として二百石を与えた。

安国寺は恵瓊が少年時代、修行を積んだ寺である。また、師の竺雲恵心と運命的な出会いを果たした場所でもあった。

そして何より、

（この寺からは、銀山《かなやま》が見える……）

京へのぼる道すがら、安国寺へ立ち寄った恵瓊は、かつて何遍となくのぼった裏山から、西の

方角を眺めた。

水を吸ったような夕暮れの清澄《せいちょう》な空の下に、秀麗な形の山が泰然《たいぜん》とそびえていた。

かつて、安芸武田家の居城《きょじょう》があった銀山である。

山の上に銀色の三日月が輝いている。

（ここが、おれの心の故郷だ……）

恵瓊は思った。

そもそも安国寺は、暦応《りゃくおう》二年（一三三九）、室町幕府初代将軍となった足利尊氏《あしかがたかうじ》が夢想国師《むそうこくし》のすすめで、一国に一寺ずつ建立《こんりゅう》した禅刹《ぜんさつ》である。名のとおり、国土安寧《あんねい》の祈りが込められており、創建当初は寺勢さかんであったが、室町幕府のおとろえとともに諸国の安国寺も衰退した。

安芸安国寺も、その例に洩《も》れず、いまは破《や》れ寺同然になっている。境内《けいだい》にある武田家累代《るいだい》の墓は、供養する者とてない。

（この破れ寺に……）

おのが力でふたたび往時の隆盛を取りもどしてみせようと、恵瓊は心に誓った。

安芸安国寺は、おのれが天下に名を成すための足がかりである。それは同時に、守護《しゅご》大名武田家の末裔《すえ》であるという、恵瓊のひそやかな矜持《きょうじ》の象徴であった。

のち、恵瓊は僧侶として大出世を遂《と》げていくことになるが、安芸安国寺だけは終生手放さず、住職をつとめていくことになる。

ゆえに、人は恵瓊を、

――安国寺恵瓊

と呼ぶようになる。

寺領として与えられた二百石で、恵瓊はとりあえず、庫裏《くり》と方丈《ほうじょう》の修築をし、小者《こもの》を一人やとった。石見《いわみ》生まれの甚六《じんろく》という男である。

鬼瓦《おにがわら》のように顎の張った、やや目つきの暗い男だが、算勘《さんかん》の才覚があり、雑務をまかせるにはうってつけだった。

「本堂《ほんどう》の雨漏《あまも》りがひどうございますのう」

甚六が屋根を見上げた。本堂ばかりでなく、寺の諸堂は手入れもされず荒れ放題になっている。

「本堂を直すだけの銭《ぜに》はない。雨漏りしても、座禅《ざぜん》は組める。いまはそれで十分だ」

恵瓊はふてぶてしく言った。

京へ向け、恵瓊が安国寺を旅立とうとしていたやさき、

「吉田郡山へもどってまいれ」

毛利元就から、帰還命令が来た。

何と、元就が講和の仲立ちを頼むつもりだった京の将軍足利義昭のほうから、

「毛利、大友の仲を取り持ちたい」

と、使いを送ってきたのである。

小者の甚六にあとをまかせ、急ぎ吉田郡山へ立ちもどった恵瓊は、城下の興禅寺《こうぜんじ》で将軍のつかわした使者に会った。

使者は、聖護院道澄《しょうごいんどうちょう》。

十三代将軍義輝《よしてる》の使僧をつとめていた、聖護院道増《どうぞう》の後継者である。

背が低く、目鼻の小づくりな品のいい顔立ちの僧侶である。品のよさは、関白近衛稙家《かんぱくこのえたねいえ》の三男という、出生《しゅっしょう》のよさから来ているのであろう。年は恵瓊よりも若く、二十代半ばである。

「恵瓊どのの話は、公方《くぼう》さまより、しばしば聞かされております」

道澄が丁寧な言葉づかいで言った。

「御坊は公方さまのお命を救われたことがあるとか」

「さほどの働きをしたわけではござりませぬ」

恵瓊は謙遜した。

「いやいや」

と、道澄は首を横に振り、

「公方さまは、恵瓊どののことをいたく信頼なされておりまする。昨今は、何ごとも織田《おだ》どのの意見が強く、公方さまの思いのままにはなりませぬ。足軽衆《あしがるしゅう》として公方さまにお仕えしてきた明《あけ》智光秀《ちみつひで》でさえ、織田どのの顔色をうかがっているような始末。明智は公方さまを見かぎって、織田どのの家臣になるのではないか、という噂も立っております」

「明智どのが……」

恵瓊は目を細めた。

「公方さまと織田どのの仲は、あまりよろしくないのか」

恵瓊は聞いた。

「かようなところで申すのも何でございますが、織田どのは上洛してから、いささか増上慢《ぞうじょうまん》になっておるようで……。公方さまが自分を通さず、諸大名へじきじきにお声をおかけになるのを快く思っておられぬようす」

「されば、こたびの道澄どのの安芸への下向《げこう》も……」

「織田どのには内密にございます」

道澄が声をひそめるようにして言った。

京の足利義昭と、その義昭を将軍位につけた織田信長のあいだに流れる微妙な空気は、恵瓊にも察しがついた。

義昭をかついだ信長の思惑は明白である。将軍の権威のみを利用し、みずからが天下の実質的な支配者たらんとしている。言ってみれば、義昭はたんなる飾りものにすぎない。

一方、義昭の側は、

「信長はあくまで、将軍家の一家臣である。天下に号令をかけるのは、このわしだ」

と、信長とは正反対の認識を持っていた。

これでは、両者の関係が破綻するのは、最初から目に見えている。

しかも、義昭は滅退した幕府の影響力を復活させるため、信長に無断で諸国の大名に独自の働きかけをおこなうようになった。

すなわち、大名間の紛争の講和を取りまとめることで、みずからの存在感を高めようとしている。この方法論は、義昭の亡き兄義輝が実践していたものであった。

義昭がいちはやく、毛利、大友間の調停に乗り出してきた背景には、そうした事情があった。

「わが毛利家としては、大友家との講和に異存はござりませぬ」

恵瓊は、聖護院道澄の目を見つめて言った。

「おお、さようか」

「むしろ、こちらから公方さまに和睦の仲立ちを願いたてまつりたいと思っていたところ。しかし、大友の側が果たして何と言うか……」

たとえ将軍の要請があっても、大友宗麟がたやすく講和に応じるとは思われなかった。

大内残党を掃討したとはいえ、出雲では相変わらず、尼子残党の山中鹿介らが月山富田城を包囲している。

大友宗麟としては、ここで手打ちするよりも、尼子残党と連動してさらに毛利の足元をおびやかしたほうが得策と考えているにちがいない。

「そういうことならば、拙僧が豊後へおもむき、公方さまの思《おぼ》し召《め》しを、直接、宗麟どのにお伝えしてもよい」

聖護院道澄が言った。

「それは、願ってもなきこと。わがあるじ元就も、公方さまに感謝申し上げるでありましょう」

恵瓊は、道澄に頭を下げた。

聖護院道澄はさっそく、安芸から豊後へ足をのばす運びとなった。恵瓊も途中、周防山口まで同行し、そこで道澄の帰りを待つことにする。

その年の暮れを恵瓊は山口の国清寺《こくせいじ》で過ごした。

三

明けて、永禄十三年（一五七〇）――。

毛利軍は、月山富田城を包囲する尼子遺臣への攻撃を開始した。

尼子残党討伐の総大将は、毛利輝元である。吉川元春、小早川隆景、二人の叔父が、それをささえる陣備《じんぞな》えとなる。

七十四歳になった元就自身は、吉田郡山城を動かない。

山陽地方には雪が降ることがめずらしいが、出雲をはじめとする山陰地方の冬は、雪のなかに埋《う》もれる。

ことに中国山地は雪が深く、一万三千の毛利軍は、難渋《なんじゆう》しながら山越えをし、強い北風の吹きつける石見国へ出た。さらに国ざかいを越えて、出雲へ進軍。飯石《いいし》郡の多久和《たくわ》城を陥《おとしい》れ、尼子残党の包囲を受けている月山富田城にせまった。

月山富田城の守将は、毛利の臣天野隆重《あまのたかしげ》。

天野勢はすでに、半年の長きにわたって籠城をつづけている。歯を食いしばって孤塁《こるい》を守り抜いてきた城方の兵たちは、毛利本隊来援の知らせに歓喜した。

逆に、浮足立ったのは、

「春になって山地の雪が解けるまでは、毛利本隊は動くまい」

と、長期戦の構えをとっていた、山中鹿介ら尼子遺臣たちである。

一万三千の毛利軍が到着したとなれば、にわかに士気が高まるであろう月山富田城の軍勢とのあいだに挟まれ、彼らのほうが窮地に追い込まれる。

この事態の急変に、山中鹿介は、

「毛利の援軍が到着する前に、態勢を立て直し、決死の覚悟で戦いにのぞむ」

と、月山富田城の包囲を解き、毛利軍を待ち伏せすべく、三里南方の狭隘《きょうあい》の地、布部《ふべ》付近に六千八百の軍勢を集結させた。

二月十四日未明——。

布部の地で、毛利、尼子両軍のあいだに戦端がひらかれた。

谷あいの丘に陣して待ち構える尼子軍に対し、毛利軍は東の中山口から総大将の輝元、西の水谷口から吉川、小早川の軍勢が喊声を上げて突きすすみ、まれに見る激戦となった。

——敵味方の精兵ども入り乱れ、尼子、毛利の国争いも今日を限りぞ……。

と、『雲陽軍実記《うんようぐんじつき》』はしるしている。

尼子方は数のうえでは劣勢だが、家を再興したいという強い一念がある。それに加え、狭隘の地で待ち受けるという山中鹿介の作戦が功を奏し、戦いは当初、尼子方有利にすすんだ。

しかし、いくさが長引くにつれ、しだいに兵数でまさる毛利勢が押し返しはじめる。

夜明け前にはじまった戦いは、日が高く昇るころ、毛利方の勝利で決着がついた。退却した尼子勢は、尼子勝久のいる本拠の末次《すえつぐ》城へ逃げ込んだ。

——毛利軍勝利
の報は、周防山口の国清寺にいる恵瓊のもとへも届いた。

（山中鹿介らは負けたか……）

使僧としてのおのれの立場とは別の視点で、恵瓊は毛利軍に抵抗する尼子残党の戦いに注目していた。

（やはり、一度滅んだ家を、ふたたび立て直すことは難しい……）

思いは複雑である。

だが、毛利家の外交をあずかる恵瓊にとって、今回の勝利はおおいに歓迎すべき出来事であった。

大友との講和の仲立ちのために、豊後大分へおもむいている聖護院道澄からは、

「なかなか、話し合いがすすみませぬ」

と、交渉の難航《なんこう》を告げる書状が届いている。

しかし、出雲での戦いで毛利方が着実に勝利をおさめていることを知れば、大友側が態度を軟化させることは必定であろう。

（粘り強く、待つことだ）

恵瓊は当面、国清寺を動かず、状況の変化を慎重に見守ることにした。

二月二十四日、吉川元春軍が、尼子一党の籠る末次《すえつぐ》城に総攻撃をしかけた。吉川軍の猛攻の前に、末次城は陥落。尼子勝久は新山《しんやま》城へ逃げ込んだ。

さらに、毛利勢は、
三笠《みかさ》城
熊野《くまの》城
高佐《たかさ》城

と、尼子方の城をつぎつぎに陥れ、尼子一党を追い詰めてゆく。

五月、尼子の重臣秋上庵介《あきあげいおりのすけ》が、主君勝久を見かぎり、毛利方へ寝返った。これをきっかけに、尼子一党に動揺が走り、勝久をささえてきた家臣たちが一人、また一人と、離れていった。その陰に、毛利方のたくみな離間策《りかんさく》があったことは言うまでもない。

山中鹿介ら、一部の家臣が頑強な抵抗をつづけてはいるものの、尼子家再興の火が消えつつあることは誰の目にも明らかだった。

その年の秋になると、それまで聖護院道澄の働きかけを冷たくあしらっていた大友宗麟が、ようやく和睦に応じる気配をみせはじめた。

（あと一息だな……）

恵瓊は山口へ引き揚げてきた道澄と入れかわりに、みずから豊後大分へ乗り込み、詰めの交渉にのぞむ肚《はら》をかためた。


だが——。

ちょうど、そのやさきである。

安芸の吉田郡山城で毛利元就が倒れた。

「大殿（元就）、重篤《じゆうとく》」

との知らせを聞いた恵瓊は、周防から安芸の吉田郡山城へ急行した。

胸の底をさまざまな思いが駆けめぐった。

何といっても元就は、安芸武田家を滅ぼした敵である。

（元就ほどの梟雄《きょうゆう》も、寄る年波と病《やまい》には勝てぬか……）

元就亡きあとの毛利家を、恵瓊は考えた。

家督を継いだ元就の孫輝元は、十七歳の若さである。一代で山陽、山陰、十ケ国にまたがる〝毛利王国〟を築き上げた祖父にくらべ、その能力は明らかに見劣りがする。吉川元春、小早川隆景という二人の優秀な叔父がいなければ、毛利家の舵取りをしていける器ではない。

当面、吉川元春、小早川隆景の両川が輝元を補佐していくのだろうが、背後で睨みをきかせてきた元就という重しがなくなることで、

（毛利家は大きく変わる）

恵瓊はそこに、みずからのさらなる可能性を感じた。

明日をも知れぬ危篤状態におちいった元就であったが、京から駆けつけた名医曲直瀬道三《まなせどうさん》の施療《せりょう》もあり、その年の暮れには、病床から起き上がって家臣たちに下知《げち》を与えるまでの奇跡的な回復をみせた。毛利家の前に山積するさまざまな問題が、元就の老いた身に残っていた最後の気力を振りしぼらせたのかもしれない。

元就は、居室に恵瓊をしばしば呼ぶようになった。いまの元就の心を占めているのは、大友との講和の行方、そして、その先にある毛利家そのものの将来であった。

「大友宗麟は、まだ講和をしぶっておるか」

さすがに衰えを隠せぬ痩《や》せた顔のなかで、目ばかりを爛《らん》と光らせ、元就は恵瓊を食い入るように見た。

「布部でのお味方勝利により、一度は講和に応じる気配をみせておったのでございますが……。

大殿の御病の知らせを聞き、様子見をしておるのやもしれませぬ」

「相変わらず、したたかな」

元就は身を折るようにして、重い咳《せき》をした。

「わしが死ねば、天下には喜ぶ者が多かろうの。大友宗麟、宇喜多直家、尼子の残党どもも、それ見たことかと小躍《こおど》りしよう」

「それだけ、大殿が恐れられているということでございましょう」

「恵瓊」

「は……」

「そのほうも、わしが早く死ねばよいと思っているのであろう」

闇から放たれた矢のような元就の言葉に、恵瓊は何と返答してよいか戸惑った。

「本音を申せ。わしはそなたの敵だ」

「おそれながら大殿は、武田家の血を引くわたくしを使僧としてお用い下されました」

恵瓊は目を伏せつつ言った。

「それゆえ、恨みはないと」

「はい」

「生きる方便よのう」

元就が顔の皺を深くして皮肉に笑った。

「滅ぼした家の子のそなたを、元春らの反対を押し切ってまで側に近づけたか、そのわけがわかるか」

元就は言った。

恵瓊が黙っていると、

「はじめて会《お》うたとき、わしはそなたの目に危険なものを感じた」

「………」

「こやつ、わしと似ておる。この目は、主を倒し、親兄弟を屠《ほふ》っても、乱世を太く生き抜く梟雄の目じゃと」

「わたくしは……」

「わしも、ただのうのうと七十余年を過ごしてきたわけではない。そなたの身のうちから芬々《ふんぷん》とあふれる野心のにおい、わしが気づかなんだと思うてか」

「されば、大殿はなにゆえに」

恵瓊はひらき直ったように顔を上げた。

まっすぐに向けた視線が、元就のそれと虚空《こくう》で合った。

「年を経《へ》た大木は、いつか根元から腐るものよ」

「………」

「大内氏を見よ、尼子氏を見よ。そして京の将軍家を見よ。この乱世、古びた権威にすがりつきはじめたら、その瞬間に崩壊がはじまっている。毛利家とて、それと同じじゃ。舵取《かじと》りをあやまれば、すぐに坂を転げ落ちはじめる」

元就は、血の気の失せた唇をわななかせるようにして言葉をつづけた。

「わが息子や孫どもはおそらく、わしの教えを忠実に踏襲し、家を守っていこうとするであろう。

しかし、それでは家はもたぬ。活性を失い、いつか根元から腐っていく。そうならぬため、ときに毒にもなりかねぬ劇薬を身のうちに取り入れることも必要なのだ」

「その劇薬が、わたくしだと……」

「そなたが毛利家を滅ぼす毒となるか、若返りの妙薬となるか、これはわしの生涯の最後にして最大の賭けかもしれぬ」

「………」

「少し、疲れた。わしは寝る。下がるがよい」

元就はしずかに目を閉じた。

四

元亀《げんき》元年（一五七〇）の暮れも押しつまった、十二月二十七日——。

恵瓊は毛利家の使者として上洛。将軍足利義昭に会った。

目的は、豊後大友氏との和平の成立に向け、将軍家にさらなる働きかけをおこなうためである。

恵瓊は、元就からあずかってきた延《の》べ銀《ぎん》百枚を義昭に献上。おおいに喜んだ義昭は、聖護院道澄に加え、側近の一色藤長《いっしきふじなが》を豊後へ差し向けることを約束した。

恵瓊の上洛の目的は、もうひとつあった。

織田信長の動向に関する情報を、できるかぎり詳細に収集することである。

今年の正月、信長は足利義昭に対して五ケ条の掟書《おきてが》きを突きつけていた。

一、将軍義昭が諸国へ発する御内書《ごないしょ》は、その内容を事前に信長へ知らせること。
一、これまで将軍が下した下知はすべて無効とする。
一、将軍が褒美《ほうび》として与える恩賞《おんしょう》の土地は、信長が差し出す。
一、天下の仕置《しおき》は信長にまかせること。将軍の命にそむく者があれば、信長が代わってこれを成敗する。
一、天下は治まったのであるから、今後は将軍も朝廷をうやまうこと。

掟書きの内容は、すべて将軍義昭の行動を厳しく制約するものである。
ことに最後の一ケ条は、将軍よりも一段上の権威である朝廷を持ち出し、そのもとには将軍といえども従わねばならないとしている。すなわち信長は、権威をもって、権威を封じようとしたのである。

（うまいやり方だ……）

恵瓊は思った。

信長は義昭の政治活動を制限する一方で、みずからは義昭の承諾なしに、天下の政務をおこなうと宣言している。

それまでは、形だけとはいえ、将軍を立てる姿勢をみせていたものが、

——今後は、この信長がまつりごとをつかさどる。

と、権力のありかを明確にしめした。

この将軍の権威を無視するあからさまな態度に、義昭は反撥を強め、

「かような無礼な掟書きは見たことがない。わしは将軍位を下り、奈良の一乗院《いちじょういん》へもどる」

と言い出した。
対立の深まった両者のあいだに、朝山日乗《ちようざんにちじよう》、明智光秀が割って入り、義昭をなだめてどうにか掟書きをみとめさせた。
織田信長は、将軍義昭に掟書きを突きつけた。その一方、畿内を中心とする二十ケ国の大名に対して、
「急ぎ京へ馳《は》せのぼり、朝廷および足利将軍に礼参せよ」
と、触《ふ》れ状《じよう》を発した。
大名たちがこれに応じて上洛するか否かで、信長は彼らの忠誠心をはかろうとしていた。すなわち、天下統一をめざすおのれに、
「従うか」
はたまた、
「敵対するか」
と、選択をせまったのである。
このとき、信長の触れ状によって京へのぼってきたのは、
徳川家康（三河《みかわ》国、岡崎城主）
北畠具房《きたばたけともふさ》（伊勢《いせ》国、坂内《さかない》城主）
姉小路自綱《あねがこうじよりつな》（飛騨《ひだ》国、桜洞《さくらぼら》城主）
松永久秀（大和《やまと》国、多聞《たもん》城主）
宇喜多直家（備前国、砥石山《といしやま》城主）

といった顔触れであった。

信長は、越前一乗谷《えちぜんいちじようだに》の朝倉義景《あさくらよしかげ》にも触れ状を出した。

だが、朝倉義景は、

「信長ずれが、何を生意気な」

と、触れ状を無視。一乗谷を動かなかった。

むろん、朝倉義景が動かないことは、信長の計算のうちだった。

信長は、

「わが命に従わぬ朝倉義景を討つ。北陸路の雪が解けしだい、出陣じゃ」

と、これを朝倉討伐の格好《かつこう》の口実に利用した。

信長が三万余の軍勢をひきいて京を発したのは、四月二十日のことである。

遠征軍には、
柴田勝家《しばたかついえ》
丹羽長秀《にわながひで》
木下秀吉
ら、織田軍のおもだった武将がすべて従った。

また、触れ状によって上洛していた松永久秀をはじめとする畿内の武将、織田家の同盟者である徳川家康も越前への遠征に参加した。さらに、足利義昭の側近でありながら、信長との関係を強める明智光秀も、この軍勢のなかにいる。

若狭から敦賀《つるが》へ攻め入った織田軍は、手筒山《てづつやま》城、金ケ崎《かねがさき》城、疋田《ひきた》城を次々と奪取。破竹の勢いで、朝倉氏の本拠、一乗谷へせまろうとした。

だが――。

ここで不測の事態が起きた。

信長が妹お市《いち》を嫁がせ、同盟を結んでいた近江小谷城の浅井長政が、突如、叛旗《はんき》をひるがえしたのである。

信長は、義弟の浅井長政を信用していた。

（よもや叛《そむ》くことはあるまい……）

とたかをくくり、背後を無防備にしたまま、越前遠征の途《と》についた。

もっとも、懸念《けねん》がなかったわけではない。

浅井長政は以前から、越前の朝倉義景と交誼《こうぎ》を結び、同盟関係にあった。そのため、信長は今回の朝倉攻めを義弟の長政にまったく相談せずにおこなった。

既成事実を作ってしまえば、多少の不満はあっても、

（長政は中立の立場をつらぬく……）

との読みが、信長にはあった。

猜疑心の強い信長だが、その反面、ときに不用心すぎるほど、あけっぴろげに人を信用する瞬間がある。それは信長が相手を信じているというより、おのれの直感力に、自信を持ちすぎているせいであろう。

しかし、人の心は信長が考えているほど単純なものではない。

浅井長政は、信長が自分への相談なしに越前へ出兵したことに怒りをおぼえ、同盟者朝倉義景

への信義をつらぬく道を選んだ。

背後で浅井長政が離叛したことにより、信長はにわかに窮地に立たされた。

越前金ケ崎城にいた信長は、即座に撤退を決断。木下秀吉軍を殿《しんがり》にすえ、命からがら京への帰還を果たした。それが、この年、四月末のことである。

八月に入り、四国の阿波に逃れていた三好《みよし》三人衆が大坂に上陸。
さらに九月、信長から相次ぐ矢銭《やせん》の要求を受け、大坂退転をせまられていた石山本願寺《いしやまほんがんじ》の門主《もんしゅ》顕如《けんにょ》が、諸国の一向宗《いっこうしゅう》（浄土真宗《じょうどしんしゅう》石山本願寺派）の門徒《もんと》に対して、
「決起せよッ！」
と檄《げき》を飛ばし、打倒信長に立ち上がった。
この動きを見て、信長に寺領を押領された比叡山延暦寺《ひえいざんえんりゃくじ》も、反織田の姿勢をあきらかにする。
ここに、
朝倉義景
浅井長政
三好三人衆
石山本願寺
比叡山延暦寺
による、信長包囲網が成立。
信長は、周囲を敵にかこまれることになった。

じつは、その陰で糸を引き、包囲網の形成に一役かっていたのが、ほかならぬ将軍足利義昭であった。

「してやったり」

義昭は、ほくそ笑んだ。

（信長は潰《つぶ》れるか……）

元亀二年（一五七一）の正月を京の東福寺で迎えた恵瓊は、情報収集に余念がない。

昨年暮れ、信長は手詰《てづ》まりになった状況を打開するため、将軍義昭に頼み入って、浅井長政、朝倉義景との和議を成立させていた。

信長とて、自分を苦境に陥《おとしい》れた元凶が義昭であることを百も承知している。しかし、それを知ったうえでなお、義昭に頭を下げて急場をしのがねばならぬほど、このときの信長は追い詰められていた。

その信長は、美濃の岐阜城にいる。

噂では、信長は苛立っているらしい。家臣の不用意なひとことで激高《げっこう》し、声を荒げて打擲《ちょうちゃく》することもあるという。

無理もない。

群雄にさきがけて上洛を果たしたものの、まわりは敵ばかりである。

（ここが、信長の正念場だな……）

大きな流れに飲まれて泡のごとく消えてゆくか、はたまた流れに逆らって天へ駆《か》けのぼってゆくほどの英雄であるか、恵瓊は冷静に信長という男を見定めようとしている。

五

将軍義昭のいる二条御所へ、恵瓊は足しげく出入りした。信長包囲網の黒幕だけあって、義昭のもとには、さまざまな情報が入ってくる。

二条御所は、昨々年、信長が将軍義昭のために造営《ぞうえい》したものである。二重の水濠《すいごう》と石垣でかためられ、櫓《やぐら》をそなえた、堅固かつ広壮な城館であった。

庭に、梅が咲いている。

この日は朝から、雪でも降りそうな冷たい曇天であったが、御所のうちは馥郁《ふくいく》たる梅の香《か》がただよっていた。

（よい匂いだ……）

廊下を歩きながら、恵瓊はふと、紅梅の咲く庭の築山《つきやま》に目をやった。

次の瞬間、思わず、

——あッ……。

と、足を止めた。

花の下に、女が立っていた。

卯《う》の花色の小袖《こそで》を着た上臈《じょうろう》であった。その上臈が、あでやかにほほ笑み、黒い瞳で恵瓊を見上げている。

「お久しゅうございますな、安国寺恵瓊さま」

「そなたは……」

「わたくしのこと、お忘れでございますか」

かるく頭を下げたのは、将軍家に仕える上臈女房の小督《こごう》であった。

「安芸安国寺のご住職になられたとのよし、おめでとう存じます」

紅梅の花の下から、女が歩み出てきた。

相変わらず美しい。

平素は女になど心を動かさぬ恵瓊だが、小督と会うときだけは風が湖をわたるように、かすかに胸が波立ってくる。

「公方さまのお側から姿を消したと聞いていた。どこぞへ嫁にまいられたかと思っていたが」

表情を消しつつ、恵瓊は言った。

「どなたにお聞きになったやら……。わたくしは足利将軍家に命をささげた者にございます。並の殿御《とのご》に、心を移すことはございませぬ」

「それは不幸だな」

「さようでございましょうか」

小督が小さく首をかしげた。

「じつを申せば、わたくしにもこの世でただひとりだけ、心を動かされた殿御がおるのです」

「ほう……」

「されど、そのお方は、どれほど思うても添い遂《そ》《と》げることのかなわぬ相手。胸を焦《こ》がしつつ、ただ遠くから静かに見つめているのでございます」

「その相手とは、もしや亡き将軍義輝さまのことか」

恵瓊は以前から気になっていたことを口にした。

「何を仰せやら」

小督が笑った。

「そのような恐れおおいこと……。夢にも思うたことはありませぬ」

「ならば」

「おわかりになりませぬか」

小督が恵瓊を凝っと見た。

「禅寺《ぜんでら》で唐天竺《からてんじく》の学問をまなんでも、おなごの気持ちを読み取ることはおできになりませぬのか」

「女は修行のさまたげになるだけだ」

「哀《かな》しいことを……」

小督はしおらしげに目を伏せ、

「わたくしも、あなたさまのご修行のさまたげでございますか。夜も寝られぬほど、思うておりますのに……」

「からかっておるな」

恵瓊は渋面をつくった。

「本気かどうか、ためしてみたくはございませぬか」

「なに……」

「明日、酉《とり》ノ刻《こく》（午後六時）、納所《のうそ》の舟宿月江屋《ふなやどつきえや》でお待ち申しております。きっと、おいで下されませ」

念を押すように言うと、小督は紅梅よりも赤い唇に微笑を浮かべ、甘い花の香りの向こうへ去っていった。

（どういうつもりだ……）

恵瓊は不審をおぼえた。

納所の月江屋は、恵瓊の隠し女お吟《ぎん》が切り盛りしている舟宿である。小督が、その月江屋をわざわざ密会場所に指定したのは、たんなる偶然とは思われない。

（もしや、あの女、お吟とおれの仲を知ったうえで……）

そうであるとすれば、小督は何が目的で恵瓊の身辺を調べたのか。月江屋で会って、いったい何を話そうというのか——。

謎は深まるばかりである。

翌日、恵瓊は約束の刻限より半刻《はんとき》（一時間）ほど早く、納所の月江屋におもむいた。

月江屋は相変わらずの繁盛である。

このところ、恵瓊は京へのぼっても、毛利家の使僧としての役目が忙しく、お吟のところへ顔を出すこともまれになっていた。

恵瓊が月江屋のえんじ色の暖簾《のれん》をくぐると、ちょうど帳場にいたお吟が、

「あッ……」

と、声にならない声をあげた。そのまま、小袖《こそで》の裾《すそ》を乱して恵瓊のもとへ駆け寄り、

「お前さま」

深編笠《ふかあみがさ》で顔を隠した恵瓊の胸に人目もはばからず、すがりついてきた。

「安芸国でずいぶん、出世したって聞いていたから。あたしのことなんて、もう忘れたかと思っていた」

「そのようなことはない」

「いいから、上がって……。早く、お前さまの顔が見たい」

帳場は店の者にまかせ、お吟は恵瓊とともに二階へ上がった。

年下の恵瓊に惚れきっている。

男女の仲ではあるが、

（この人のことは、あたしが陰でささえてあげなければ……）

という俠気《きょうき》に似た思いが、お吟のなかに流れている。恵瓊にとって、姉のような、母のような、もっとも心を許せる存在だった。

外を流れる桂川《かつら》に、冷たい夕闇が満ちはじめている。川端《かわばた》につらなる舟宿や料理屋からこぼれる明かりが、川面《かわも》に揺れながら映っていた。

「じきに、ここへおれをたずねて女が来る」

「おんな……」

お吟が妙な顔をした。

「小督という、足利将軍家に仕える上臈女房だ」

「そんな人が、何でまた」

「心当たりはないか」

恵瓊の問いに、お吟はかぶりを振った。

「とにかく、酒を用意してくれ。それと、座敷にはけっして人を近づけぬように」

恵瓊はお吟に命じた。

「その上臈女房って、まさかお前さまの……」

「人に勘ぐられるような仲ではない」

恵瓊は冷たく言った。

二条御所で、小督は思わせぶりな言葉で恵瓊を惑わせたが、この月江屋を知っていることからもわかるとおり、

（一筋縄でいく相手ではあるまい……）

恵瓊は気を引き締め、女の到着を待った。

月江屋に小督があらわれたのは、約束の刻限をいくぶん過ぎてからだった。

先日の明るい卯の花色の小袖から一転して、この日は初めて瀬戸内の廻船《かいせん》で会ったときのように、袴《はかま》をつけた男の格好《なり》をしていた。

「かような姿で失礼いたします。このところ、いつも身辺に人の目が光っておりますもので……」

「つけられておるのか」

「はい」

「誰に見張られているというのだ」

「その前に、一献、頂戴《ちようだい》してもよろしゅうございましょうか」

小督が濡れ濡れと光る黒い目で、恵瓊を見つめた。

部屋のすみに、短檠《たんけい》の火がともされている。

外に桂川の流れる音が響いているきりで、向かい合ってすわった相手の息づかいが聞こえそうなほど、あたりは静まりかえっていた。

ややあって、お吟が酒と肴《さかな》の膳《ぜん》を運んできた。

——余計なことは口にせぬように。

と恵瓊に言い含《ふく》められてはいたが、男のいで立ちをした小督を、好奇と敵意のこもったまなざしで盗み見るように眺め、膳をととのえて立ち去ってゆく。

「されば、一献」

「はい」

恵瓊がすすめる徳利《とつくり》の酒を、小督は素焼《すや》きの土器《かわらけ》で受けた。

とろりとした濁《にご》り酒である。

その酒を、小督は白い喉《のど》をそらせて一息に飲み干した。

「みごとな飲みっぷりだ」

恵瓊は目を細めた。

「あなたさまも、どうぞ御酒《ささ》を召《め》されませ」

「うむ」

断る理由はない。

恵瓊は東福寺の修行時代から、般若湯《はんにゃとう》をたしなんでいる。

濁り酒を恵瓊もぐいとあおった。

杯を重ねるうちに、ほろほろと酔いがまわってきた。だが、頭の芯は冷たく冴えている。

「見張られていると言ったな」

恵瓊は妖《あや》しくうるむ女の目を見つめて聞いた。

小督は何も言わず、闇に咲く花のようにしずかに微笑している。

「誰に、とは聞くまい」

「…………」

「おおよその見当はつく」

と、恵瓊は杯を口元へ運んだ。

「そなた、足利将軍家の裏の御用をつとめているのであろう。公方さまの使いとして諸国を飛びまわり、浅井、朝倉、三好三人衆、石山本願寺、比叡山延暦寺と、反信長勢力をあおり立てていると見た」

「か弱い女の身に、そのような大それたことができましょうか」

「女だからこそ、人にあやしまれず自由な動きができる。そなたの動きに目を光らせているのは、織田家の手の者にちがいあるまい」

断ずるように恵瓊は言った。

「おれの身辺を調べ上げ、思わせぶりなことを言って近づいてきたのは、信長を追いつめる包囲網に毛利家を取り込むためか」

「長らく寺のうちにおられただけあって、あなたさまは、女心がまるでわかっておられませぬ」

小督がため息をついてみせた。

「たしかに、あなたさまのお身のまわりを調べたのは事実です」

「やはり……」

「毛利家を公方さまのお味方につけたいと考えたのも、仰せのとおり。されど、そのことと、わたくしがひとりの女としてあなたさまに魅《ひ》かれているのとは別です」

「どこまでも、見えすいた戯《たわむ》れを言うか」

「恵瓊さま」

と、小督が膝を前へにじらせてきた。

「はじめてお会いしたときから、心にかかるお方と思っておりました。なぜ気になるのか、自分でもずっとわからぬまま、底の見えぬ暗闇に知らず知らず足を踏み入れたくなるように、そばへ近づいてみずにはおれなかったのです」

「………」

「あなたさまの、その昏《くら》い目……。その奥には何があるのでございます」

「そなたこそ、得体の知れぬ女。そうやって、いままで何人の男をたぶらかしてきた」

「わたくしには、裏も表もございませぬ。この身のうちに抱えているのは、逃れようのない運命《さだめ》だけ」

「そなたの運命とは？」

身を乗り出した恵瓊と女の距離は、たがいの息づかいがそれとわかるほどに近くなっている。

「それは申せませぬ」

「裏も表もないと申したではないか」

「そういうあなたさまも、人には言えぬ何かを、胸のうちに秘めておられるのではございませぬか」

「なぜそう思う」

「ただ、そのような気がしただけ」

「愚《ぐ》にもつかぬ」

恵瓊は冷たく言い放ち、女のまなざしから逃れるように身を引いた。

「ひとつだけ、ご忠告申し上げてよろしゅうございましょうか」

小督が居ずまいを正して言った。

「何だ」

「遠からず、信長は毛利家の大きな脅威となりましょう」

「いまのところ、信長は生きるか死ぬかの苦しい立場に置かれているではないか」

「信長は、おそらくこれしきのことでは潰れますまい」

「なぜ、そのようなことが言える」

「それは……。あの者がめざしているのが、天下《てんが》だからでございます」

「天下か」

「はい」

小督はうなずいた。

「あの者には、ほかのどの大名にもない、猛々しいほどの大きな欲がございます。信長の大欲の前では、越前の朝倉も、近江の浅井も、そして公方さまでさえも、目先の小さな欲にとらわれるあまり、飲み込まれてゆくような気がしてならぬのです」

「その大欲の激流が、西へも押し寄せるか」

恵瓊はつぶやくように言った。

「手を打つなら、いまのうちでございます」

「何が言いたい」

「悪い芽は、早いうちに摘《つ》み取っておくことです。毛利家も、なにとぞ公方さまにお力をお貸し下さいませ」

「結局、そなたが告げたかったのは、そのことか」

恵瓊は興《きよう》ざめな顔をして、小督を見た。

「あいにくだが、毛利家では、いまはまだ信長と敵対する時期ではないと見ている」

「せめて、先々の約束だけでも……」

「先のことは誰にもわからぬ。そなたとおれの仲がどうなるか、誰にもわからぬようにな」

恵瓊が京をあとにしたのは、それから半月後のことである。

秀吉

一

元亀《げんき》二年（一五七一）六月十四日――。

安芸吉田郡山《あきよしだこおりやま》城で毛利元就《もうりもとなり》が死去した。

いっときは花見の宴《うたげ》をもよおすなど、容態は快方に向かっていたが、五月に入って重篤《じゆうとく》におちいり、侍医《じい》たちの手当の甲斐もなく、孫の輝元《てるもと》、息子の吉川元春《きっかわもとはる》、小早川隆景《こばやかわたかかげ》らに看取《みと》られて、七十五年の波乱に富んだ生涯を閉じた。

死にさいして、元就はいくつかの遺言を残している。

「豊後《ぶんご》の大友《おおとも》とは和議を結び、出雲《いずも》の尼子《あまご》残党の掃討に専念せよ」

「輝元をつねに本宗家《ほんそうけ》とあおぎ、吉川元春、小早川隆景の両川《りようせん》が、これを補弼《ほひつ》せよ」

「天下《てんが》を支配する者は、いかに栄耀栄華《えいようえいが》を誇ろうとも、やがて一門が枝折《えだお》れ、株《かぶ》絶えて末代の子孫までつづくことはない。それゆえ、天下を狙ってはならぬ。狙えば毛利家滅亡のもととなろう。

それよりも、領国をしっかり固めることに心を砕くように」

激動する時代のなかで、元就も毛利家の行《ゆ》く末《すえ》を思い、多くの気がかりがあったのであろう。

ともかく——。

元就の死を境に、毛利家では当主輝元を中心に、叔父の吉川元春、小早川隆景が宗家をささえる新たな政治体制がはじまった。

恵瓊《えけい》の奔走で大友宗麟《そうりん》との和議を成立させた毛利家は、出雲の尼子遺臣の掃討に専念。八月になり、尼子勝久《かつひさ》を盟主とかつぐ山中鹿介《やまなかしかのすけ》ら遺臣団を、ついに出雲から退去させた。


そのころ、上方《かみがた》の織田信長も激しい動きをみせている。

昨年来、朝倉義景《あさくらよしかげ》、浅井長政《あざいながまさ》、石山本願寺《いしやまほんがんじ》、三好《みよし》三人衆、比叡山延暦寺《ひえいざんえんりやくじ》の包囲網に苦しんできた信長であったが、閉塞した状況を打開すべく、

「俗《ぞく》に堕《だ》した坊主もろとも、比叡山を焼き払ってしまえッ！」

と、延暦寺の焼き討ちを命じたのである。

九月十二日、三万の織田軍が比叡山のふもとの坂本《さかもと》を包囲。総門《そうもん》を打ち破って町に乱入し、里坊《さとぼう》に放火した。

僧侶たちはあわてふためき、山上をめざして逃げ出したが、織田軍の兵は僧俗の別なく人々を捕らえ、裸に剝《む》いて次々と首を斬った。

比叡山の山上へ攻めのぼった織田軍は、根本中堂《こんぽんちゅうどう》をはじめとする堂塔伽藍《どうとうがらん》にも火を放ち、三塔十六谷一千坊といわれる霊場をことごとく灰燼《かいじん》に帰せしめた。

信長の焼き討ちによる比叡山側の死者、三千人。

伝教大師最澄《でんぎようだいしさいちよう》が開いて以来、不滅《ふめつ》の法灯《ほうとう》を守ってきた一大宗教権威、比叡山延暦寺は一夜にして灰燼に帰した。

（やってくれるものよ……）

急使がもたらした一報を安芸安国寺《あんこくじ》で聞き、恵瓊は東の空を見上げた。

まるで比叡の峰を焼く炎のように、空が真っ赤な朝焼けで染まっている。

（織田包囲網の一角が崩れたか……）

信長がいまの危機的状況を突破していくには、敵をひとつひとつたたき潰《つぶ》していく以外にない。

比叡山延暦寺には、金があった。

いくさの絶えない戦国の世にあって、延暦寺のような俗世《ぞくせ》のいかなる権力にも干渉されない公界《くがい》は、金をあずける場所としてもっとも安全だった。そのため、寺には多くの金が集まり、僧侶たちはそれをさらに矢銭《やせん》（軍用金）の必要な大名に融資をし、莫大な利益を上げていた。

とくに、浅井、朝倉氏にとって、比叡山延暦寺は、その資金の多くを頼る、

――メーン・バンク
といっていい存在で、ここを焼き討ちすることは軍事上からも大きな意味があった。

とはいえ、平安京創建とともに京の鬼門《きもん》に鎮座して以来、何びとも侵《おか》すことのなかった一大宗教権威に大鉈《おおなた》を振るうとは。

（やはり、信長は恐るべき男……）

恵瓊は思った。

その日、恵瓊は吉田郡山城に呼ばれた。

毛利家首脳部と、今後の対織田戦略を協議するためである。

当主の毛利輝元が上段ノ間にすわり、吉川元春と小早川隆景が中段ノ間に向かい合って座を占めた。

恵瓊は、その二人からやや下がったところに黒い影のように控える。将軍足利義昭《あしかがよしあき》と独自の外交窓口を持ち、大友との講和を取りまとめたことで、使僧《しそう》としての恵瓊の地位は以前よりも格段に高くなっていた。

「国家鎮護《ちんご》の比叡山延暦寺を焼き払うとは、信長という男は狂人か」

吉川元春が不快げに顔をしかめた。

「上方でも、信長の評判はかんばしくありませぬ。天魔外道《てんまげどう》、あるいは悪鬼羅刹《あっきらせつ》と呼ぶ者もございますとか」

恵瓊は冷静な表情で言った。

「そのような男と手を結んで、わが毛利家に得るところはあるのか。将軍義昭さまからも、毛利家を頼りにしておるとの密書《みっしょ》がまいっておったな」

と、輝元が恵瓊に視線を向けた。

「信長はたしかに、常軌を逸《いっ》した男にございます」

恵瓊は言った。

「さりながら、人間の善し悪しと、外交はまた別もの。いまのところ、毛利家は織田と結んでおいたほうが、利が多うございます」

「どのような利じゃ」

吉川元春がきつい目で恵瓊を睨んだ。

そもそも元春は、恵瓊をあまり好いていない。というより、嫌っている。亡父元就が滅ぼした武田家の血筋という意識が、いつまでも抜け切れないのであろう。

「遠交近攻《えんこうきんこう》の策にございます」

恵瓊は全身から威圧感を発する元春を相手に、いささかも動じる気配をみせない。

「わが毛利家は、織田家と領地を接しておりませぬ。境を接する者と戦い、遠国の者とよしみを通じるのは兵法のならい。敵の敵は味方という言葉もございます。信長を好きに暴れさせておけば、畿内近国の武将の目は、すべてかの者に向くというもの」

「そのあいだに、毛利領と境を接する者を切り従え、傘下に組み入れよということだな」

それまで黙っていた小早川隆景がしずかに口をひらいた。

「さようにございます」

「さしあたっての狙いは、備前《びぜん》の宇喜多直家《うきたなおいえ》か」

「はい」

恵瓊は深くうなずいた。

「宇喜多直家は、わが毛利家に対抗するため、いまのところ信長を頼っております。その頭を飛び越え、毛利と織田が親交を深めれば、あいだに挟まれた宇喜多は苦境に追い込まれまする」

「信長の側も、宇喜多に義理立てするより、毛利家を味方につけておいたほうが、周囲の敵と戦っていくうえで得策と考えるであろうな」

隆景が顎を撫でた。

「仰せのとおりにございます。織田の後ろ楯を失った宇喜多を調略《ちょうりゃく》するは、いとも容易にございましょう」

「織田と手を結ぶ利とは、たかがそれだけのことか」

吉川元春の皮肉な言葉に、

「いえ、それだけではございませせぬ」

恵瓊は首を横に振った。

「信長と敵対する三好三人衆は、阿波《あわ》を拠点としております。かの者どもは、泉州堺《せんしゅうさかい》にいたる瀬戸内海の東半分の制海権を握り、西半分の舟運《しゅううん》に力をおよぼすわが毛利家と利害が対立しております。信長と組み、三好三人衆を追い落とすことで、当家が瀬戸内の舟運によってもたらされる富のすべてを手にできようというもの」

恵瓊の言うとおり、毛利家にとって瀬戸内海舟運は、山陰の石見銀山《いわみぎんざん》と並び、その利権を掌握することを願ってやまなかった、

――宝の山

であった。

その双方を手に入れるため、亡き毛利元就は、山陰地方に二男の吉川元春を配し、瀬戸内海に面した山陽地方に三男の小早川隆景を送り込んでいた。

大友氏の支配する九州の博多《はかた》を執拗に狙ったのも、この地が石見銀山から産出する銀を大陸へ輸出する窓口であるとともに、瀬戸内海舟運と密接なかかわりを持つきわめて重要な湊《みなと》だったたか

らである。

（瀬戸内の海には、富が眠っている……）

恵瓊もそのことに気づき、瀬戸内海の流通にみずから積極的に関与しはじめている。

この年――。

日宋《にっそう》貿易をおこなった平家一門が、瀬戸内海の海の守り神として信仰した広島湾頭の厳島《いつくしま》神社（安芸の宮島《みやじま》）の遷宮式《せんぐうしき》がおこなわれることになった。

厳島神社の祠官《しかん》である棚守房顕《たなもりふさあき》は、この遷宮式を盛大なものにしようと、足利将軍家が帰依《きえ》している京の吉田神社の宮司吉田兼右《かねみぎ》を、

「ぜひとも遷宮師としてお迎えしたい。恵瓊どの、ひとつ骨を折って下さらぬか」

と、京に人脈のある恵瓊に依頼してきた。

恵瓊は吉田神社とかかわりの深い、京商人の虎菊与一兵衛《とらぎくよいちべえ》らを通じて働きかけをおこない、吉田兼右を遷宮式に招く約束を取りつけた。

さきに博多商人との人脈を築いた恵瓊は、厳島神社の棚守房顕、さらに京商人とも関係を深め、瀬戸内海の流通にかかわる者たちに顔をきかせるようになった。

瀬戸内海の制海権を握り、舟運を掌握することは、今後の毛利家の発展にとっても必要不可欠である。

そのことは、山陽方面の攻略を担当する小早川隆景と恵瓊のあいだで、認識が完全に一致している。

「それがしも、恵瓊の意見に賛成でござります」

隆景が恵瓊を後押しした。

「瀬戸内海を毛利家が制するには、三好三人衆と戦わねばなりませぬ。当分のあいだ、織田と手を組み、阿波の三好に対抗していくのが上策かと」

「小早川の叔父上の申されるとおりだ」

輝元が納得したようにうなずいた。

「何か問題があれば、織田家と手を切るだけのこと。交渉は、小早川の叔父上に一任したいと思うが、それでよろしいか」

当主輝元の決定に、異論は出なかった。

二

元亀二年十二月──。

恵瓊は小早川隆景の使者として、京滞在中の織田信長のもとへつかわされた。

小牧山《こまきやま》城の郊外で鷹狩《たかがり》のようすをうかがい見て以来、信長に会うのは二度目ということになる。もっとも、その姿をまなこに焼きつけたのは恵瓊だけで、信長のほうは記憶にもとどめていないにちがいない。

比叡山焼き討ち後、信長は近江志賀《おうみしが》郡のうち五万石を明智光秀に与えている。これにより、光秀は足利義昭に暇《いとま》を乞い、正式に織田家臣となり、坂本城の築城に着手した。

信長はまた、西国《さいごく》街道の要衝にあたる洛南《らくなん》の勝竜寺《しょうりゅうじ》城主細川藤孝《ふじたか》に、城の修築と防備の強化を命じている。明智光秀と同様、このころ細川藤孝も将軍義昭と距離を置き、信長とのつながりを強くしている。

恵瓊が京の町に入ると、北山の空が真っ黒に垂れ籠め、ちらほらと小雪が舞いだしていた。

会見は、信長が京入りのさいの宿所にしている、法華《ほっけ》宗の総本山、

——妙覚寺《みょうかくじ》
でおこなわれた。

対面所の上段ノ間に、黒綸子地《くろりんずじ》に銀の摺箔《すりはく》をほどこした小袖《こそで》を着た信長がすわり、その脇に前髪《まえがみ》の容姿美麗な小姓《こしょう》が刀をささげて控えている。

墨染《すみぞめ》の衣《ころも》をまとった恵瓊は、

「毛利家の使僧、瑤甫《ようほ》恵瓊にござります。小早川隆景さまの名代《みょうだい》として、参上つかまつりました」

朗々とよく通る声で名乗りを上げ、衣の袖を払って頭を下げた。

「若いな」

信長が短く言った。

「は……」

「毛利家の使僧にしては若すぎる。毛利家は、わしを軽く見ておるか」

苛立ったような声が降ってきた。

この年、恵瓊は三十四歳。ちなみに信長は三十八歳である。

三十四といえば、気力、体力をそなえた男ざかりといっていい年齢だが、大名家の外交の窓口

となる使僧としては、たしかに若輩者《じゃくはいもの》の部類に入るかもしれない。

「これは織田さまのお言葉とも思われませぬ」

恵瓊は堂々と、正面から信長を見つめた。

「聞くところによりますれば、織田家では才のある者、やる気のある者を、門地《もんち》や年齢にかかわらず、どしどしとお取り立てになるとか。毛利家もまた同じ。役に立たぬ者を使僧には用いませぬ」

「役立たずは使わぬか」

白蠟《はくろう》を彫《は》り刻《きざ》んだような信長の端正な顔が、かすかにゆがんだ。

「もっともなり」

信長はにこりともせずに言い放った。

「恵瓊とやら申したな」

「はい」

「わしは、形ばかりの下《くだ》らぬ長話は嫌いだ。単刀直入に言う。毛利は、阿波を攻める気がありや、なしや」

身を乗り出すようにして切り出した信長の言葉に、

(やはり、そう来たか……)

恵瓊は胸のうちで思った。

現在の信長にとって喫緊《きっきん》の課題は、みずからを取り巻く反織田勢力をいかにして取りのぞいていくかである。

巷《ちまた》の噂では、比叡山焼き討ちに甲斐の武田信玄が激怒し、信長包囲網の一角に加わるのではないかとの情報もある。

戦国最強をうたわれる信玄の動向に、信長は戦々恐々《せんせんきようきよう》としているにちがいない。じっさいに何らかの動きが起きる前に、周囲の敵をできるだけ潰しておかねばならなかった。

とはいえ、織田軍の兵力にはかぎりがある。

毛利家が阿波を衝《つ》いてくれれば、三好三人衆は本拠を防衛するために、畿内《きない》から兵を引き揚げざるを得なくなり、信長は労せずして包囲網の一角をのぞくことができる。

毛利側の返答ひとつで、包囲網突破の道が見えてくると言ってもよかった。

「どうだ」

信長が恵瓊の目をするどく見た。

「織田さまが、わが毛利家に阿波攻めを強くもとめておられるとのよし、将軍義昭さまよりうかがっております」

恵瓊は相手を焦《じ》らすようにゆっくりと言った。

「して」

「ご返答差し上げる前に、ひとつおたずねしたいことがございます」

「申してみよ」

「されば」

と、恵瓊は背筋を伸ばした。

「織田さまは比叡山延暦寺を焼き討ちなされましたが、難《なん》を逃れた一部の僧侶は、甲斐の武田信玄のもとへ逃げ込んだとのよし。信玄が比叡山再興を口実に、兵をひきいて上洛するのではないかとの噂が流れておりますが、このことといかに」

「信玄か」

その名を聞いた信長の顔に、一瞬、かすかな脅《おび》えに似た表情が浮かんだのを、恵瓊は見逃さなかった。

信長はすぐに、もとの不機嫌そうな顔つきにもどった。

「信玄の上洛など、絵に描いた餅と同じだ。やつは、上洛などできぬ」

「何ゆえ、そのように思われます」

恵瓊は聞いた。

「問うまでもあるまい。信玄は、背後に越後の上杉謙信という手ごわい敵をせおうておる。謙信はわが織田家と同盟を結んでおるゆえ、信玄が西上の動きをみせれば、それを阻止《そし》せんものと必ず兵を出すであろう」

「たしかに、謙信は義に篤《あつ》き人物。同盟者を無情に見捨てるようなまねはいたしますまい」

「得心《とくしん》したか」

「はい」

恵瓊は深くうなずいた。

「阿波攻めのこと、承知つかまつりました。あるじ小早川隆景からも、織田さまにさようお伝えせよと申しつかっております」

「祝着《しゅうちゃく》じゃッ」

甲高《かんだか》く叫び、早くも気短《きみじか》に腰を上げようとする信長を、

「お待ち下さいませ」

と、恵瓊は押しとどめた。

「阿波の三好一党を攻めるについては、当方からも、織田さまに了解を得ておかねばならぬことがございます」

「何だ」

「宇喜多にござる」

「ふむ……」

「四国へ軍勢を送るには、備前、備中より、兵船を出さねばなりませぬ。しぜん、宇喜多領を侵《おか》すこととなりまするが、その儀、ご承知いただけましょうな」

今回、恵瓊が信長に会いに来た最大の眼目はここにある。

毛利側が阿波の三好三人衆の本拠を襲うだけでは、一方的に信長を利するだけである。阿波攻めをおこなう代わりに、信長を頼って毛利に対抗している宇喜多直家を、

——当方が煮て食うなり、焼いて食うなり好きにしてよい。

と、言質を取っておかねばならない。その確約が得られぬ以上、信長との交渉は振り出しにもどすしかない。

「いかがでござりましょうや」

恵瓊が詰め寄ると、

「仕方《しかた》あるまい」

信長は思いのほか、あっさりとうなずいてみせた。宇喜多を切り捨てても、いまは毛利の協力

が欲しいということだろう。

織田信長は、小早川隆景への贈り物として恵瓊に秘蔵《ひぞう》の名馬を託した。

役目はひとまず成功したことになる。


山陽道を下った恵瓊は、備後三原《みはら》城で小早川隆景に会った。

「信長が条件を呑《の》んだか」

「はい」

「信長も、よほど苦しいとみえる。切り捨てられる宇喜多直家こそ、よい面《つら》の皮よのう」

温厚な隆景の顔に、かすかな同情の色が浮かんだ。

「背後に越後の上杉謙信がおるゆえ、武田信玄の上洛はない――と、織田どのは断じておりましたが、東国から下ってきた渡りの商人などにあたりましたところ、信玄はやはり、多少の無理はしても、比叡山再興を大義にかかげ、上洛の動きをみせるであろうと」

「歴とした大義がある以上、さすがの上杉も手出しが難しい。それに、将軍義昭さまの御教書《みきょうしょ》でも加われば、謙信は動かぬということか」

「さようにございます」

「武田の騎馬隊が上洛すれば、遠州浜松《えんしゅうはままつ》の徳川家康はもとより、信長自身、ひとたまりもなく蹴散らされような」

「周囲を敵にかこまれている現状で、武田騎馬隊を撃退するほどの力は、いまの織田家にはございますまい」

恵瓊は冷静な口調で言った。

「ともかく、信長の目が東へ向いているあいだに、宇喜多を従え、四国へ兵を送り、瀬戸内の制海権を握っておかねばなりませぬ」

「たとえ、武田信玄が信長を討ち滅ぼし京に旗《はた》を樹《た》てたとしても、西国の覇権は何びとにも渡さぬ……。だな」

「はい」

恵瓊はにわかに忙しくなった。

翌、元亀三年（一五七二）早々、ふたたび上洛して、信長と毛利家のあいだを取り持つ一方、備前おもての情報収集を抜かりなくおこなった。

このころ——。

梟雄《きょうゆう》宇喜多直家は、岡山城を居城としていた。

麾下《きか》に属していた前岡山城主の金光宗高《かなみつむねたか》が毛利方に内通していると言いがかりをつけ、切腹に追い込んだすえ、城を我が物としたのである。

暗殺、謀略を繰り返して成り上がった直家の領地は、備前一国に加え、美作《みまさか》の一部、播磨《はりま》国海岸部の坂越《さこし》、那波《ななみ》などの湊々《みなとみなと》にも及ぶようになっていた。

瀬戸内海の支配をめざす毛利家にとって、見過ごすことのできない危険な存在になっている。

三

毛利家が、宇喜多攻めの軍勢をもよおしたのは、元亀三年の夏のことである。

三原城の小早川隆景が、先鋒として出陣。

つづいて、総大将の毛利輝元も吉田郡山城を発し、山陽道を東へ向かった。さらに、山陰方面から駆けつけた吉川元春がこれに加わり、総勢四万の大軍が備中国《びっちゅうのくに》入りして、笠岡《かさおか》の地に本陣を布《し》いた。

毛利軍は、備中、備前国境《くにざかい》にある、

日幡《ひばた》

加茂《かも》

蛙鼻《かわずがはな》

など、宇喜多方の諸城を次々と攻略。一気に備前国へ侵攻する構えをみせた。

この動きを知った宇喜多直家は、

(毛利とまともに戦ったとて、とてもかなわぬ……)

と、腹心の洲波如慶《すなみじょけい》を、和睦の使者として小早川隆景のもとへつかわした。

と同時に、直家は京の将軍足利義昭にも、講和の仲立ちを依頼。さっそく、義昭のもとから毛利輝元に向けて、側近の柳沢元政《やなぎさわもとまさ》が講和をうながす使いとして差し向けられた。

これを受け、笠岡の毛利本陣で軍議がひらかれた。

軍議の場に列したのは、小具足《こぐそく》に身をかためた総大将の毛利輝元以下、吉川元春、小早川隆景、重臣の福原貞俊《ふくはらさだとし》、口羽通良《くちばみちよし》、熊谷信直《くまがいのぶなお》、桂元延《かつらもとのぶ》といった顔触れである。

墨染の衣をまとった恵瓊も、末席《まっせき》に黒い影絵のように列している。

「わしは安易な講和には反対じゃ」

吉川元春が腕組みをし、憮然《ぶぜん》とした表情で言った。

「そもそも宇喜多直家は、表裏第一《ひょうりだいいち》の佞人《ねいじん》。口車に乗って、あとで煮《に》え湯《ゆ》を飲まされるより、一息に揉《も》み潰してしまったほうが、将来に禍根を残さぬ」

「それはいかにも、正論にござります。さりながら……」

と、元春を見たのは、弟の小早川隆景だった。

「播磨国には、宇喜多の主筋にあたる浦上宗景《うらがみむねかげ》もおりまする。浦上、宇喜多が手を結び、頑強な抵抗をしめせば、これを攻め滅ぼすのは容易ならず。味方にも少なからぬ損害が出ることでありましょう」

「それゆえ、和睦に応じよと」

「いたずらに血を流すだけが、いくさではござらぬ」

「しかし、われらが宇喜多と講和すれば、三村元親《みむらもとちか》がどのように思うかのう」

吉川元春が皮肉を帯びた口調で言った。

三村元親は備中の武将である。

元親の父家親《いえちか》は、宇喜多直家に謀略をもって暗殺された。以来、元親は宇喜多を不倶戴天《ふぐたいてん》の敵と怨んでいる。

いま、三村元親は毛利の一手に属しているが、仇敵の宇喜多直家と毛利家が和を結んだと聞けば、

（裏切られた……）

と激怒して、離反する恐れがある。

吉川元春が指摘するとおり、宇喜多との和睦は、毛利家にとって諸刃《もろは》の剣《つるぎ》になる危険性を秘めていた。

「恵瓊」

と、小早川隆景が末席にいる恵瓊を振り返った。

「そなたはどのように思う」

一座の視線が、恵瓊に向けられた。

「恐れながら、申し上げます」

恵瓊はしずかに口をひらいた。

「元春さまの仰せのとおり、たしかに三村離反の恐れはございます。しかし、講和が成れば、毛利家は労せずして、備前、美作を併呑することができまする。ここは、宇喜多直家に高い条件を突き付け、これを呑ませて和睦に持ち込むのが上策かと」

「その条件とは、何だ」

吉川元春が聞いた。

「ただいま、宇喜多は美作の国人《こくじん》後藤勝基《ごとうかつもと》の籠る三星城《みつぼしじょう》に付城《つけじろ》を築き、これに猛攻を加えておりまする。まず、宇喜多に三星城攻めを中止させ、付城を破却いたさせます。さらに、美作国で一城、備前国で一城、毛利家側に割譲《かつじょう》すること」

「宇喜多が聞いたら、目を剝きそうな厳しい条件じゃな」

元春が唇をかすかにゆがめた。

「しかし、三星城攻めの付城の破却はともかく、おのが城をそうやすやすと譲るものか」

「宇喜多は織田を頼っておりましたが、わが毛利家がその織田と手を結んだ以上、もはや頼みにする先がありませぬ。領地を接する毛利家に属さぬかぎり、生き残りの道はなし。滅亡をまぬがれるためなら、どのような条件も呑みましょう」

「窮鼠《きゅうそ》、猫を嚙むということもある。そこまで追い詰めて、交渉に失敗したら、そなたはどのように責任を取るつもりじゃ」

「この首、差し出してもよろしゅうございます」

「首か」

「この命と引きかえに、岡山城へ乗り込む所存」

「そこまで申すなら、わしに異存はない。そなたの手並み、見せてもらおう」

吉川元春が和睦交渉に同意し、当主輝元もこれに賛同した。

恵瓊はさっそく、備前岡山城へ使者として出向いた。

岡山城は先年、宇喜多直家が前城主の金光宗高を謀略によっておとしいれ、手中におさめたばかりの城である。

その岡山城の瀬戸内の海をのぞむ月見櫓《つきみやぐら》で、恵瓊は直家と対面した。

どちらかと言えば端正な顔立ちをした直家の表情は、警戒感に満ちている。毛利家側が和に応じてくるか否《いな》か、直家にとっては生死のかかった交渉であった。

「毛利家の使僧、安国寺恵瓊にございます」

恵瓊は頭を下げた。

「そなたが恵瓊か。かねてより、噂には聞いていた。織田どのや足利将軍家にたくみに取り入った、なかなかのやり手だそうだな」

「恐れ入りましてございます」

「毛利に滅ぼされた、安芸武田家の血筋であるとか」

「よくご存じです」

「わしがそなたの立場ならば、親の敵に唯々諾々と従っておるようなまねはせぬな。それとも、いずれは毛利を裏切り、主家《しゅけ》を乗っ取るつもりでおるか」

「これは……」

と、恵瓊は静かに微笑した。

「拙僧《せっそう》は御仏《みほとけ》に仕える僧侶の身にございます。仇討ちなどとは、俗世の者が考えること。宇喜多さまとはちがいまする」

「そうかな」

宇喜多直家が口もとを皮肉にゆがめた。

「わが祖父能家《よしいえ》は、同じ浦上氏に仕える朋輩《ほうばい》の島村盛実《しまむらもりざね》らによって暗殺された。そのとき、わしは六歳であった。以来、父とともに流浪の暮らしを余儀なくされ、臥薪嘗胆《がしんしょうたん》の日々を送った。苦労の連続のなかでわしが思ったのは、何だと思う」

「さて……」

「いつの日か、この手で祖父の仇を討ってくれる――その一念が、心のささえとなり、わしは今日の地位を築き上げたのだ。むろん、敵には当然の報いを与えてやったがな」

「島村盛実どのを暗殺なされたのでしたな」

恵瓊は、宇喜多直家の血塗られた来歴《らいれき》を思った。

身を焦《こ》がすほどの強い恨み、憎しみが、人間を動かす大きな原動力になるということは、たしかにある。

しかし、宇喜多直家のように、血をもって血に報いていたのでは、

（いつかおのれも、血の輪廻のなかで斃《たお》れることになるのではないか……）

恵瓊は心ひそかに思った。

「さっそくだが、そちらの条件を聞かせよ」

宇喜多直家が性急な口調で言った。

「されば申し上げます」

恵瓊は、相手を威圧するように肩をそびやかした。

「美作国三星城への攻撃をおやめいただきたい」

「城主の後藤勝基が、毛利に助けをもとめたか」

直家が眉間に皺を寄せた。

恵瓊はそれには答えず、

「貴殿が三星城攻めのために築いた付城も、即刻、破却していただこう」

「ふん……」

宇喜多直家はしばらく腕組みして考え込んでいたが、その程度はやむなしと思ったか、

「よかろう。三星城攻めを中止し、付城も取り壊す。それでよいな」

「まだ、ございます」

「何……」

「美作国、備前国からそれぞれ一城、毛利家に譲渡すること。この条件をすべて呑んでいただかねば、毛利家は和睦に応じることはできませぬ」

「ばかを申すな。三星城から手を引くだけならいざしらず、美作、備前の城まで差し出せとは……」

宇喜多直家の表情が苦悶にゆがんだ。

流浪の身からのし上がってきただけに、おのれが手に入れたものへの執着心は人一倍強い。美作、備前の城を譲るということは、すなわち自領への毛利軍の駐留《ちゆうりゆう》を意味する。これまで好き勝手にやってきた直家の行動は、大幅に制約され、毛利家の監視下に置かれるのである。

「否と申されるなら、ただちに笠岡の毛利本陣へもどり、備前への総攻撃を進言するのみ」

恵瓊は直家に詰め寄った。

「脅《おど》しか」

直家が恵瓊を睨んだ。

「わしにも意地がある。あまり追い詰めすぎると、毛利が逆に損をすることになりかねぬぞ」

「宇喜多どのは、それほど愚かなお方ではございますまい」

「どういうことだ」

「どれほどの屈辱を嘗《な》めても、生き残ってさえいれば、また風向きも変わるということです。先

のことはわからぬもの。いまはつまらぬ意地を張らず、刃《やいば》を腹に呑んで毛利家に従うのが、宇喜多どのの生きる道ではござらぬか」

「毛利家の使僧が抜かす言葉ではないな」

「さよう、この乱世を独力で渡っていかねばならぬ人間として、私見を申しのべたまで。いずれの道を選ぶかは、宇喜多どののご自身にございます」

「………」

直家が憮然とした顔つきで黙り込んだ。

宇喜多直家は、さらに二度、三度のやり取りののち、恵瓊が提示した毛利家側の講和条件を全面的に受け入れた。

恵瓊の言うとおり、いまは毛利家の下風《かふう》に立つしか生き残りの道はないと判断したのであろう。

四

宇喜多を屈服させた毛利家の勢力範囲は、美作、備前から、播磨の西部へとおよんだ。

恵瓊は三原の小早川隆景と緊密に連絡を取りながら、瀬戸内海舟運の掌握に汗を流した。

その結果——。

宇喜多領であった播州の坂越、那波の水軍が、実質的に毛利家の支配下に入り、さらに備前の下津井《しもつい》、讃岐塩飽《さぬきしわく》の水軍にも、影響力がおよぶようになった。

瀬戸内海制覇の毛利家の戦略は順調にすすんでいる。

一方で、織田信長との約束を果たすため、四国へ向けて兵を出した。

海を渡った毛利軍は、ひとまず讃岐へ上陸。

そこから三好三人衆の根拠地である阿波国へ侵攻する手筈だが、

「無理な阿波攻めは、見合わせられたほうがよろしいかと存じます」

恵瓊は指揮官の小早川隆景に進言した。

「なにゆえだ」

隆景は義に篤《あつ》い人物である。たとえ信長がどのような男であっても、交わした約束は果たさねばならないと思っている。

「いよいよ、甲斐の武田が動くそうにございます」

「なに……。武田が」

隆景が息を呑んだ。

「はい」

と、恵瓊はうなずいた。

「京の朝山日乗《ちようざんにちじよう》より、知らせが届きました。ご承知のとおり、日乗は公方《くぼう》さまと武田家の仲立ちをしております。西上に先立ち、信玄から公方さまのもとへ内々に挨拶があったとか」

「そうか、武田がな」

「信玄の上洛が成功するか否か、それを見届けてから動きを起こしても、遅くはありませせぬ。信長が京を追い出された場合、三好三人衆とことを構えていては、その後の外交が難しゅうなりましょう」

「されば、ひとまず静観か」

「それがよろしゅうございましょう」

恵瓊の進言により、毛利軍は阿波への侵攻を見合わせた。

武田信玄西上の動きを察知し、苛立つ信長は、織田包囲網を陰で策動した将軍足利義昭に対し、失政を諫《いまし》める十七ケ条の意見書を送りつけた。

しかし、信長のまわりに立ち籠める暗雲が晴れることはない。


武田信玄の上洛作戦が具体化したのは、元亀三年晩秋である。

それまで、信玄は越後の上杉謙信を警戒するあまり、生涯の宿願である上洛を実行に移すことができずにいた。

だが、この時期、加賀《かが》国で一向一揆《いっこういっき》が起き、その火の粉が上杉領に飛び火しはじめたため、上杉家の戦力の大半は一揆の鎮圧にまわされた。信玄にとって、千載一遇《せんざいいちぐう》の好機である。

「いまこそ、京に風林火山の旗を樹てるときぞッ！」

信玄は上洛を決断した。

十月、武田信玄は二万五千の大軍をひきい、甲斐府中《ふちゅう》を進発した。

信玄の本隊は、信濃《しなの》の高遠《たかとお》から飯田《いいだ》、さらに兵越《ひょうご》えで遠江《とおとうみ》国へ侵入。

遠江の地侍《じざむらい》たちは、信長と同盟を結ぶ徳川家康に服していたが、只来《ただらい》城、二股《ふたまた》城と、徳川方の支城が、信玄の前に次々と攻め落とされるにおよび、櫛の歯がこぼれるように家康から離反。武田方に帰服しはじめた。

信玄が入った二股城から、家康のいる浜松城までは、わずか四里（約十六キロ）。

家康は、

（何としても、信玄を浜松城で足止めせねば……）

と、総身《そうしん》に緊張をみなぎらせ、籠城態勢をととのえて武田軍を待ち受けた。

しかし——。

その予想に反し、信玄は浜松城を素通りして、軍勢をそのまま西へすすめた。

後年、石橋をたたいても渡らぬ慎重さで知られる徳川家康であるが、このときはまだ三十一歳。

おのれを黙殺するがごとき信玄の行動に、カッと頭に血がのぼり、

「このまま行かせては、義兄弟の契《ちぎ》りを結んだ織田どのに申しわけが立たぬわッ！」

家康は軍勢をひきいて浜松城を出撃。三方ケ原へ討って出た。だが、それこそまさに、武田方の思うつぼであった。

じつは、信玄は浜松城で足止めされ、いたずらに時間を浪費することを恐れていた。そこで、わざと浜松城を素通りすることで若い家康を挑発し、野戦に引きずり出したのである。

この信玄の老獪《ろうかい》な作戦は、見事に図に当たった。

家康は武田軍に大敗を喫《きっ》し、夏目吉信《なつめよしのぶ》、鈴木久三郎《すずききゅうざぶろう》ら多くの家臣を失って、命からがら浜松城へ逃げ帰った。

世にいう、

——三方ケ原の戦い
である。

三方ケ原の敗報が知れわたると、信長のお膝元である岐阜《ぎふ》城下は大騒ぎになった。

「武田の本隊は、すでに遠州《えんしゅう》から三河へせまっているそうだ」

「秋山信友《あきやまのぶとも》らの別働隊も、東美濃の岩村《いわむら》城を陥落させたと申すぞ」

「織田さまもこれで終わりじゃ」

さまざまな噂が飛び交い、人々はひたひたと迫りつつある武田軍の影におびえた。荷車や馬の背に、家財道具を積み、城下を逃げ出す者もあらわれた。

明けて元亀四年正月、三河へ侵入した武田軍が野田《のだ》城を包囲した。

野田城は、徳川家の家臣、菅沼定盈《すがぬまさだみつ》が城主をつとめている。三方ケ原で家康が敗れたいまでは、織田方の最前線といっていい。ここを破られれば、二万五千の武田軍が怒濤《どとう》のごとく織田領へ攻め込んでくる。

「野田城へ援軍を送れッ」

信長は眦《まなじり》を吊り上げて叫んだ。

だが、その野田城が一月《ひとつき》の攻防のすえに陥落するにおよび、信玄の上洛はいよいよ現実味をおびてきた。

越前朝倉氏、近江浅井氏、大坂の石山本願寺の信長包囲網も、このときを待っていたとばかりに活気づいている。

ところが――。

ここで奇妙なことが起きた。

まっしぐらに西をめざしていた武田軍が、突如、信濃へ引き返しはじめたのである。

この武田軍の異様な行動に、誰もが不審の思いを抱いた。

上方からもたらされる情報に、神経をとがらせていた恵瓊もその一人である。

「信玄が撤退をはじめただと……」

大坂から瀬戸内海をわずか二日で下ってきた早船で、事態の急変を知った恵瓊は眉をひそめた。

理由がわからない。

野田城を奪われ、前線の守りが突破されたからには、

（岐阜の信長は、心底《しんそこ》震え上がったにちがいない。それが、何ゆえ……）

首をひねらざるを得ない。

（あるいは、信玄の身に何ごとか、ただならぬことが起こったか）

恵瓊の直感は当たっていた。


じつは——。

このとき、武田軍に、上洛作戦どころではない重大な事態が発生していた。

大将信玄の病《やまい》である。

一説によれば、武田信玄の病気は、

——隔病《かくびょう》
であったという。

隔病とは、今日《こんにち》でいうところの胃癌《いがん》である。戦国最強の軍団を築き上げた一代の英雄も、病には勝てず、宿願の上洛を目の前にして、軍を引き揚げざるを得なかった。

——御大将信玄公、俄《にわか》に御悩《おんのう》の事あって、攻城を巻きほぐし、御帰陣《ごきじん》なり、

と、『熊谷家伝記《くまがいけでんき》』はしるしている。

この年四月十二日、武田信玄は甲斐府中へ帰還することなく、信濃駒場《こまんば》の地で病没することになる。

武田家は信玄の重篤を極秘にしたが、やがてその事実は上方に洩れ聞こえ、遠く中国筋にも伝わるようになる。

五

「信玄が病に倒れていたとはな」

海をのぞむ備後三原城で、小早川隆景が恵瓊を前にしてつぶやいた。

三原城は、沼田《ぬた》川河口の三角洲に築かれた城である。

別名、

——浮城《うきしろ》

と呼ばれるとおり、水の上に浮いているように見える。

もともと、小早川隆景は沼田川上流の新高山《にいたかやま》城を居城としていたが、瀬戸内海を掌握する必要性から舟運の要衝であるこの地に三原城を築き、新たな拠点とするようになっていた。

隆景との結びつきが強い恵瓊も、必然的に三原城に滞在することが多くなっている。

三原は内陸部にある吉田郡山にくらべて、情報の伝播《でんぱ》がはるかに早く、行動を起こすさいにも、

毛利家の船を使って瀬戸内海を自在に行き来することができた。

「織田信長という男は、たいそうな運に恵まれておるようにございます」

「運も実力のうちとは言うが……。これでまた、畿内の情勢がガラリと変わるな」

「はい」

恵瓊はうなずいた。

「当分、織田家の動きから目が離せませぬ。当面の危機が去ったとなれば、すかさず反撃に転じるのが、信長という男。次にどのような一手を打ってくるか」

恵瓊と隆景のみならず、天下の諸大名が信長の動きを注視した。

そうしたなか、信長は思いきった行動に出た。

みずからが将軍にかつぎ上げた足利義昭を、京から追放したのである。

織田信長と将軍足利義昭は、三年ほど前から不仲になっていた。

みずからの処遇に不満を抱く義昭は、浅井、朝倉、石山本願寺、武田信玄らに蜂起《ほうき》をうながす密書を送り、信長包囲網をひそかに演出していた。

信長は早い段階でその事実に気づいていたが、まだ義昭に利用価値があるのではないかと考え、見て見ぬふりをしてきた。

しかし、武田信玄の西上で身も凍《こお》るような恐怖を味わった信長は、

「もはや、容赦《ようしや》せぬ」

と、断固たる姿勢でのぞむことに決めた。

三月二十五日、岐阜城を発した信長は、疾風のごとく京へのぼった。洛東《らくとう》の知恩院《ちおんいん》に本陣を置

くや、
粟田口《あわたぐち》
清水《きよみず》
六波羅《ろくはら》
鳥羽《とば》

などに兵を配し、上京《かみぎょう》の町に放火して義昭の二条御所へ攻めかかった。

追いつめられた義昭は、朝廷に仲立ちを頼み、信長に全面降伏して二条御所を明け渡している。

三月後の七月三日、足利義昭は宇治《うじ》の槙島城《まきしま》で再起を期して挙兵したものの、ふたたび信長に敗れ、二歳のわが子を人質に差し出して河内《かわち》の若江城《わかえ》へ退去した。

足利尊氏以来、十五代にわたってつづいた室町幕府は、ここに滅亡。

義昭を京から追放した信長は、朝廷に改元《かいげん》を奉請《ほうせい》。

——天正《てんしょう》

と元号があらためられた。これは、『老子《ろうし》』の一節《いっせつ》、「清浄《せいじょう》は天下《てんか》を正《ただ》すと為《な》す」から採《と》られたもので、天下を正すという思想を謳《うた》っている。

攻勢に転じた信長の行動は早い。

時をおかずして越前朝倉攻めの軍勢をおこし、八月二十日、一乗谷の朝倉義景を自刃に追い込んでいる。信長は、朝倉旧臣で織田方に寝返った前波長俊《まえばながとし》を越前の守護代《しゅごだい》とした。

つづいて同月二十八日、信長は近江国へ攻め込み、朝倉氏と同盟を結んでいた浅井長政を、小《お》谷《たに》城に攻め滅ぼした。

このとき、信長は、

「小谷城下の者は、老若男女にかかわらず、ことごとく斬り捨てるべし」

と、無差別殺戮《さつりく》の命を下《くだ》している。

紅蓮《ぐれん》の炎につつまれた小谷城から脱出できたのは、信長の妹お市《いち》ノ方とその三人の娘など、ごくわずかな者たちだけであった。

天正元年の秋――。

恵瓊は宿所としている三原城下の廻船問屋《かいせんどんや》に、足利義昭の使者柳沢元政を迎えた。

元政は怒りに身をふるわせ、ときに涙を流しながら、信長の非道と義昭の窮状《きゅうじょう》を訴え、

「公方さまをお助けし、信長を京から追い出すことができるのは、西国で実力第一の毛利家をおいてほかにありませぬ。何ごとも、幕府再興のため。貴僧《きそう》から、毛利どのに織田征伐の兵をもよおしていただけるよう口添えしてもらえませぬか」

と、手をすり合わせんばかりにして恵瓊に頼み込んだ。

「元政どのとは、まんざら知らぬ仲でもなし。拙僧も、公方さまの現在のお身の上、お気の毒に思うております」

「おお、されば……」

「しかし、わが毛利家は織田と同盟を結んでおりまする。その盟約《めいやく》を破棄して、いますぐ上洛というわけにはまいりますまい」

「信長は恐ろしき男ぞ。さような形ばかりの約束、いざとなれば、あの男はいともたやすく破るであろう。公方さまがそのいい例よ。あとになって臍《ほぞ》を嚙まぬよう、早いうちに手を打っておい

たほうがよろしかろうぞ」

「拙僧の一存にては、何とも申せませぬ」

恵瓊は表情を変えなかった。

「そこを何とか、頼み入る」

「とにかく、小早川隆景さまはじめ、吉川元春さま、ご当主輝元さまに相諮《あいはか》ってみまする。して、公方さまはいま、いずこに」

「泉州の堺に居所をお移しになられ、吉報を待っておいでだ。貴僧のことも、心より頼みにしておられるぞ」

期待を込めた熱い目で、柳沢元政が恵瓊を見つめた。

恵瓊はひとまず、三原城の小早川隆景にこの話を持ち帰った。

「たしかに、京を追われた公方さまを堺に打ち捨てておくのはいかがなものかと思う。しかし、毛利家には、上洛の意思はない」

「天下を狙ってはならぬという、先代元就さまのご遺言がございましたな」

「しかり。いずれ、袂《たもと》を分かつときが来るにせよ、いまは織田と戦うべきときではない」

「拙僧もそのように考えまする」

恵瓊は隆景の言葉に深くうなずいた。

「上方へ行ってくれるか、恵瓊」

「将軍家の処遇について、織田どのと交渉すればよろしいのでございますな」

「ことを荒立てぬよう、くれぐれも慎重にやれ」

「はッ」

六

京の町に、冷たい愛宕颪《あたごおろし》が吹き抜けている。

自分が使僧の役目を帯びて京へのぼるのは、なぜか、

（このようなうら寂しい季節が多い……）

恵瓊はふと思った。

十一月四日——。

上洛したその日に、恵瓊は足利義昭の使いである朝山日乗をまじえ、織田方の代表者と妙覚寺で会った。

その男の名は、羽柴筑前守秀吉《はしばちくぜんのかみひでよし》。

かつて木下藤吉郎と名乗っていたこの男は、さきの近江浅井攻めの功により、浅井長政の旧領、坂田《さかた》、浅井、伊香《いか》三郡、十二万石を与えられて小谷城主になっている。

——羽柴
の姓は、織田家重臣の丹羽長秀と柴田勝家から、それぞれ一文字ずつをもらったもので、草履《ぞうり》取りの身から成り上がった秀吉ならではの気配りのあらわれであろう。

のち、秀吉は天険の地の小谷城から琵琶湖《びわこ》東岸の今浜《いまはま》に根拠地を移し、長浜《ながはま》と地名をあらため

て、長浜城を築いている。

秀吉三十七歳。

恵瓊より一歳、年長である。

京都奉行時代から、噂にはしばしば聞いていたが、恵瓊が秀吉と顔を合わせるのはこれが初めてである。

卑《いや》しげな面相をしていると、義昭の取り巻きの柳沢元政や一色藤長は、侮蔑《ぶべつ》を込めて陰口を言っていた。

(猿のような……)

なるほど、猿に似ている。

赤銅《しやくどう》色に戦場灼《や》けしたその顔には、額や目尻に幾筋もの深い皺が刻まれ、無一物《むいちぶつ》から才覚ひとつで城持ち大名にまで成り上がった、この男の苦労と下積みの日々を思わせた。

しかし、元政や藤長が言う人間的な卑しさを、恵瓊は秀吉という男のたたずまいにまったく感じなかった。

むしろ、その小柄な身体からは、不思議に人の心を魅《ひ》きつけてやまない陽の気がにじみ出ている。愛嬌《あいきょう》、あるいは男の色気とでも言えばいいのだろうか——。

「今日は冷えるのう」

秀吉は初対面とも思えぬ気やすさで、恵瓊ににこにこと笑いかけてきた。

「このような寒い広間では、下腹のあたりが渋うなってくる。地炉《じろ》ノ間へ行こうではないか」

秀吉は言うと、身軽に腰を上げ、先に立ってすたすたと歩きだした。

勝手知ったるわが家のごとく、秀吉は恵瓊と朝山日乗の二人を大台所のわきの小部屋へと導いた。部屋には囲炉裏《いろり》が切られていて、薪《まき》が音を立てて燃えている。

「安国寺どのは、京へ着かれたばかりであろう。お疲れになっておられるのではないか。まずは腹ごしらえを」

秀吉が手をたたくと、大台所のほうから小女《こおんな》が山海の珍味をととのえた折敷《おしき》を運んできた。女たちは恵瓊らの横にすわり、用意してきた燗鍋《かんなべ》の酒をすすめる。

「大事の話の前に、酒とは不謹慎ではないか」

朝山日乗が苦《にが》い顔をした。

が、秀吉は意にも介《かい》さず、

「体がぬくうならねば、よい知恵も浮かばぬというもの。こうして膝を突き合わせ、酒を酌《く》み交《か》わしてこそ、腹を割った話し合いができるのではござらぬか」

と、手ずから恵瓊の盃に燗酒をそそいだ。

のちになって、恵瓊は知ることになるが、秀吉は一流の、

——人蕩《ひとたら》し
の才を持っている。

何をすれば人の心をつかむことができるかを、つねに相手の立場になって考え、これと決めたらすぐに実行に移す。

いまの場合、寒空のなかを遠路はるばるやってきた恵瓊の身になり、周到な気遣《きづか》いで燗酒と肴を用意していたのであろう。

それでいて、秀吉はたんなるお人よしではない。

いざとなれば、身を捨てて運を切り拓く胆力《たんりょく》を持っている。

浅井長政の離反によって、織田軍が絶体絶命の危機におちいった金ケ崎の退《の》き口のときがそうである。

それまで秀吉は、織田軍団のなかでも、調子のよさだけで主君に取り入って出世してきた軽薄な輩《やから》と見られていたが、

「殿《しんがり》は、それがしに」

と、十中八九、死を覚悟せねばならない全軍の殿をかって出たことにより、家中の者たちのこの男を見る目が変わった。

秀吉を毛嫌いしていた柴田勝家でさえ、若干の手勢を裂いて残し、

「死ぬなよ」

と、声をかけていったほどである。

この危機を乗り切った秀吉の評価は、飛躍的に上がった。

むろん、恵瓊もそれを知っている。

（将軍、いや毛利家に対して、どう出るか……）

おおいに興味があった。

燗酒でじゅうぶん体が温まってきたところで、秀吉がおもむろに話を切り出してきた。

「公方（足利義昭）さまは、毛利家を頼りたいと仰せになっておられるそうな。毛利どのは、公方さまの身柄を受け入れられるご所存か」

秀吉のよく動く大きな目が、探るように恵瓊を見た。

「万が一、毛利家が公方さまを受け入れたさいには、織田どのはいかがなされるおつもりであろうか」

恵瓊は逆に、秀吉に問い返した。

むろん、毛利家は騒動のもととなる足利義昭を引き取るつもりなど毛頭ない。だが、いざという場合にそなえて、相手の出方をたしかめておくのも外交のうちである。

「まず、面倒なことになるであろうな」

秀吉が声をひそめるようにして言った。

「上洛以来、上様（信長）は公方さまのことを、それは大切に扱ってまいられた。さりながら、公方さまは、武田や浅井、朝倉、石山本願寺などに、反織田の兵を挙げるよう催促する内容の御《ご》内書《ないしょ》を送りつけ、恩を仇で返すようなまねをなされた。その所業を、上様はたいそうお怒りになっておられる。ゆえに、万が一、毛利どのが公方さまを受け入れることにでもなれば……」

「決戦も辞さず、でござりますか」

恵瓊は静かに微笑した。

「いやいや」

と、秀吉が顔の前でおおげさに手を振った。

「毛利どのと、ことを構えるのは上様の本意ではない。毛利どのとて、思いは同じであろう」

「いざとなれば、弓矢に訴えるのは武門のならいにございますが、公方さまお一人の我がままを通すためとなりますると……」

恵瓊は渋面をつくってみせた。

「とにかく、公方さまが織田どのと仲直りなされ、京へご還居《かんきょ》いただくのが、混乱をおさめるためにもっともよき手立てでございましょう」

「そうであろう」

秀吉が膝を乗り出した。

「恵瓊どのといったな」

「はい」

「毛利家の使僧が、おぬしのような話のわかる男でよかった。どうやら、われらはうまが合いそうじゃな」

内ぶところまで飛び込んでくるような相手の押しの強さに、恵瓊はただ苦笑いするしかない。

「どうじゃ、恵瓊どの。明朝、わしとともに堺へ行き、公方さまに直接お会いして、毛利家、織田家、双方の考え方を、二人そろってお伝えせぬか」

「当方に異存はございませぬ」

恵瓊は言った。

翌、早朝――。

まだ空が薄暗いうちに、納所の船着き場から川舟に乗り、羽柴秀吉と恵瓊、それに朝山日乗の三人は淀《よど》川を下った。

吐く息が白い。

朝山日乗は凍《こご》えそうな顔をし、衣の上から羽織《はお》った綿入《わたい》れに太い首をうずめている。

恵瓊も寡黙だが、秀吉ひとりは朝からいたって元気がいい。

秀吉はここでも周到に気をまわし、焼餅やら、握り飯、集《あつ》め汁《じる》（味噌汁）まで供の者に命じて川舟に用意させていた。

「子供のころ、わしはいつも腹を空《す》かせておった。その辛《つら》い思いが体の芯《しん》まで沁《し》みついておるでな。人にはひもじい思いをさせたくないのじゃ」

うまそうに焼餅を頰ばりながら、秀吉が恵瓊に言った。

「いや、このような話、恵瓊どのにしても笑われるだけであったかのう。聞くところによれば恵瓊どのは、武家の名門、安芸武田家の血筋であるとか」

「名門といっても、拙僧が四歳のときに、実家は滅んでおりますれば。秀吉どのではないが、流浪の暮らしのなかで、いつ飢え死にしてもおかしくない思いを何度もしております。腹が空く辛さは、誰よりわかっているつもり」

「ほう、そうか」

秀吉が意外そうな目で、まじまじと恵瓊を見つめた。

「そなたもなかなか、苦労しておるのだな」

「いえ、さほどのことは……」

「わしはのう、恵瓊どの」

秀吉は、大きなまなこに生き生きとした光を宿し、

「上様におのれの夢を託しておるのじゃ」

と言った。

「夢？」

「そうだ」

「それは、どのような」

「貴僧《きそう》の前で言うのも何だが、われらが上様は、天下統一をめざしておられる」

「織田どのは、天下布武の印《しるし》を用いておられましたな」

「うむ」

秀吉がうなずいた。

「いまのような乱れた世の中は、民《たみ》百姓にとって辛いことばかりだ。日本国中、こういくさばかりでは、おちおち野良仕事もできぬ。田畑を耕すにも、鋤鍬《すきくわ》だけでなく、腰に刀を差してゆかねば命がいくつあっても足りぬのだ。これでよいはずがない。そうは思わぬか、恵瓊どの」

川舟の上で、羽柴秀吉はおのれの考えを熱く語った。

「天下は泰平《たいへい》たらしめねばならぬ。誰のためでもない、それは民のためだ」

「織田どのが、民のために天下統一をめざしておられるとでも申されるのか」

恵瓊は懐疑的な顔をした。

どう贔屓目《ひいきめ》に見ても、信長という男の眼中に民はない。おのが私利私欲のために戦っているようにしか見えない。

「上様ご自身には、そのようなお考えはないかもしれぬ。だが、結果として天下に安定と繁栄がもたらされれば、それでよいではないか。この国からいくさがなくなれば、飢えて死ぬ者もなくなる。戦乱に荒らされていた田にも、黄金《こがね》色の稲が豊かに稔《みの》ろうというもの」

「それが羽柴どのの夢にござりますか」

「さよう、誰もが飯をたらふく食うことのできる国を造りたい。そのために、毛利家とは今後ともよき関係を結んでゆきたいのじゃ」

目尻の皺を深くして秀吉が笑った。

人の心を魅きつけずにおかない、底なしに明るい笑顔である。

つられて、つい口もとをゆるめそうになったが、

（うかつに乗せられてはならぬ……）

恵瓊は気を引きしめた。

世の中は綺麗《きれい》ごとだけではない。天下統一が成し遂げられるまでには、国中を巻き込む大きな戦乱が幾度も起きるであろう。その過程のなかで、当然、織田と毛利も利害が衝突することが予想された。

だが、それはそれとして、

（安定と繁栄……。万民《ばんみん》が飢えることのない、黄金色の稲がたわわに稔る国か）

秀吉が思い描く理想は、恵瓊の胸に心地よく響いた。

目の前にいる猿面の男が、本気でそのような国造《くにづく》りを考えているとすれば、それこそまさに真の為政者のあるべき姿ではないか。といって、秀吉の仕える織田信長に、その夢を託すのは無理があるように思われた。何といっても信長は、国家鎮護の比叡山を焼き、罪のない町衆まで撫で斬りにした張本人である。

そういえば、羽柴秀吉も焼き討ちに参加していたが、持ち場である香芳口《かほうぐち》へ逃げてきた僧侶を、

ひそかに逃したという噂があった。

「ほれ、恵瓊どの。餅が焼き上がっておる。腹いっぱい食べられよ」

秀吉が焼きたての餅を手ずから恵瓊に渡した。

目礼《もくれい》して受け取り、口に入れた餅は、舌が焼けそうなほど熱かった。

やがて、川舟は天満八軒家《てんまはちけんや》の船着き場に着いた。

そこから馬に乗りかえ、紀州《きしゅう》街道を南下して泉州堺へ向かった。

堺は南蛮《なんばん》貿易で栄える湊である。

豪商たちの白壁の蔵がつらなる繁華な町は、周囲に環濠《かんごう》をめぐらして外敵の侵入を防いでおり、畿内では京につぐ人口をほこっている。

町を治めるのは、

——三十六人会合衆《えごうしゅう》
と呼ばれる町衆の代表者であったが、信長の上洛以来、その軍事的圧力に屈する形で、織田家の代官を受け入れていた。

恵瓊らが堺に着いたのは、その日の夕刻近くであった。

海をへだてた淡路《あわじ》島に、橙《だいだい》色の夕陽が沈もうとしている。湊に大小の船がつながれているのが見えた。

足利義昭は、一色藤長、柳沢元政らの側近とともに、大徳寺末寺《だいとくじまつじ》の、

——南宗寺《なんしゅうじ》
にいた。

書院からのぞむ庭に、ソテツがあおあおと葉を茂らせている。

義昭は不機嫌な顔をしていた。

織田家の代理人である羽柴秀吉とは、視線を合わせようともしない。貝のように押し黙っている義昭に代わって、一色藤長と柳沢元政が話し合いをおこなった。

義昭側は、

「公方さまは、織田家へ人質をお出しになっている。どうしても京へもどって欲しいと言うからには、織田家からもこちらへ人質を差し出していただかねばならぬ」

と、強気の条件を突きつけた。

これを聞いた秀吉は、鼻先で笑った。

「異なことを申される。人質を交換するのは、たがいの立場が対等なればこそ。いまの公方さまと上様がそうであるとは、とうてい思われませぬが」

「くッ、公方さまを愚弄《ぐろう》するか」

柳沢元政が色白の顔を染め、声を荒らげた。

「愚弄などいたしておりませぬ。こちらは何も、無理をして公方さまに京へおもどりいただかなくてもよろしいのです」

「何を……」

「人質の件は承知できませぬな」

秀吉はどこまでも強気であった。

なぜならば、昨日、恵瓊の口から毛利家に義昭受け入れの意思はないと聞いている。毛利が拒否している以上、義昭がいかに強情を張ろうと、最後には折れるしかないのが目に見えていた。

義昭側と秀吉のあいだで、押し問答が繰り返された。

一色藤長と柳沢元政が、

（何とか言ってくれ……）

と、期待を込めてこちらを何度もうかがい見ているのがわかったが、恵瓊は素知らぬ顔を押し通した。

毛利家の方針は決まっている。へたに義昭に同情して、織田家との関係を悪化させるわけにはいかない。

朝山日乗が両者の仲を取り持とうとしたが、落としどころを見いだすことはできなかった。

「公方さまがそのように我を張られるのであれば、当方にも考えがござる」

秀吉が渋面をつくって言った。

「入洛がお嫌なら、どこへなりとも立ち去られるがよろしかろう。止め立てはいたさぬ」

「脅《おど》しておるのか」

一色藤長が顔面を蒼白《そうはく》にした。

「どのように受け取られても結構。そちらの好きになされるがよい」

突き放すように言うと、唖然としている義昭らを残して、秀吉は席を立った。

去りぎわ、廊下へ追いかけてきた恵瓊に、

「人質のことがなくば、織田家は義昭さまの入洛を受け入れる用意がある。ひとつ、そなたから説得してくれぬか」

と耳打ちし、秀吉は思わせぶりな含み笑いを残して去っていった。

秀吉が堺を立ち去ったあとも、恵瓊と朝山日乗は足利義昭の説得をつづけた。だが、無条件で京へもどることに、義昭はなかなか首を縦に振らない。信長への不信感は、それだけ根深いものなのであろう。

結局、交渉は不調におわり、足利義昭は供廻り二十人を連れて、堺の湊から海路、紀州由良《ゆら》の興国寺《こうこくじ》へ退去した。

このとき、恵瓊は十二月十二日付で、山県《やまがた》越前守（吉川元春の重臣）と井上春忠《はるただ》（小早川隆景の重臣）に宛て、上方の情勢を報告する書状を送っている。

明くる二月、羽柴秀吉が大将となって但馬《たじま》へ攻め入ること、尼子旧臣山中鹿介から援助の要請が来ているが織田方はこれに一切応じないことなどをしるしたのち、書状の末尾に、次のように書いている。

——信長の代、五年三年は持たるべく候《そうろう》。明年あたりは公家などに成らるべく候かと見及び申し候。左候《さそうらい》て後、高ころびにあおのけにころばれ候ずると見え申し候。藤吉郎さりとてはの者にて候（『吉川家文書』）

恵瓊は信長、秀吉の将来を予言する、みずからの分析をしたためた。

（下巻に続く）

著者紹介

一九五六年、新潟県生まれ。
早稲田大学卒業後、出版社勤務を経て
八八年『花月秘拳行』で作家デビュー。
上杉景勝の家臣、直江兼続の生涯を描いた
『天地人』が二〇〇七年
第十三回中山義秀文学賞を受賞した。
同作は〇九年のNHK大河ドラマの原作となり、
現在、最も注目されている歴史小説家。
著書はほかに『全宗』、『覇商の門』、
『黒衣の宰相』、『虎の城』、『沢彦《たくげん》』、
『新潟樽きぬた』、『臥竜の天』、
『軍師の門』など多数。

初出　公明新聞、「安国寺恵瓊」を改題
二〇〇八年二月十八日〜二〇〇九年六月二十日連載

墨《すみ》染《ぞめ》の鎧《よろい》 上

二〇〇九年八月三十日　第一刷発行

著　者　火《ひ》坂《さか》雅《まさ》志《し》
発行者　庄野音比古
発行所　株式会社　文藝春秋
〒一〇二—八〇〇八
東京都千代田区紀尾井町三—二三
電話　〇三—三二六五—一二一一
印刷所　光　邦
製本所　加藤製本

Printed in Japan　ISBN 978-4-16-328390-6